나의 고래를 위한 노래

꿈꾸는돌

25 **나의 고래를 위한 노래**

린 캘리 장편소설
강나은 옮김

2020년 8월 10일 초판 1쇄 발행
2023년 6월 5일 초판 4쇄 발행

펴낸이 한철희 ǀ 펴낸곳 돌베개 ǀ 등록 1979년 8월 25일 제406-2003-000018호
주소 (10881) 경기도 파주시 회동길 77-20 (문발동)
전화 (031) 955-5020 ǀ 팩스 (031) 955-5050
홈페이지 www.dolbegae.co.kr ǀ 전자우편 book@dolbegae.co.kr
블로그 blog.naver.com/imdol79 ǀ 트위터 @Dolbegae79 ǀ 페이스북 /dolbegae

주간 송승호 ǀ 편집 우진영
표지 디자인 민진기 ǀ 본문 디자인 이은정·이연경
마케팅 심찬식·고운성·한광재 ǀ 제작·관리 윤국중·이수민·한누리
인쇄·제본 상지사 P&B

ISBN 978-89-7199-345-3 (44840)
ISBN 978-89-7199-432-0 (세트)

책값은 뒤표지에 있습니다.

이 도서의 국립중앙도서관 출판예정도서목록(CIP)은 서지정보유통지원시스템 홈페이지
(http://seoji.nl.go.kr)와 국가자료공동목록시스템(http://www.nl.go.kr/kolisnet)에서
이용하실 수 있습니다. (CIP제어번호: CIP2020029751)

Song For A Whale

나의 고래를 위한 노래

린 켈리 장편소설 | 강나은 옮김

돌베개

혼자라고 느껴 본 적 있는

모두에게

차 례

1

그 바닷가 고래와 나의 공통점은 이름뿐인 줄 알았다, 작년 여름까지만 해도.

나는 할아버지와 함께 바닷가에 앉아 있었다. 해안에 흩어진 조개껍데기와 나뭇조각을 줍고 모래언덕에서 들꽃을 딴 다음이었다. 조개껍데기와 나뭇조각은 할머니에게, 꽃은 그 고래에게 줄 것이었다. 할아버지가 내게 학교 다니기가 어떠냐고 물었고 나는 여전하다고 대답했다. 좋지 않다는 뜻이었다. 다닌 지 2년이나 되었는데 전학생 같은 기분은 여전하다는 뜻.

할아버지가 내 옆의 모래를 살살 치고는 수어로 물었다.

"그 녀석도 귀가 안 들렸을지 모른대. 알고 있었니?"*

나는 그 녀석이 누구인지 묻지 않아도 알았다. 그 고래가 11년 전 그곳 바닷가에 묻힌 후 지금까지 엄마 아빠는 그날 이야기를 많이도 했다.

* 이 책에서 수어로 대화하는 부분은 농담을 달리 표기했다.

나는 할아버지에게 고개를 저었다. 그 애기는 처음이었다. 그리고 왜 말을 돌리는 걸까 의아했다. 할아버지는 내 학교생활에 관해서라면 더 해 줄 말이 없었는지도 모른다.

그 고래가 해안으로 올라왔던 날 나도 세상에 태어났다.

그 고래가 그 만의 얕은 물에 나타난 날, 헤엄쳐 다가오는 그 고래를 몇몇 사람들이 바닷가에 서서 지켜보았다. 그런데 우리 할머니는 차가운 2월의 바닷물 속으로 달려 들어갔다. 그리고 마치 무게가 40톤인 동물이 어디로 가려 하는지를 할머니 자신이 바꿀 수 있기라도 한 것처럼 그 고래를 다시 바다로 밀어내려 안간힘을 썼다. 아주 위험한 행동이었다. 고래가 약해져 있긴 했지만 휘두르는 꼬리나 앞 지느러미에 한번 정통으로 맞기만 했어도 할머니는 쓰러졌을지 모른다. 내가 거기 있었다면 어떻게 했을까? 할머니처럼 뛰어들었을까, 아니면 그냥 서 있었을까?

"우리처럼 태어날 때부터 안 들린 건 아니래."

할아버지는 말을 이었다.

"그 고래를 연구한 과학자들 말이, 무슨 일이 생겨 언젠가부터 안 들리게 되었을 거래. 헤엄치던 그 고래 근처에서 석유 시추 시설이 폭발했다거나 폭탄 실험이 일어났다거나 했을지도 모르는 거지."

할아버지의 수어를 보면 난 어떤 일이건 마치 눈앞에서 일어나는 일처럼 생생히 그려졌다. 할아버지의 두 손에서 바닷속 그 고래가 갑작스러운 적막에 휩싸인 채 소리를 찾아 나아가고 나아가고, 또 나아갔다. 어쩌면 정말로 그 고래는 그래서 제 집인 깊은 바다 대신 우리가 있는 멕시코만 해변으로 오게 되었는지도 모른다. 원래 보리고래는 바닷가 가까이로 다니지 않는다. 그날 그 고래만 그랬다.

"고래는 소리 없이는 길을 찾아 나아갈 수 없어. 어둡고, 지구를 거의 다 덮을 만큼 드넓은 바다가 다 고래들 세상이니까. 그 속에서 소리를 가지고 길도 찾고, 멀리 있는 고래와 이야기도 나누는 거야."

익숙한 바다의 소리가 더는 들리지 않으니, 그 고래는 처음 겪는 고요 속을 헤매다 길을 잃었는지도 모른다. 그때 그 바닷가로 고래를 도우러 온 구조대는 그 고래에게 아이리스라는 이름을 붙였다. 할머니는 우리 엄마 아빠에게 내 이름도 아이리스라고 하면 어떻겠느냐고 했다. 그 고래가 세상을 떠난 날 내가 세상에 왔기 때문이다.

해양 생물학자들이 그 고래에게서 알아낼 수 있는 모든 것을 알아낸 다음에 그 고래는 그 바닷가에 묻혔다. 그 고래가 무엇 때문에 그 바닷가로 왔는가에 관한 질문들도 답을 찾지 못한 채 함께 묻혔다.

그 바닷가에 살던 우리는 내가 초등학교 2학년일 때 아빠의 새 직장이 있는 휴스턴으로 이사를 왔다. 이후로 우리는 매해 여름 한두 번 정도만 그 바닷가를 다시 찾았다. 이사해서 더 좋아진 점은 할머니 할아버지와 더 가까이 살게 되었다는 것. 나는 할머니 할아버지와 더 많은 시간을 같이 보낼 수 있어 좋았다. 두 사람 모두 나처럼 농인이라서 더욱 그랬다. 그럼에도 우리는 그 바닷가에서의 날들을 그리워했고, 나는 나 같은 아이들과 어울려 지내던 날들을 그리워했다. 그 바닷가에 살 때 다니던 학교에는 농학생이

나뿐이 아니었다. 겨우 몇 명이었어도 우린 수업을 같이 들었고 서로에게 서로가 있었다.

"하지만 우리는 다르지."

할아버지는 말*했다.

"우리가 사는 땅 위는 빛이 더 많지. 그리고 마음 편한 작은 공간만으로도 충분하잖아. 답을 찾기까지 시간이 걸리기도 해. 그래도 넌 할 거야. 넌 네 길을 찾을 거야."

시간이 걸리기도 한다는 게 도대체 얼마만큼의 시간을 뜻하는 거냐고, 그때 물어볼 걸 그랬다.

---

* 이 책에서 '말'은 음성기호에 국한하지 않는, 수어를 포함하는 뜻으로 사용한다.

2

내가 보기엔 나를 자꾸 교장실에 보내는 것이 담임 인생의 하나뿐인 낙이다. 그렇게 담임의 행복을 책임지고 있으면서도 나는 결코 들키지 않으려고 살금살금 교실로 들어왔다. 이번엔 고작 1분인데다 지각할 수밖에 없는 충분한 사정이 있었다.

내 엉덩이가 의자에 닿으려는 순간, 나를 본 담임이 교장실을 가리켰다.

지각했지만 수업을 들어도 좋다는 허가서를 받아서 교실로 돌아오자 담임은 내 수어 통역사 찰스 선생님에게 말했다.

"니나 옆으로 가서 수업 내용 파악하라고 아이리스한테 말해 주세요."

담임은 대체로 이렇게 나를 둘러서 말한다. 내게 직접 말하면 된다고, 어차피 자신이 통역하니까 '아이리스한테 말해 주세요' 같은 말은 필요 없다고 찰스 선생님이 한두 번 말한 게 아니지만 소용없다. 그래서 찰스 선생님도 포기했다.

그리고 조금 놓친 수업, 누가 도와줘야 따라잡을 수 있는 것은 아니다. 게다가 니나의 도움이라면 더욱 사양하고 싶다.

"그냥 제가 알아서 따라잡을게요."

내 말을 찰스 선생님이 구어로 통역하자 담임 표정이 평소보다 더욱 심술궂게 변하는, 불가능할 줄 알았던 일이 일어났다. 이제 담임은 말없이 그저 손가락으로 니나 옆을 가리켰다.

담임은 이것을 좋은 방법이라고 생각한다. 니나를 우리 반에서 가장 똑똑한 아이라고 생각하고, 니나 역시 자신이 수어를 할 줄 안다고 생각하기 때문이다. 도서관에서 수어 책을 한 권 빌렸다는 이유로 니나는 수어 전문가가 되었다. 세상에는 이렇게 이상하게 자신감이 넘쳐서 아는 것 하나 없어도 지적당하지 않는 사람들이 있다.

책상을 곁으로 끌고 가자, 니나가 내게 수어로 뭐라고 말했다. 나는 찰스 선생님에게 물었다.

"자기가 거대 다람쥐라고 한 거예요, 지금?"

찰스 선생님은 딴 데로 눈을 돌리고 입술을 꽉 문 채 손을 움직여 답했다.

"아니, 좋은 파트너라고 말한 것 같아."

나도 그런 것 같다고 짐작했다. 하지만 찰스 선생님 웃기기를 시도하는 게 정말 좋아서 말이다.

나는 옆줄 책상으로 몸을 기울여 클래리사의 교과서를 보았고, 지금 어느 부분을 하고 있느냐는 내 질문을 찰스 선생님이 클래리사에게 통역해 주었다. 그러자 니나가 지어낸 것 같은 이상한 수어로 손을 휘두르며 끼어들었다. 내가 무시하자 니나는 위험할 정도로 내 얼굴에 가까이 다가왔다. 안 그러면 내가 저를 볼 수 없기라도 한 것처럼. 나는 실제로 수어를 할 줄 아는 찰스 선생님의 손만 계속 쳐다보다가, 결국 파리 쫓듯 한 손을 돌려 "그만해"라고 했다. 날아다니는 파리 같은 니나의 손을 쫓아 버리고 싶은 마음이 굴뚝같았기 때문에, 그 수어를 하면서 좀 시원했다. 찰스 선생님은 니나에게 그 말의 통역뿐 아니라 두 사람이 동시에 수어를 하면 통역사인 자신이 헷갈릴 수 있다는 조언도 했다. 보통 내가 다 알아서 하도록 내 대화에 개입하지 않는 찰스 선생님이다. 그러니까 찰스 선생님도 니나 때문에 짜증이 난 거다.

잠시 후 담임이 다가와 니나에게 물었다.

"아이리스 잘 도와주고 있니?"

"네, 이해하는 것 같아요."

'이해하는' 것 같다고? 귀에서 분노의 김을 뿜어내는 만화 캐릭터처럼 변할까 봐 나는 고개를 숙이고 교과서만 보았다. 그리고 마지막 문제의 답까지 휘갈겨 쓴 다음, 문제지를 책상에 세게 엎어 놓았다.

"다 했어요."

이제 나는 아침에 다운로드한 이번 호 《월간 골동품 라디오》 잡지를 읽으려 휴대전화를 꺼내려던 참이었다. 책상의 교과서를 보는 척 무릎 위 전화기를 내려다보며 읽으려고 말이다.

그런데 가방에 손을 집어넣으려 할 때, 담임이 나에게 무언가를 말하면서 자신의 입술을 가리켰다. 이 사람은 전에도 이런 적이 있다. 마치 그렇게 하면 마법처럼 내가 자기 말을 이해할 수 있기라도 한 것처럼. 그래서 어느 날 저녁 식탁에서 나는 엄마 아빠에게 이렇게 말했다.

"나 이제 농인 아니야. 담임 선생님이 입으로 말하면서 자기 입술을 가리키니까 무슨 말인지 다 알겠더라고. 아니, 엄마 아빠는 어떻게 이 방법을 생각 못 했어?"

1학기 첫날, 담임은 수어로 통역 중이던 찰스 선생님의 두 손을 붙들어 멈추었다. 내가 통역을 보는 대신 자기 입술을 읽게 하려고 말이다. 그때 찰스 선생님이 담임에게 뭐라고 말했는지는 내가 읽지 못했는데, 담임이 뜨거운 난로를 만진 듯 갑자기 찰스 선생님의 손을 놓았고 다시는 그 행동을 하지 않았다.

우리는 그 입술 가리키기를 무시하고, 통역으로 방금 담임이 한 말을 전달하고 전달받았다. 지난주에 낸 시 쓰기 과제를 내가 다시 해야 한다는 말이었다. 이해가 안 됐다. 내가 낸 시는 정말로 좋았다.

내 과제물을 돌려주면서 담임은 시큼한 피클을 씹은 것 같은 표정을 지었다. 이게 담임의 기본 표정이긴 한데, 이번엔 피클을 씹기만 한 게 아니라 고약한 냄새까지 맡은 것 같은 얼굴이다.

받아 보니 빨간색 잉크가 제일 먼저 눈에 들어온다. 종이 여백에 **운이 맞지 않아!**라고 적혀 있다.

하지만 틀린 말이다. 이 시는 내가 할아버지와 함께 하던 수어 이야기 놀이에서 가져온 것이다. 누가 이야기를 시작하면 다음 사람이 받아서 잇는 식으로, 번갈아 가며 수어로 이야기를 짓는 놀이다. 중요한 건 이야기 내내 같은 손 모양이 들어가야 한다는 점이다. 다시 말해 이야기를 시작할 때 주먹 쥔 손을 썼다면 그 뒤로도 계속 주먹 쥔 손이 들어가는 수어를 써야 했다. 둘 중 한 명이 더는 그 규칙을 지키며 잇지 못할 때까지 우린 자꾸자꾸 이야기를 늘이곤 했다.

할아버지와 내가 그렇게 만든 이야기 중 내가 가장 좋아하는 이야기는 나무에서 시작된다. 잎이 가득한 나무. 바람이 불어와 잎 하나가 날아가고, 강물에 내려앉고, 강물을 따라 흘러가다 강둑에 이른다. 새 한 마리가 날아와 그 잎을 물어 가서는 다른 나무에 있는 자기 둥지에 놓는 것으로 끝난다. 이 이야기를 짓는 내내 할아버지와 나는 수어로 숫자 5를 말할 때처럼 활짝 펼친 손 모양을 썼다.

종이에 쓰면 다르다. 종이는 납작해서 이 수어 이야기를 제대로 전달하는 데 필요한 위, 아래, 둘레의 공간을 이용할 수 없다. 그리고 영어 단어는 수어 단어와 모양이 다르다. 그래도 일단 적어 보니, 이렇게 되었다.

나뭇잎이 흔들리고
바람에 날리고 빙빙 돌고
물을 따라 흐르다가
강둑에 이르네
어미 새 그 나뭇잎 물어
새로운 둥지 짓네

물론 수어에서처럼 운이 맞는 것은 아니지만 그걸 다 설명해 둔다면 이 시를 제출해도 괜찮을 것이라 생각했다. 그래서 맨 위에다 그 설명을 적어 두었다. 담임이 그걸 읽어 보기나 했는지 모르겠다.

전체를 가르며 그어 놓은 빨간 줄에 내 시가 망가져 있다. 나도 빨간 펜을 꺼내며 담임을 노려보았다. 그러고는 '운이 맞지 않아!'라는 글 바로 밑에 **저한테는 맞아요!**라고 썼다.

할아버지가 세상을 떠난 후 나는 가끔씩 할아버지가 여전히 나를 보고 있을지 모른다고 생각한다. 어떤 차원에서는 나와 함께 있을지 모른다고. 하지만 이때 난, 지금만은 할아버지가 부디 근처에도 와 있지 않기를 바랐다. 할아버지가 절대 몰랐으면. 담임이 할아버지와 나의 이야기에, 우리에게 한 일을.

내가 그 과제를 공 모양으로 구기자 교실의 모두가 고개를 돌려 나를 보았다. 언제나 그랬듯 니나는 손가락을 제 입술에 대며 날 봤다. 마치 모든 것에서 소리가 난다는 것과 소리를 내선 안 된다는 걸 내게 상기시키는 게 제 일이라도 되는 것처럼. 하지만 나는 그 종이 공을 니나의 얼굴에 던지지 않았다. 내가 교실 저편으로 던진 종이 공은 쓰레기통에 들어갔다. 그 나무와 그 나뭇잎과 그 강과 그 새와 그 새의 새로운 둥지도 빨간 줄에 조각조각 베인 채 따라 들어갔다.

3

전자 기기도 과학 계통이기는 한데, 나는 과학 시간만큼은 전자 기기 잡지를 흘깃거리지 않는다. 대체로 수업에 집중한다. 나는 과학도, 과학 교사인 소피아 알라미야 선생님도 좋아한다. 지화*로 말할 때 선생님 이름이 내 손에서 물결처럼 흘러내리는 것마저 좋다.

알라미야 선생님이 칠판에 Hz라고 썼다.

"이거 무엇의 약자인지 기억해?"

손이 몇몇 올라왔고 선생님은 나를 지목했다. 내가 지문자로 h, e, r, t, z를 차례대로 말했고 찰스 선생님이 모두에게 "헤르츠"라고 소리 내어 통역해 주었다.

"맞아. 무엇을 재는 단위지?"

나는 답했다.

"소리의 주파수요."

* 수어에서 한글, 알파벳 등 문자언어의 자모음 철자를 본떠 손가락 모양으로 나타내는 지문자나 지숫자 등으로 소통하는 방식.

왜 또 주파수를 다루려는지 의아하다. 이미 몇 달 전에 시험까지 다 쳤는데 말이다.

"우리가 지금 배우는 내용과 흥미롭게 연관되어 있는 뭔가를 찾았어."

마치 내 생각을 알아채기라도 한 듯 선생님이 말했다.

"남다른 어느 고래에 관한 자료인데, 그 고래가 부르는 노래의 주파수가 중요해. 왜 중요한지 다들 보면 알게 될 거야."

알라미야 선생님이 교탁 위 컴퓨터 자판을 두드리자 어떤 영상이 선생님 안경알에 비친다. 하지만 교실 앞 프로젝터 스크린에는 여전히 커다랗고 파란 네모뿐이다. 한구석엔 '신호 없음'이라는 글자가 떠 있다.

알라미야 선생님이 내게 '도와줘'라고 수어로 말하기도 전에 나는 이미 앞으로 나가고 있었다. 나는 영상을 다시 처음으로 돌리고 재생을 멈춘 후 컴퓨터와 프로젝터 신호를 연결했고, 화면 아래에 있는 CC 버튼을 클릭해서 자막도 켰다.

영상은 고래 한 마리가 바다를 헤엄치는 모습으로 시작되었다. 자막이 있어 찰스 선생님의 통역이 필요하지 않았다. 화면을 가득 채우는 짙은 회청색 고래가 꼬리를 위로 아래로 저었다.

영상의 해설자가 블루55라는 이름의 고래를 알려 주었다. 대부분의 고래들처럼 무리와 함께 헤엄쳐 다니는 게 아니라 혼자 다니는 고래라면서. 알려진 바에 따르면 지금까지 늘 그랬다고 한다. 이 고래에겐 함께 헤엄치거나 이야기를 나누는 친구나 가족이 내내 없었다는 것이다. 이빨로 오징어나 물개를 잡아먹는 것이 아니라 플랑크톤이나 작은 물고기를 먹는 수염고래의 일종이다. 하지만 서로 다른 두 종의 고래 사이에서 태어났다. 대왕고래 엄마와 참고래 아빠 사이에서.*

"문제는 블루55가 내는 독특한 소리다. 대부분의 고래가 35헤르츠나 그보다 낮은 주파수의 소리를 내는데, 이 외로운 고래는 55헤르츠 언저리의 소리를 낸다."

고작 20헤르츠인데도 큰 차이다. 이 고래는 자기만 아는 언어로 말하는 것이나 마찬가지이기 때문이다.

"더욱이 이 고래의 노래는 다른 고래들의 노래와 형식이 다르다. 그래서 설사 다른 고래가 들을 순 있다고 해도 뜻까지 알아들을 수는 것이다. 블루55는 자기 부모와도 의사소통을 하지 못했을 가능성이 크다."

배 속이 조여 온다. 영상에 다른 고래가 블루55에게 다가가는 모습이 나왔으면 좋겠다. 아니면 블루55를 쳐다보는 모습만이라도.

"블루55의 이상한 울음소리는 1980년대 후반 해군의 수중 음파 탐지기를 통해 처음으로 감지되었다. 해양 생물학자들은 무엇이 그런 소리를 내는지, 그 고래가 왜 바닷속에서 그토록 혼자인지를 알아냈다."

자막을 못 읽을 정도로 앞이 흐려졌을 때에야 나는 눈에 눈물이 찼다는 걸 알았다. 찰스 선생님이 자기 호주머니에서 휴지를 꺼내 주었다. 내가 훌쩍거리는 소리를 내거나 한 모양이었다.

"알레르기 때문에요."

---

* 두 가지 이상의 이름으로 알려진 고래들의 경우 국립수산과학원이 발표한 우리말 이름을 따라 blue whale은 대왕고래, fin whale은 참고래, right whale은 긴수염고래로 옮겼다.

나는 영상에서 눈을 떼지 않은 채 찰스 선생님에게 말했다.

이어지는 설명에 따르면 블루55가 다니는 바닷길 역시 이상하고 다른 고래들과 다른데, 지난해 한 해양 보호 구역의 연구자들은 그러한 블루55의 이동 경로를 추적하기 위해 장치를 붙이려고 했다. 피부 검체는 이미 얻었다. 블루55가 서로 종이 다른 부모에게서 태어난 새끼라는 것도 그래서 알 수 있었다. 하지만 추적 장치를 붙이려는 순간 블루55가 물속으로 깊이 들어가 멀어져 버렸다고 한다. 한번 물속으로 들어가면 20분간은 숨을 쉬러 물 위로 올라올 필요가 없다. 추적 장치를 달고 있지 않은 이상 블루55가 어디쯤 헤엄치고 있는지는 수중 마이크에 잡히는 노랫소리를 통해서만 알 수 있다.

나는 자리에서 일어선 기억이 없는데, 영상이 끝나고 알라미야 선생님이 이야기를 시작했을 때 찰스 선생님을 내려다보아야 했다. 모두가 쳐다보는 가운데 나는 자리에 앉았다. 일어설 때 바닥에 떨어진 것인지 내 교과서도 내 발치에 있었다. 나는 줍지도 않았다.

알라미야 선생님은 물었다.

"그 오랜 세월 아무하고도 대화하지 못한 채 바닷속을 헤엄쳐 다니는 게 어떤 일일지 상상이 되니?"

네.

알라미야 선생님은 주파수에 관한 다른 이야기도 했지만 내 마음은 이미 수업에 있지 않았다. 찰스 선생님의 통역을 보긴 했지만 멍했다. 아직 눈앞에 그 화면 속 고래가 보이기라도 하는 것처럼.

블루55에겐 같은 언어로 노래하는 친구나 가족이 없다. 그런데도 노래한다. 노래를 부르고 부르고, 또 부르고 있는데, 아무도 그 소리를 듣지 못한다.

4

처음부터 혼자 헤엄쳤던 것은 아니다. 오래전, 바다에서 가장 요란한 소리가 고래들의 노래였던 시절엔 그도 어느 고래 떼와 함께였다.

그 첫 번째 고래 친구들은 그와 대화를 나누려고 노력했다. 그와 비슷한 노랫소리를 내 보려고 매일 시도했다.

그는 친구들의 그런 노래를 듣고 노래로 응답했다. 하지만 친구들은 그 응답의 뜻을 전혀 알아들을 수 없었다.

그는 다른 고래들의 말을 알아듣고 대답했지만 다른 고래들에게 그 대답은 뜻 모를 소리였다. 그래서 다른 고래들은 그가 자신들의 말을 못 알아듣는다고 생각했다.

이제 다른 고래들은 그를 빼고, 그가 없는 것처럼 대화했다. 마치 그가 바닷속에서 지나치는 산호초나 해초 숲인 것처럼. 하지만 그에겐 다 들렸다.

그는 다 알아들었다. 끝내 체념한 다른 고래들이 그와 소통하려는 노력을 그만두자고 할 때도 알아들었고, 포식자를 봐도 경고 못 하고 먹이 가득한 바닷물 냄새를 맡아도 알려 줄 수 없는 고래가 무리에 무슨 도움이 되겠느냐며 화낼 때도 다 알아들었다.

그는 외쳤다. 나도 할 수 있어. 저기 봐, 저 파도 속에 크릴새우가 가득해. 몸을 돌려 길도 알려 주었다. 다른 고래들과 비슷한 소리로 노래하려 안간힘을 써 보기도 했다. 하지만 물결은 다른 고래들에게 닿기엔 너무 높은 곳으로 그의 노래를 끌고 가 버렸다.

어느 밤, 잠에서 깨어 숨을 쉬러 수면으로 올라갔을 때 그는 혼자가 되었다는 것을 깨달았다. 오랜 시간 끝에, 가닿지 못한 수많은 노래 끝에, 그의 가족들이 그를 두고 떠났다는 것을.

어디로 갔어? 이제 난 어떻게 해야 해? 그는 아무런 답이 오지 않을 걸 알면서도 외쳤다. 자신의 소리가 자신에게만 의미 있다는 걸 알면서도 외쳤다.

5

점심 때 나는 아이들과 함께 앉기는 해도 혼자다. 사실 나는 입 모양을 보면 뜻을 그런대로 알 수 있다.(결코 담임에게 말하지는 않을 테지만.) 하지만 아무리 입 모양을 잘 읽더라도 모든 내용을 알 수 있는 건 아니다. 같은 입 모양에서 나는 다른 소리가 너무 많고, 여러 명이 대화를 할 땐 그저 띄엄띄엄 한두 단어를 알아채는 정도다. 먹으면서 말할 땐 더욱 어렵다. 말할 때 신경 써서 내 쪽을 보려고 하는 아이들도 몇몇 있지만, 그 아이들조차 여럿이 하는 대화에 끼면 말이 너무 빨라 내가 따라갈 수 없다. 어떤 아이들은 지화를 할 줄 알아서 내게 하고 싶은 말을 하나하나 알파벳 지문자로 하려 한다. 그런 경우 한 문장을 완성하는 데 한도 끝도 없는 시간이 걸려 내가 그냥 글로 쓰라고 한다. 게다가 내가 지화로 답해도 어차피 그 애들은 알아보지 못한다. 문장을 끝맺을 때쯤엔 앞부분을 까먹을 정도로 느릿느릿 하지 않는 한은 말이다.

  나와 과학 수업을 같이 듣는 아이들 몇몇이 같은 식탁에 앉아 있었다. 나는 그때까지도 블루55라는 이름의 고래가 계속 생각나,

나 같은 아이가 있는지 궁금했다. 블루55 이야기를 하는 것처럼 보이는 아이는 없었다. 블루55는 혼자 헤엄쳐 다니기를 좋아할 것 같은지, 아니면 함께 다닐 친구를 원할 것 같은지 물어보고 싶었다. 다른 고래들과 같은 노래를 하고 싶어도 못 하는 것일지, 아니면 자기만의 노래를 부르는 것이 그저 만족스러운 것일지 이야기해 보고 싶었다.

그때 친구들과 함께 걷던 니나가 마치 엄청나게 중요한 할 말이 있는 것처럼 나에게 손을 흔들었다. 니나의 수어를 이해한 경우에도 중요한 내용이었던 적은 한 번도 없었다. 하지만 니나도 블루55의 영상을 보았고, 수어에도 관심이 있다. 나는 숨을 깊이 쉰 다음, 한번 기대를 걸어 보기로 했다. 손 모양을 최대한 또렷하게 보여 주려 애쓰며 물었다.

"그 고래 어떻게 생각해?"

그러자 니나는 내 점심을 가리키더니 전혀 말이 되지 않는 수어로 대답한다. 무슨 말을 하고 싶은 건지 내가 대강 짐작할 수도 없다. 어쩌면 신나서 급하게 수어를 하느라 뒤죽박죽이 되었을 수도 있다. 손이 머릿속의 속도를 따라갈 수 없어서 말이다.

나는 니나에게 천천히 말하란 의미로 한 손을 들어 보였다. 그리고 숫자와 알파벳은 충분히 쉬우니까 블루Blue의 B를 표현한 후 5를 뜻하는 손 모양으로 허공을 두 번 두드렸다. 즉, 블루55. 이제 나는 어깨를 조금 으쓱하고는 궁금한 표정으로 두 눈썹을 올려 보였다. 그러니까 "블루55 어떻게 생각해?"라는 내 질문은 더할 나위 없이 분명했을 것이다.

그런데도 니나는 이해를 못 했다. 그리고 나 역시 니나의 대답을 이해할 수 없었다. 니나의 손 모양 중에 '고래'나 '바다', '노래'처럼 보이는 부분은 전혀 없었다.

나는 그냥 포기하고 내 맞은편에 앉은 산제이를 보았다. 자신이 요즘 하는 비디오게임에서 새로 깬 단계, 아니면 뭐 그 비슷한 걸 이야기하는 것 같다. 내 시야 가장자리에서는 니나가 더욱 맹렬하게 수어를 하는 것이 보인다. 니나의 친구들은 니나가 휘두르는 팔에 얼굴을 맞지 않으려고 뒤로 물러선다. 시선을 끄는 행동을 하는 것은 니나인데, 그 시선을 받는 건 나다. 산제이가 니나 좀 보라며 가리켰지만 나는 됐다며 손을 내저었다. 마치 산제이의 비디오게임 사연을 마저 알고 싶어서 견딜 수 없다는 듯이. 이젠 포기했는지 확인하려고 흘끗 시선을 돌렸을 때 니나는 더 가까이 다가왔고, 나는 얼굴이 뜨거워졌다. 젠장. 이 아이는 눈치가 없다. 내가 주는 눈치에 손이 불붙어도 알아채지 못할 것이다. 나는 가방으로 손을 뻗어 공책 한 장을 찢었다.

다들 주말에 뭐해? 나는 새로운 대화 주제를 아무거나 적었다. 니나는 내 바로 옆에 다가와 있다. 눈으로 봐서 아는 것이 아니라 니나의 수어가 내 머리 옆에 일으키는 바람으로 알았다. 나는 끝내 몸을 돌려 니나를 보았다. 주변 애들 모두가 내게 니나를 가리켜서 보지 않을 수 없었다. 기막힌 광경이었다. 말이 되는 손짓이 단 한 부분도 없었다.

"네가 뭐라고 하는지 모르겠어."

니나에게 수어로 말한 후 나는 다시 다른 아이들에게로 고개를 돌렸다. 그래도 니나는 포기하지 않았다. 내가 저를 볼 수밖에 없게끔 몸을 내게로 내밀고 내 얼굴 바로 앞에다 대고 두 손을 휘

젓는다. 이제는 더 참기가 힘들다. 내 얼굴이 더욱 달아오른다. 모두가 마치 니나의 말을 이해하지 못하는 내가 멍청하다는 듯이 나를 쳐다본다. 나는 니나를 밀어내고 말했다.

"날 좀 내버려 둬!"

그렇게 세게 밀려던 것은 아니었는데 니나가 옆 식탁 애들에게 부딪혔다가 바닥에 엉덩이를 찧었다. 소리치는 것처럼 니나 입이 크게 벌어졌다. 그 소리가 아주 큰 건지 멀리 있는 아이들도 우리를 보려고 자리에서 일어섰다. 점심 지도 교사들이 걱정 가득한 얼굴을 하고 우리 식탁으로 왔다. 그중 한 명의 입 모양을 보니 "무슨 일이야?"라고 묻는다.

교사가 니나를 일으켜 세웠다. 니나는 바닥에 찧은 팔꿈치를 문질렀지만 그 외에는 멀쩡해 보였다. 나는 일어서서 어깨에 가방을 걸쳤다. 그리고 점심시간이 끝나지도 않았지만 교장실로 향했다. 그리로 보내질 것이 불 보듯 뻔했으니까.

6

교장실의 대기실로 들어가자 전화를 받던 비서가 나를 보았고, 나는 손을 내저어 보이고는 곧바로 교장실로 들어갔다. 교장 선생님이 오기 전이라 나는 가구를 재배치했다. 까만 의자를 교장 선생님 책상 옆에 갖다 놓은 것인데, 그렇게 해 두면 말하는 교장 선생님과 통역하는 찰스 선생님을 내가 동시에 볼 수 있다. 그러고서 나는 제일 좋아하는 의자에 앉아 천장을 보며 기다렸다.

마침내 교장 선생님이 들어와 자리에 앉고는 "이거 참……"이라고 말하듯 두 손을 펼쳤다.

나는 어깨를 으쓱했다. 찰스 선생님이 올 때까지는 말을 해 봐야 의미 없다. 나는 목에 걸고 다니는 펜던트를 만지작거렸다. 제니스 라디오의 다이얼로 만든 것이다. 이 옛날 라디오의 나무 다이얼에는 번개 모양을 닮은 Z자가 양각으로 새겨져 있다. 나는 골동품 라디오를 내 방에 수집한다. 거너 아저씨의 골동품점에서 수리일을 좀 하는데 가끔은, 아니, 솔직히 자주 내가 고친 라디오를 내가 직접 사들인다. 이 펜던트도 내가 직접 만든 것인데 밖에 있을 때도 내 라디오들의 일부를 지니고 싶어서다. 솟아오른 Z의 뾰족한 가장자리를 손끝으로 만지면서 나는 찰스 선생님을 기다렸다.

잠시 후 도착한 찰스 선생님은 내게서 "어서 오세요"라는 인사를 받으며 내 맞은편 의자에 앉았다.

교장 선생님 책상에 전에 못 보던 사진이 있어 나는 손가락으로 가리키고 물었다.

"새 손자인가요?"

찰스 선생님이 통역해 주자 교장 선생님이 답했다.

"맞아, 헨리라고 해. 자, 그럼 이제 식당에서 무슨 일이 있었던 건지 알아볼까?"

분명 교장 선생님은 식당에서 일어난 일을 이미 안다. 항상 알면서도 내가 직접 하는 이야기로 확인하려 한다. 무슨 일이 일어났는지를 알아낸 다음 학생에게 물어 거짓말하는지 시험해 보라, 하고 교장 학교에서 가르치는 것이 분명하다. 나는 일어난 일을 설명했고 찰스 선생님이 통역했다.

"아이리스, 니나는 너한테 점심으로 뭘 먹느냐고 물어보려던 것뿐이었어."

나는 손바닥으로 내 이마를 쳤다. 말이 그렇다는 게 아니라 실제로 쳤다. 고작 내가 무슨 샌드위치를 먹는지 궁금해서 그랬다고? 이 모든 난리가 일어난 이유가 그것이었다고?

"니나는 너랑 대화를 하려고 했던 거야, 친구로서."

나는 답했다.

"아니요. 니나는 그냥 잘난 척하는 거고, 알지도 못하는 걸 아는 척하는 거예요. 그 애는 사람 얼굴에 그렇게 가까이 손을 들이

미는 짓 하지 말아야 해요."

교장 선생님은 우리 학교에서 몸싸움이 전혀 용인되지 않는다는 사실을 다시 일러 주었다. 불편할 정도로 가까이 다가오는 남의 손을 치우려던 것뿐이었다고 주장해 보았지만 소용없었다. 학교에서 그것은 몸싸움으로 간주된다는 대답뿐.

"불공평해요."

나는 힘이 빠져 의자에 등을 기대고 창문 너머 주차장을 바라보았다.

찰스 선생님이 손을 흔들어 내 시선을 끈 후, 교장 선생님이 덧붙인 말을 통역해 주었다.

"같은 식탁에 앉았던 학생들도 그러더라. 니나가 너한테 너무 바싹 다가갔기 때문에 하지 말라는 뜻으로 네가 그랬다고. 우리가 니나한테도 따로 이야기할 거다. 사람 사이의 적정 거리를 지켜야 한다고. 그리고 너는 만일 이런 일이 또 일어난다면 어떤 선생님한테건 이야기해라. 사람을 밀어 버리지 말고."

"알았어요."

나는 그렇게만 대답하기로 했다. 교사를 멈춰 세워 사정을 글로 적는 것보다 사람을 밀어 버리는 쪽이 훨씬 빠른 방법이란 대답을 교장 선생님은 좋아하지 않을 테니까.

나는 바로 그 순간부터 시작해 다음 이틀이 지날 때까지 '교내 근신'을 당하게 되었다. 그건 내가 하루 종일 각 수업의 교실로 가는 대신 한 교실에 앉아 있어야 하고, 각 수업 과제를 선생님들이 그 교실로 보내 준다는 뜻이다. 그 정도 벌이라면 괜찮다. 집에 있어야 하는 일반 근신을 당했더라면 더욱 좋았을 것이다. 과제를 순식간에 다 끝낸 후 라디오 수리를 할 수 있었을 테니까. 아마 그래서 교장 선생님은 내게 그 벌을 주지 않은 것 같다. 나한테는 너무 방학 같다는 것을 간파해서.

그다음, 교장 선생님은 가장 싫은 벌을 더했다.

"근신이 끝나고 교실로 돌아가면 니나한테 사과해야 해."

교장 선생님이 이 부분은 까먹을지도 모른다.

학교 일과가 끝난 후 엄마에게서 문자가 왔다. **집으로 곧장 와.** 그러면 그렇지. 교장 선생님은 이미 엄마에게 전화해서 내가 받은 처분을 알린 것이다. 나는 그다지 서두르지 않고 자전거 페달을 밟았다. 엄마 아빠는 이미 내게 경고했다. 학기가 끝나려면 한 달이나 남았지만, 그때까지 내가 한 번만 더 교장실에 가면 '심각한 벌'을 줄 것이라고. 그 벌이 뭔지는 모르겠지만 모르는 게 나은 일도 있는 법이다.

이날 아침에 나는 거너 아저씨네 골동품 가게에서 얻은 라디오를 고치고 있었다. 1950년대에 나온 민트색 제니스 라디오. 그래서 학교에 조금 늦었던 것이다. 거의 다 고쳐 가는데 마무리에 필요한 부품이 내게 없다. 거너 아저씨가 급하게 고쳐 달라고 한 것은 아니다. 그는 늘 충분한 시간을 들여서 제대로 작업하라고 말한다. 무엇이든 고장 난 채로 두는 것을 참지 못하는 것은 오히려 나다. 그 고장 난 물건이 계속 내 머릿속을 쫓아다녀 결국 무시하지 못한다.

우리 동네 고물상은 학교와 우리 집 사이에 있다. 약간 억지를 부리면 그렇다고 할 수 있다는 것이다.

내 자전거가 모Moe의 고물상 앞에 다다랐을 때 나는 바퀴가 멈추기도 전에 풀쩍 내렸다. 그리고 고물상 옆으로 난 인도를 달리면서 '죽은 가전제품' 코너를 훑어보았다. 늘 식기 세척기와 세탁기가 참 많은 곳이지만 그 사이에…… 아, 보인다. 아주 커다란 티브이-라디오-전축 세트 하나. 커다랗다는 게 화면이 크다는 뜻은 아니다. 두께가 두껍다고 할까? 티브이 화면이 벽에서 적어도 1미터는 떨어져 있게 된다.

달려가서 좀 더 자세히 보니 1950년대 애드머럴사 제품 같다. 목재 캐비닛의 긁힌 자국들에 수십 년치 먼지가 끼어 있고 스피커망은 찢어져 나달거린다. 내부는 이보다 나은 상태이길. 티브이와 전축은 그다지 쓸 데가 없지만 라디오 속에는 정확히 내가 원하는 부품들이 있을지도 모른다.

나는 할아버지에게 문자를 보내려고 전화기를 꺼냈다. 늘 그랬듯이 다른 사람이 채어 가기 전에 그 고물을 우리 집으로 실어다 달라고 하려고. 몇 글자를 치다가 나는 멈추었다. 가끔 이렇게 할 말을 생각했다가 더는 대답할 할아버지가 없다는 것을 뒤늦게 기억하곤 한다. 그러면 잊고 있었던 것이 미안해진다. 나는 할아버지를 항상 그리워해야 하지 않나, 하고.

쓰던 문자를 지우고 나서, 할아버지가 아직 우리 곁에 있었으면 좋겠어요라고 새로 썼다. 할아버지가 받진 못하겠지만 나는 전송을 누르고 전화기를 다시 주머니에 넣었다. 그렇게 하면 더 가까이 있는 것 같다. 그 짧은 문자를 보내면 내가 아직 자신을 생각한다는 것을 할아버지도 어떻게든 알 것 같다. 할아버지 잊은 거 아니에요. 그냥 곁에 없는 걸 가끔 까먹는 것뿐이에요.

나중에 오빠 차로 함께 실어 가도 되지만 그때쯤이면 이 물건은 이미 누군가가 사 가고 없을지도 모른다. 엄마나 아빠에게 실어 달라고 하면 집에 바로 가지 않고 고물상에 온 것부터 문제가 될 것이다.

모에게 잠시 맡아 달라고 부탁하기로 했다. 이제 그는 나를 잘 알기 때문에 그 세트를 사고 싶다고 전하는 일도 간단할 것이었다. 하지만 사무실 역할을 하는 트레일러로 달려 들어갔을 때, 책상 앞에는 평소처럼 시가를 피우는 모가 아니라 우리 오빠보다 조금 나이가 많아 보이는 남자가 있었다. 그는 사람들이 서로 의자를 던지는 티브이 프로그램을 보고 있고, 그의 파란색 근무복 셔츠에는 '지미 조'라는 이름이 붙어 있다.

다가가는 나에게 지미 조가 일어서서 무어라고 말했다. 나는 모르는 사람들과 이야기하기를 좋아하지 않지만 지금은 응급 상황이니 하기로 한다. 하지만 여기서 '이야기하기'란 '글을 써서 주고받기'라는 뜻이다. 농인이라서 좀 다른 내 발음을 알아듣지 못하고 쳐다보는 사람들 눈빛이 나는 너무 싫다. 내가 구어를 아주 잘하는지 스스로가 알 수 없기 때문에, 차라리 하지 않는 쪽을 택한다. 그리고 목소리를 낼 때 드는 느낌이 싫다. 라디오 스피커에서 나오는 소리를 느끼는 건 그토록 좋아하는데도 내 목에서 느껴지는 진동은 짜증이 난다. 마치 제자리가 아닌 곳에 있는 것 같다. 기계를 정말 좋아하면서도 내 귀에는 기계를 달고 싶지 않은 것과도 비슷하다.

— 밖에 있는 애드머럴 세트 제가 사려는데 좀 맡아 주실 수 있어요? 조금 있다가 다시 올게요.

내가 건넨 메모를 읽고 나서 그는 물음표가 뜬 얼굴로 나를 다시 쳐다보았다. 나는 내 귀를 가리킨 다음 고개를 저었다. 여기 가득한 물건들처럼 내 귀도 먹통이라는 뜻으로.

이럴 때 사람들 대부분의 반응처럼 그도 눈이 커다래졌다. 마치 날 어떻게 대해야 할지 모르겠는 것처럼, 아니면 내가 바로 앞에서 폭발하기라도 할 것처럼 안절부절못하는 두려움이 눈에 비쳤다.

"입 모양, 그…… 읽을 수 있어? 아니면 말할 수 있어?"

그는 자신의 입과 내 입을 번갈아 가리키면서 물었다.

그럴지도. 하지만 그냥 손에 쥔 내 글을 읽으면 어떨까? 나는 대답으로 그가 손에 든 메모지를 두드렸다. 이제 좀 정신을 차린 것 같은 그가 창문 밖을 가리키고는 말했다.

"작동 안 돼."

그가 입을 엄청나게 커다랗게 벌리면서 말한다. 아마도 소리를 지르는 것 같다. 뜻을 확실히 전달하겠다고 고개를 젓고 손도 흔든다.

나는 어이가 없었지만 표정 관리를 했다. 당연히 작동 안 되지, 그걸 모를까 봐? 설사 작동된다고 해도 그게 진짜 되는 건 아니다. 안테나 달린 이 구형 티브이가 신호를 받을 수 없게 된 지가 언제인데.

메모지를 도로 가져와 적었다.

– 부품 때문에요.

두려움에서 감탄으로 표정이 바뀐 그가 두 눈썹을 올리더니 이렇게 적었다.

― 아버지께 여쭤볼게. 건강진단 받으러 가셨어. 곧 오실 거야.

그러니까 지미 조는 모의 아들이었다. 이 고물상의 고객으로서 내가 목격한 바에 따르면 모는 아침으로 버드와이저 맥주 한 캔과 고기가 듬뿍 들어간 햄버거를 먹고 시가 한 대를 피우며 하루를 시작해 온 사람이라, 건강진단을 받기로 한 것은 아주 좋은 선택이다. 몸을 챙기기로 한 것이 하필이면 오늘부터여서 내가 좀 불편하게 되긴 했지만.

― 아이리스가 부탁하더라고 전해 주세요. 감사합니다!

지미 조가 그걸 읽는 동안 나는 메모지 한 장을 더 뜯어서 내 이름을 적고는 책상 위에 있는 테이프 한 조각도 뜯었다. 지미 조의 대답을 기다리지 않고 밖으로 달려 나간 나는 '아이리스 베일리'라고 적은 메모지를 그 애드머럴 세트에 척 붙였다. 거의 내 것이 되었다. '심각한 벌'을 받을 예정인데도 나는 집에 가는 내내 싱글벙글했다.

7

집에 와 보니 오빠는 없고, 더욱 중요한 건 엄마도 없었다. 그건 엄마의 설교 시간이 다가오기 전에 라디오 손볼 시간이 좀 있다는 뜻이었다.

나는 벽 세 면의 선반들을 직접 수집한 라디오로 채워 놓은 내 방으로 뛰어 올라갔다. 머지않아 선반 하나를 더 들여야 할 것이다. 내가 낡은 문짝으로 만든 작업대 위에는 장비와 부품과 전선이 빼곡하다. 엄마는 꼭 로봇 공장이 폭발한 것 같다고 하는 내 방이지만 나는 뭐가 어디에 있는지를 다 안다.

내가 고물 라디오를 고친다고 말하면 사람들은 대부분 놀라는데, 그건 소리도 움직인다는 점을 대체로 놓치기 때문이다. 충분히 크기만 하면 소리는 무엇이든 움직일 수 있다. 소리의 파동, 즉 음파가 유리도 깨고 땅도 흔들고 고래도 귀 멀게 한다.

그리 크지 않은 음파도 라디오를 진동시킨다. 그래서 나는 귀로 듣지 않아도 라디오가 작동하는지 안 하는지를 안다. 스피커에다 손을 대면 진동이 느껴지기 때문에 지금 음악이 나오는지 잡음이 나오는지, 아니면 돌덩이가 든 통처럼 아무 소리 없는지를 알수 있다.

듣고 싶어서 고친 적은 한 번도 없다. 내 방 선반에 놓인 라디오 하나하나는 내가 뭔가 제대로 해냈음을 기억할 수 있는 증거다. 내가 손보기 전에는 작동하지 않던 것들이다. 무언가를 고칠때마다 나는 어떤 대회에서 이기기라도 한 기분이 든다.

나는 침대 옆에 앉아서 필코 38-690 캐비닛 라디오의 옆면을 쓰다듬었다. 오후에 집에 돌아올 때마다, 아침에 집을 나가기 전마다 내가 하는 일이다. 여태 수집한 골동품 라디오 가운데 내가 가장 좋아하는 녀석이다. 높이가 1미터도 넘기 때문에 다른 라디오들과는 달리 선반이 아닌 바닥에 놓았다. 1930년대 라디오이고, 전문가인 내 견해로는 이 세상에서 만들어진 라디오 중 가장 훌륭하다. 단 3,000대만 만들어졌다.

오랫동안 사진으로 본 것이 다였는데, 어느 날 거너 아저씨의 골동품점 계산대 뒤에 이 필코 38-690 라디오가 있었다. 그걸 그냥 버릴 작정이었다는 거너 아저씨의 말에 나는 눈이 골 밖으로 튀어나올 뻔했다. 물론 상태가 좋지 않긴 했다, 매우. 하지만 버리게 둘 순 없었다. 그래서 나는 내가 받기로 한 다른 라디오의 수리비 대신 그 라디오를 받을 수 없겠느냐고 물었다. 거너 아저씨는 그건 불공정한 일이라면서, 수리비도 주고 그 라디오도 주겠다고 했다. 그러자 꼭 내가 나이 든 사람을 등치는 것 같은 기분이 들었다. 그가 거저 주겠다고 한 마음을 바꿀지도 몰랐지만, 나는 내가 되살릴 경우에 이 라디오의 값어치가 얼마쯤 되겠느냐고 물었다. 어쩌면 거너 아저씨는 자기가 뭘 가졌는지조차 모를 수도 있으니까.

그 라디오의 홈집투성이 나무 캐비닛을 거너 아저씨가 살짝 두드리자 먼지가 구름처럼 피어올랐다.

"필요한 모든 작업을 해서 살려 낼 수 있다면, 너는 이걸 가질 자격이 있어."

그때부터 다섯 달 동안 나는 그 죽은 필코 라디오를 되살려 내기 위해 작업했다. 마침내 모든 걸 해냈을 때 손바닥을 대고 진동을 느껴 보니 잡음이 나오고 있었다. 거기서 다이얼을 아주 조금 돌리자 스피커에서 흘러나와 캐비닛 전체를 진동시키는 것은 음악의 부드러운 리듬이었다. 왜 라디오를 끌어안고 울고 있느냐고 누가 물었다면, 나는 무어라고 답할지 몰랐을 것이다. 그 라디오가 오랜 시간을 먼지만 쌓이도록 조용히 앉아 있었으리란 것이, 들을 만한 가치가 있다고 생각하는 사람이 아무도 없어서 거의 쓰레기통에 버려질 뻔했다는 것이 자꾸 생각났다.

대체로 나는 그 라디오를 밤새 틀어 놓는다. 성능이 더 빨리 닳을 수 있는데도 말이다. 침대에 누워 손을 뻗으면 손바닥에 그 진동이 느껴지고, 나는 지금 누가 노래하고 있는지, 누가 듣고 있는지를 궁금해하면서 잠이 든다.

바닥이 조금 흔들리는 것을 보니 엄마가 계단을 올라오는 모양이다. 나는 가만히 앉아서 기다렸다, 내가 받을 처벌이 무엇일지 생각해 보면서. 아마 한동안 전화기를 못 쓰게 될 수도 있고 내 친구 웬들을 만나러 가지 못할 수도 있다.

문이 열리자 나는 두 손을 들어 올려 말했다.

"'심각한 벌' 받을 거란 거 알아. 그렇지만⋯⋯."

학교에서 일어난 일은 내 잘못이 아니라는 내 설명을 보지도 않고, 엄마는 손가락으로 방 안을 빙 둘러 가리켰다.

"이거 전부, 밖으로 뺄 거야."

"뭐?"

"원한다면 천이랑 수건으로 감싸 두든지. 하지만 어쨌든 트리스턴이 집에 오면 같이 전부 차고로 옮길 테니까 너도 거들어."

나는 내 곁을 못 떠나게 할 수 있기라도 한 것처럼 필코 라디오의 가장자리를 꽉 쥐었다.

"안 돼. 그건 부당해."

"넌 문제를 안 일으키겠다고 약속했어. 우리는 이미 경고했고."

"라디오를 가져가겠다는 말인지는 몰랐지."

나는 내 라디오들을 향해 팔을 휘둘렀다.

"내가 가진 것 전부를 가져간다는 말인 줄은 몰랐다고."

"과장하지 마. 라디오가 어떻게 네가 가진 것 전부야?"

엄마는 내가 반박하기 전에 말을 이었다.

"어쨌든, 이렇게라도 해야 네가 우리 말을 듣지. 사람들하고 어울리는 법, 규칙 따르는 법을 배워야 한다고 얼마나 더 말해야 돼? 이렇게 하면 좀 진지하게 받아들일 거야? 그 여자애 부모가 학교 측에 엄청 화내고 있어."

"이건 학교 잘못이 아니야. 내 잘못도 아니고. 딸을 그렇게 짜증 나는 애로 키운 자기들 잘못이지."

"넌 어떻게 항상 남의 탓만 하니? 다른 사람 때문에 짜증이 나도 더 나은 해결 방법을 찾아야지."

"엄마한테야 쉽지. 모두가 나를 무시할 때는 더 나은 방법이란 게 없어."

수어를 하던 내 손가락이 어쩌다 내 얼굴에 닿은 순간 더운 눈물이 손끝에 묻었다. 나는 손을 청바지에 닦았다. 바로 그때, 애드머럴 세트가 생각났다. 까맣게 잊고 있었다니! 엄마의 라디오 압수 선언에 머리에 합선이 일어난 모양이었다.

"고물상에서 티브이 하나 실어 와야 돼."

언제 또 고물상에 갔었느냐는 추궁을 듣고 싶지 않았지만, 말해야 했다.

"아니, 방금 압수하기로 한 물건을 하나 더 실어다 주진 않을 거야. 너한텐 이미 고물이 차고 넘쳐."

내게 얼마나 많은 고물 라디오가 있는지는 중요하지 않다. 바로 그 라디오는 없으니까. 엄마한테 설명하려 했지만 엄마는 나가려고 돌아서 버렸다. 더는 대화하지 않겠다는 뜻이다. 나는 한 손을 흔들어 엄마의 시선을 잡았다.

"언제 돌려받을 수 있어?"

"조금씩 단계적으로. 월요일부터 시작해서."

"그럼 주말 내내 나 뭐 하라고?"

"웬들 만나면 되잖아. 그리고 토요일에는 식구들 모두 할머니네 갈 거야. 모든 걸 금지한단 게 아니잖아. 네 라디오만이지."

그게 모든 것이다.

집에 온 오빠는 나에게 방에서 라디오 치우는 일을 돕지 않아도 된다고 말했다. 내게 그 일이 얼마나 아플지 알기 때문이다.

"엄마랑 내가 알아서 할게."

오빠는 이렇게 말했지만 나는 고개를 저으면서 작은 축에 속

하는 라디오 하나에 베갯잇을 씌웠다.

"괜찮아. 그래도 제안은 고마워."

정말로 내키지 않았지만 치워지기 전에 한 번 더 만져 볼 수 있는 기회를 놓치고 싶지도 않았다.

내 라디오들을 모두 차고로 끌어낸 후 다시 올라와 보니, 내 방은 이제 진짜 내 방이 아니다. 선반들이 텅 비었다. 몇 시간 전만 해도 부품들이 가득 쌓여 있던 작업대에도 아무것도 없다. 없어진 것들의 빈자리만 얇은 먼지 위에 그대로 찍혀 있다. 내 침대 옆 필코 라디오가 있던 자리에도 카펫 눌린 자국만 남았다.

그 텅 빔을 마주하지 않아도 되도록 나는 침대에 누워 벽을 보았다.

나중에 오빠는 내가 잘 있는지를 확인하러 왔다. 침대 가장자리에 앉아 내 어깨를 건드리는 오빠를 나는 돌아보았다.

"괜찮아?"

오빠가 물었다. 나는 몸을 돌려 천장을 보고 누웠다.

"아니, 절대 괜찮아지지 않을 거야."

"나도 안타까워."

"억울해. 나한테 필요한 것들이야. 그리고 거너 아저씨한테 그렇듯 나한테도 라디오는 일이야. 그러니까 엄마 아빠는 내 일을 금지시키는 거야. 이건 말도 안 되는 일이야."

"응, 나도 엄마한테 그런 얘기 했어. 엄마 아빠는 네가 라디오하고만 너무 시간을 보낸다고 생각하나 봐. 대신 사람들하고 어울렸으면 좋겠다고 말이야."

"나 사람들하고 어울려."

오빠가 이 말에는 대답하지 않았다. 어쩌면 내 말을 믿지 않는지도 모른다. 오빠는 늘 친구들과 이것저것을 함께 한다.

"고작 며칠 동안이잖아."

"나한테 진짜 필요한 라디오가 하나 있는데 엄마는 그것도 못 가져오게 해. 당장은 수리 안 하겠다고 해도."

"어디 있는데?"

"고물상에."

나는 일어나 앉아서 말을 이었다.

"오빠가 그것 좀 실어다 줄 수 있어? 제발, 응? 캐비닛에 티브이, 전축이랑 같이 들어 있는 거라서 무거워. 그래도 오빠 힘으로 오빠 트럭에 실을 순 있을 거야."

오빠의 대답은 "음……"인 것 같았다. 오빠는 한 손으로 제 머리를 쓸어 넘겼다. 나와 달리 오빠는 그렇게 해도 손가락이 머리카락에 걸리지 않는다. 나는 엄마처럼 흑갈색 두꺼운 머리칼을 가진 반면에 오빠는 아빠를 닮아 밝은 갈색의 부드러운 머리칼을 가졌다. 내가 아빠를 닮은 건 피부뿐이다. 창백할 정도로 희고, 해를 받으면 엄마 피부처럼 타는 게 아니라 붉어지고 주근깨가 많아진다.

"부탁해. 그 안에 진공관이 얼마나 많은지 알아?"

"모르지. 얼마나 많은데?"

"몰라. 필요한 것보다 더 많을걸. 몇 개인지 알아보려고 했어. 게다가 진공관 소켓이랑 전선이랑 변압기랑 전자관 캡이랑……."

오빠는 웃더니 항복한다는 듯 두 손을 들어 올렸다. 공교롭게도 그 몸짓은 '포기하다'라는 수어와도 모양이 비슷하다.

"알았어, 알았어. 그런데 가져오고 나면? 엄마 아빠가 눈치 못

챌 것 같아?"

"일단 다른 거랑 같이 차고에 숨겨 놓는 거야. 그랬다가 엄마 아빠가 집에 없을 때 내 방 벽장으로 옮기자."

"알았어, 잠깐만. 금방 올게."

오빠는 잠깐 기다리라고 할 때 무언가를 주먹으로 꼭 쥐는 듯한 수어를 한다. 대부분의 사람들이 그럴 때 집게손가락을 내미는 수어를 하는데, 꼭 '1분만 기다려' 하고는 다시 돌아오지 않을 것 같다. 오빠는 내가 그걸 싫어하는 걸 안다.

잠시 후 돌아온 오빠는 문을 향해 손을 흔들었다.

"가자."

"나? 어딜?"

"우유 남은 거 다 마셔 버리고, 엄마한테 우유 사러 간다고 말해 놨어."

나는 펄쩍 뛰어올라 신발을 신었다. 우리가 가져오는 것은 우유만이 아닐 것이다.

고물상 트레일러 사무실의 책상에 모가 돌아와 있었다.

"병원 다녀오신 건 어땠어요?"

내 수어를 오빠가 구어로 옮기자 모는 대답했다.

"튼튼한 말처럼 건강하단다."

안심하고 타고 다닐 수 있는 말은 아닌 것 같다고 생각했지만 말로 하진 않았다.

"애드머럴 세트 얼마면 돼요?"

오빠가 옆에 있어도 모는 나와 평소에 의사소통하듯 한 손은 손가락 두 개를 펴고 다른 손은 손가락 다섯 개를 폈다.

나는 25달러라는 그 제안을 고려해 보는 척했다. 실은 얼마건 부르는 대로 주고서라도 사고 싶었지만 티 내지 않았다. 집에서 나올 때 내 수리비 봉투에서 20달러짜리 두 개를 빼 가지고 왔다.

나는 한 손은 손가락 두 개를 펴고 다른 손으로는 0을 만들어 보였다.

모가 고개를 끄덕이곤 엄지를 내밀었다. 내게서 20달러를 받은 다음, 그는 우리를 따라 밖으로 나왔고 오빠를 도와 그 세트를 트럭에 실어 주었다. 모와 악수를 나누고 오빠를 껴안은 다음 나는 조수석에 올라탔다. 자꾸 저절로 웃음이 나는 바람에, 집에 가서는 내가 왜 이리 신났는지 엄마가 궁금해하지 않도록 표정 관리가 필요했다.

집 앞에 다다랐을 때에야 나는 오빠 어깨를 두드리고 말했다.

"우유!"

바로 우리가 차를 타고 나온 이유. 엄마가 알기로는 말이다. 오빠는 서둘러 후진하여 주유소 상점으로 차를 몰았다.

"사고 싶은 거 있어?"

안으로 들어갔을 때 오빠는 물었다.

"지렁이 젤리 거의 다 떨어졌어."

오빠는 내 어깨를 한 번 쥐고는 말했다.

"사고 싶은 걸로 골라."

집에 도착한 후가 어려운 관문이었다. 우리 집 차고는 차 두 대용이지만 잡동사니가 한 대 자리를 다 차지해, 오빠 차는 항상 집 앞에다 댄다. 우리는 펼친 종이 상자 위에 애드머럴 세트를 내려

놓은 후 차고 안으로 들어 옮겼다. 도중에 내 팔이 아파 몇 번 쉬어 가며, 결국은 구석에 무사히 옮겨 놓았다. 그러고는 차고 안 오래된 물건들로 안 보이게 가렸다. 내일, 이 애드머럴 세트는 내 벽장 속으로 제자리를 찾아갈 것이고, 내 방도 더는 그리 텅 비지 않을 것이다.

방이 텅 빈 주말은 예상했던 것보다도 더 느리게 흘러갔다. 웬들네도 가족끼리 외출해서 놀러 갈 수 없었다. 오빠는 친구 애덤과 함께 그 티브이-라디오-전축 세트를 내 벽장으로 옮겨 주었다. 나는 이따금씩 벽장문을 열고 그걸 들여다봤지만 아직 뜯어 볼 수는 없었다. 비어 버린 내 방에는 드라이버 하나조차 없었기 때문이다. 그래도 애드머럴 세트가 가까이로 와 내 손길을 기다린다는 걸 아는 것만으로도 기분이 나았다.

휴대전화를 들고 침대에 누워 나는 그 고래에 관해 더 검색해 보았다. 알라미야 선생님이 수업 시간에 그 영상을 보여 준 다음부터 나는 계속 블루55가, 그리고 블루55에게 추적 장치를 붙이려고 시도하던 사람들이 생각났다.

영상에 나온 해양 보호 구역의 이름이 기억나지 않았지만 블루55에게 추적 장치를 부착하는 일을 검색하니 금방 나왔다.

그 해양 보호 구역의 홈페이지에 가 보니 '입주자들을 만나 보세요'라는 페이지가 있고, 거기 사는 동물들을 사진과 함께 소개하고 있다. 다치거나 병든 상태인 것을 직원이 직접 발견하여 데려왔거나, 바다나 해변에 다친 동물이 있다는 신고를 받고 나가서 데려온 동물들이다. 그 동물들은 야생으로 돌아갈 수 있을 만큼 건강해질 때까지 거대한 바다 우리나 실내 수조에서 지낸다. 대부분이 새들, 아니면 물개와 바다사자다. 겨울이 오기 전에 바다로 돌려보내지 못하면 실내로 거처를 옮겨야 하는 돌고래도 한 마리 있다.

앞으로도 계속 그곳이 집일 동물들도 있다. 한쪽 눈이 먼 독수리 한 마리는 야생에서 먹이를 사냥할 수가 없다고 한다. 아마 그 독수리는 자신이 왜 더는 바깥을 날아다닐 수 없는지 이해하지 못할 것이다. 고아 수달들은 실내외가 연결된 수조를 헤엄친다. 이 수달들도 영원히 이 보호 구역에서 살아야 할지 모른다. 너무 어릴 때 어미를 잃어서 수달로 사는 법을 배우지 못했다. 이렇게 어릴 때 온 게 아니라서 예전의 집을 기억하는 동물들은 어떨지, 나는 궁금해졌다. 그런 동물을 야생에 돌려보낼 때는 처음 발견된 곳 근처에 풀어 준다고 한다. 가족들을 찾기를 바라면서 말이다. 하지만 늘 가족을 찾는 것은 아니다. 혼자 살아갈 방법을 찾아야 할 수도 있다.

'직원 소개' 페이지 맨 위에는 해양 보호 구역을 배경으로 연파랑 셔츠를 입은 사람들이 서로에게 팔을 두른 채 미소를 짓는 사진이 있다. 그 아래엔 이들이 바로 작년에 블루55에게 추적 장치를 붙이려는 작업을 함께 한 팀이라는 설명이 있다.

글 몇 개를 훑으며 화면을 내리다 보니 그 실패한 추적 장치 부착 시도에 관한 글이 나왔다. 그 장치는 블루55의 이동 경로뿐 아니라 심장박동 수 같은 다른 정보도 얻기 위한 것이었다고 한다. 또한 블루55의 노래도 거기 녹음될 것이었다고. 앞으로 추적 장치 부착에 성공하면 거기에서 얻는 블루55의 정보를 이 홈페이지에 공개할 것이란다. 난 이제 정말 그들이 해내길 바란다. 그 장치에 녹음된 소리도 홈페이지에 올려 준다면 나는 컴퓨터 스피커로 블루55의 노래와 심장박동을 만져 볼 수 있을 것이다.

한 사진 속에서 바다에 뜬 작은 배 옆으로 블루55의 등이 둥글게 솟아 있다. 그 배의 머리 쪽에는 양옆에 난간이 달린 금속 디딤대가 설치되어 있다. 그 디딤대 가장자리에 선 것은 술 달린 털실 모자와 초록색 플리스 재킷 차림을 한 여자로, 한 팔로 든 긴 금속 막대를 블루55에게로 한껏 뻗었다. 조금만 더 몸을 내밀었다간 난간 너머 바닷속으로 고꾸라져 버릴 것만 같다. 사진 아래엔 '아쉽게 놓친 순간—우리 직원 앤디 리베라가 추적 장치를 붙이려는 순간, 블루55가 물속 깊이 잠수했다'라는 설명이 적혀 있다.

금속 막대 끝에 달린 추적 장치가 블루55의 등을 스칠 정도로 가까워 보인다. 안간힘을 써서인지 실망스러워서인지 앤디의 표정이 일그러져 있다. 다음 사진에서는 수면 아래로 들어가고 있는 블루55의 거대한 꼬리와 그 꼬리에서 흘러내리는 물이 보인다. 그렇게 물속으로 멀어져 버리기 직전에 앤디는 정말이지 가까이 다가갔던 것이다. 그저 과학자로서의 관심일 수도 있지만 어쨌든 앤디는 블루55에게 닿기 위해 무척 노력했다. 어쩌면 앤디 역시 블루55에게 마음이 쓰이는지도 모른다.

블루55가 평소와 같은 길로 이동한다면 곧 다시 그 해양 보호 구역 가까이로 올 것이란다. 이번에도 추적 장치 부착을 시도할 것이라는 새 글이 있다. 이번에는 어떤 부분을 달리하여 그 고래가 떠나 버리기 전에 성공할 것인지는 적혀 있지 않다. 어쩌면 방법이 있을지도 모른다, 블루55가 조금 더 오래 머무르게 할 수 있는 방법이.

그 페이지 맨 아래에 블루55의 의사소통에 관해 좀 더 알고 싶다면 누르라는 링크가 있다. 타고 가 보니 나오는 글에서는 피아노 건반으로 그 노래들의 주파수를 설명하고 있다. 피아노에서 가장 낮은 소리, 즉, 왼쪽 첫 번째 건반의 소리는 주파수가 27.5헤르츠다. 대부분의 수염고래가 이 정도 주파수로 노래를 부른다. 이보다 낮게 부르기도 한다. 20헤르츠나 10헤르츠 정도인데, 피아노에는 그만큼 주파수가 낮은 건반이 없다. 한편, 왼쪽에서 열세 번째 건반을 누르면 나는 소리가 55헤르츠다. 블루55가 바로 이 주파수로 노래를 부른다. 그래서 다른 고래들과 의사소통을 할 수 없고.

이미 나는 블루55에게 손 뻗을 방법 하나가 떠오른다. 책상에서 메모할 종이를 한 장 쥐었다. 구체적인 방법은 아직 모르겠지만, 블루55에게 추적 장치를 붙이려 하는 그 사람들은 블루55의 노래에 노래로 응답해 보면 어떨까? 제 노래와 조금은 비슷한 소리로 블루55의 관심을 붙들어 보는 것이다.

그런데 이 방법을 쓸 수 없을지도 모른다는 생각에 메모를 멈추었다. 어쩌면 블루55는 우리의 바닷가로 왔던 보리고래와 같은 경우인지도 모른다. 살아남는 법을 찾았다는 점만 다를 뿐.

나는 이 글을 맨 아래로 내려 나와 같은 생각을 한 사람이 있는지 댓글을 모두 확인했다. 그런 사람은 보이지 않아서, 나는 다시 위로 올라가 댓글을 남겼다.

이 고래, 소리가 안 들리는 걸 수도 있어요.

9

토요일에 할머니를 만나러 오크 매너로 가는 길, 오빠가 내 어깨를 살짝 치고는 우스운 일이라도 있는 것처럼 싱글거리며 물었다.

"배고파?"

사실 엄청나게 배고팠다.

"응, 왜?"

"네 배에서 꼭 비행기 엔진 소리 같은 게 나."

나는 소리를 막으려고 두 손으로 배를 감싸고는 마주 싱글거렸다.

"아닐걸. 비행기 엔진 소리는 100데시벨이 넘는다고."

배에서 나는 소리가 아무리 커 봐야 그 정도일 리가.

나는 긴장되어 아침밥을 먹지 않고 나섰다. 전에는 할머니를 만나러 올 때면 신이 났다. 이제 웬들을 제외하면 내가 이야기 나눌 수 있는 농인은 할머니뿐이기도 하다.

그런데 요즘은 꼭 나와 할머니 사이를 이어 줄 다리가 필요한 것 같다. 둘 중 한 사람이 무슨 말을 꺼내도 금세 대화는 잦아들어 버리고, 우린 다시 가만히 앉아 할 말을 더 생각해 내려고 애쓴다. 원래 할머니 할아버지와 만날 때면 우리 셋은 손을 멈출 줄 모르고 수다를 떨었다. 각자의 삶에 일어난 일들을, 수어에서만 말이 되는 우리끼리의 농담과 이야기 들을 나누고 웃느라 바빴다. 어쩌면 할아버지가 나와 할머니 사이의 다리였는지도 모른다. 할아버지가 떠난 후에야 우린 그걸 느끼는 것인지도.

할머니가 오크 매너로 이사한 건 고작 몇 주 전이다. 그 전까지 할머니는 할아버지와 거의 평생 살아온 집에서 계속 살았다. 그런데 할아버지가 세상을 떠나고 한 달쯤 지난 어느 날, 우리가 할머니를 만나러 그 집을 찾았을 때 안에서 아무런 반응이 없었다. 우리가 보낸 문자에도 할머니는 답하지 않았다. 할머니의 차도 차고에서 사라져 있었다.

우린 엄마가 가지고 있던 비상 열쇠로 집 안에 들어가 할머니를 찾아보았다. 나는 서재를 확인했다. 책상엔 내가 오래된 와인병으로 만들어 할머니에게 선물한 램프가 있었다. 우리가 같이 바닷가에서 주운 조개껍데기와 둥근 유리 조각들을 채워 넣어 만든 것이다. 또 그 옆엔 할아버지와 내가 모래성을 쌓고 있는 사진이 있었다.

할머니, 어디 있는 거예요?

그때 고개를 들자 벽에 걸린 액자가 보였다. 액자 속에 있는 것은 바다에서 홀로 헤엄치는 고래의 사진과 할머니가 좋아하는 책 『모비 딕』의 한 구절. '앞날을 다 알진 못하지만 어쩌랴, 나는 웃으며 다가갈 테다.' 마치 할머니가 장난스럽게 건네는 답 같았다.

"할머니 어쩌면 그 바닷가에 있을 거야."

할머니 침대에 앉아 전화기를 들고 있던 엄마에게 나는 말했다. 엄마는 고개를 저었다.

"그렇게까지 멀리 운전해 가시진 않아. 할머니 친구들은 아시는 거 없나 확인해 보는 중이야. 아무 일 없을 거야."

엄마가 나를 품으로 끌어당길 때의 그 표정을 나는 놓치지 않았다. 내 마음속 걱정과 똑같았다.

아빠가 결국 경찰을 불렀다.

한 시간 후 경찰이 다시 전화했다. 1,600킬로미터 넘게 떨어진 멕시코만 연안, 바로 우리가 전에 살던 곳의 바닷가에서 할머니가 걷고 있더라며.

집에 돌아온 할머니의 해명은 자신이 『모비 딕』의 이슈미얼 같다는 것이었다. 때로 마음속에 "비 오는 11월"이 너무 가득해서 바다로 가야 한다며. 그리고 별일도 아닌데 다들 큰일처럼 그러지 말라고 했다. 할아버지가 있을 때도 늘 할아버지와 함께 여행을 다니지 않았느냐고 말이다. 엄마는 따졌다.

"왜 가면 어딜 간다 말도 안 하고 가?"

"말하면 네가 못 가게 설득할 테니까."

아무도 그 말에 반박하지 않았다.

그 일이 있은 후, 엄마는 끝내 할머니를 설득해 노인들을 위한 공동주택 단지인 오크 매너로 이사시켰다. 할머니는 어차피 살던 집이 혼자 관리하기에 너무 커서 이사도 괜찮겠다고 했지만 나는 그 말을 믿지 않았다. 내가 보기에 할머니는 더 싸울 힘이 없다고 느끼는 것뿐이었다. 때론 지는 게 더 쉬운 선택이다.

엄마 아빠는 할머니에게 여름에 그 바닷가에 같이 가자고 약속했다. 아마도, 자신들이 일 때문에 너무 바쁘지 않을 때, 갈 수 있을 거라며.

가끔 나는 할머니가 다음 여름까지 버티지 못할까 봐 걱정한다. 이미 할머니의 '11월'은 석 달이나 이어졌고, 나는 할머니가 서성이고 떨면서 영원히 거기 머물지도 모른다는 생각이 든다. 그건 내가 고칠 수 없는 것이다.

오크 매너의 자동 유리문으로 들어가기 전에 나를 꼭 끌어안은 엄마는 평소보다 오래 놓지 않았다. 마침내 나에게서 물러난 엄마가 내 머리카락을 매만지며 말했다.

"사랑해."

엄마는 할머니를 만나러 올 때마다 이런다. 오빠한테는 이러는 법이 없고, 나한테만.

"나도 사랑해, 엄마."

엄마는 할머니가 친구를 사귀고 있는지 물으러 사회복지사에게 먼저 갔고, 오빠와 나는 아빠랑 위층으로 올라왔다.

거의 정오에 가깝게 도착한 우리를 할머니는 이제 막 침대에서 나온 것 같은 모습으로, 자고 일어나 갈아입지 않은 것 같은 고무줄 면바지와 회색 티셔츠 차림으로 맞이했다. 할머니는 우리를 한 명씩 안아 주고는 들어와서 앉으라고 했다.

"너희 엄마는?"

내가 대답했다.

"금방 올 거예요. 1층에서 직원들이랑 이야기하고 있어요."

할머니가 웃음을 지으며 말했다.

"말 안 듣는 네 할머니 이야길 하겠구나."

"아, 아이리스가 장모님을 닮은 거였네요."

아빠가 제 농담에 스스로 웃었다.

소파 위 내 옆자리에 앉은 할머니는 내게 물었다.

"학교는 어때?"

"똑같아요."

"속상하겠네."

할머니는 이제 아빠를 보며 말했다.

"아이리스를 브리지우드로 전학시켜서 다른 농인 애들하고 어울려 지내게 하면 좋을 텐데."

할머니는 아빠를 위해 수어를 천천히 하면서 동시에 구어도 했다. 할머니는 소리를 조금 들을 수 있고, 할머니를 아는 사람 대부분은 할머니의 구어를 알아들을 수 있다. 그리고 아빤 수어를 제대로 배운 적이 없다. 대강 뜻을 전달할 순 있어도 우리가 진짜 대화를 할 수 있는 건 아니다. 내가 아빠에게 엄마 수준의 수어를 바라는 건 아니다. 엄마는 농인 부모에게서 태어났기 때문에 입을 떼기 전부터 수어를 했다. 내가 아빠에게 바라는 것은 그저 수어를 배우려는 노력을 좀 더 해 주는 거다. 아빠는 자신이 늘 언어 머리보다는 숫자 머리가 트인 사람이었다며, 새로운 언어를 배우기가 힘들다고 한다. 자기 자식이랑 대화를 거의 못 하는 게 더 힘들 것 같은데 말이다.

나는 아빠가 할머니 말에 동의하지 않을까 하며 숨을 죽였다. 브리지우드는 우리 동네에서 차로 20분쯤 걸리는 곳으로 대규모 농인 교육 프로그램이 있는 학군이다. 내 친구 웬들을 포함해 세 학군의 아이들이 그곳의 학교를 다닌다. 하지만 엄마는 내가 '동네 친구들'이 모두 다니는 팀버 오크스에 다니는 게 좋다고 고집했다. '동네 친구들'이란 것이 나에겐 원래 없었다고 지적해도 소용없었다. 엄마는 나를 이사 올 때 정한 학교로 보냈다.

이따금씩 할머니가 나를 브리지우드에 보내라는 말을 꺼내곤 한다. 이번엔 여태 같이 공부한 아이들과 계속 같이 공부해야 한다고 주장하는 엄마가 없으니, 어쩌면 아빠가 할머니 말에 동의할지도 모른다. 아빠는 어느 쪽이건 크게 개의치 않는 것 같다. 속으로 할머니 말에 동감한다면 나중에 엄마에게 말할지도 모르는 일이다.

그런데 아빠가 "생각하다", "배" 같은 몇 가지 수어를 말하더니 한 손을 내저었다. 그 단어들과 아빠 입 모양을 조합해 보면 "그건 이미 떠난 배라고 생각해요."나 그 비슷한 말인 것 같다. 아빠는 늘 이런 비유를 사용한다. 즉, 구어에서 쓰는 비유를 단어 그대로 수어로 옮긴다. 그런다고 해서 수어로도 말이 되는 게 아닌데도 말이다. 그래도 나는 아빠가 하려는 말이 뭔지 대개 알아챈다. 책에서 읽어 본 표현이라거나 아빠가 많이 쓰는 말이라거나 해서 말이다. 영어와 수어가 서로 비슷할 때도 가끔씩 있기는 하다. 예를 들어 머리카락 한 가닥을 잡아당기는 척하는 수어가 있는데 '머리카락 한 올(간발의) 차이'라는 영어 비유와 뜻이 비슷하다. 하지만 대체로 영어와 수어는 그렇게 딱 맞아떨어지지 않는다.

"무슨 뜻이야?"

나는 아빠에게 물었다. 아빠는 왜 내 학교를 바꾸기가 너무 늦었다고 생각하는 걸까? 이미 오래 있었다는 이유만으로 계속 거기 있어야 하나?

"아무것도 아냐. 중요하지 않아."

아빠는 내게 수어로 답했다. 그러고는 할머니를 보면서 구어로 말했다.

"아이리스는 지금 학교에 이미 익숙해졌잖아요."

얼굴에 열이 올랐다. 햇빛에 벌게진 얼굴 같았을 것이다. 내 학교에 관한 이야기인데 아빠는 나를 빼놓고 이야기했다. 나한테 할 말을 나를 둘러 하는 것보다 더 나쁜 것은 내 얘기를 내가 그 자리에 없는 것처럼 하는 것이다.

"그래?"

할머니는 아빠에게 물었지만 아빠의 대답을 기다리는 표정 같진 않았다. 할머니의 눈길은 이내 나에게로 왔다.

나는 몸을 내밀고 팔을 저어 아빠가 다시 나를 보게 한 후에 말했다.

"나한테는 중요해."

그러자 오빠가 말했다.

"아빠는 '이미 떠난 기차'라고 생각한대."

"나도 알아. 내 말은 아빠가 왜 그렇게 생각하느냔 거야."

그러자 아빠가 물었다.

"기차?"

나는 아빠에게 '아무것도 아니야, 중요하지 않아'라고 말하고 싶은 것을 손을 깔고 앉는 심정으로 참았다.

오빠가 아빠에게 대답했다.

"아빠, 기억나? '배가 이미 떠났다'나 '그 배는 이미 놓쳤다' 같은 표현, 수어로는 '배'가 아니라 '기차'라고 하잖아."

그리고 내가 말했다.

"전에 가르쳐 줬잖아. 그런데 지금 중요한 건 그게 아니야."

아빠는 왜 이미 배 떠난 일이라 생각하는가? 어차피 나는 내년이면 중학교에 올라가니 새로 시작해야 하는데. 기차건 배건 나는 나와 대화할 수 있는 사람들이 있는 곳에 타고 싶은데.

그때 엄마가 안내지 몇 장을 손에 들고 나타났다.

"엄마, 안녕?"

할머니에게 이렇게 인사한 엄마가 소파로 다가와 할머니를 안았다. 할머니는 작은 웃음을 보이고는 말했다.

"나 야단칠 거지?"

"야단은 무슨. 나는 그냥 엄마가 좀 더 사람들하고 어울리며 지내길 바라는 거야. 항상 혼자 있는 건 좋지 않아."

오빠가 소파 아래 바닥에 앉아서 엄마 손에 있던 안내지 한 장을 가져갔다. 할머니는 말했다.

"알아. 뭘 하고 싶은 기분이 안 들어. 가끔은 밖에 나갈게."

오빠가 말했다.

"여기 보세요. 이곳에서 진행하는 활동이 많은데요. 야간 영화 관람도 있고, 게임하는 날도 있고, 동물원 소풍도 있네요."

"할아버지가 없으니 어떤 것도 예전 같지 않아."

엄마 아빠가 이곳 오크 매너를 할머니가 살기에 좋은 곳이라고 판단했던 이유 중 하나는 (할머니를 지켜봐 줄 사회복지사들이 있다는 이유에 더해) 모여서 활동하는 농인들이 있다는 점이었다. 할머니도 그중 몇 사람과 대화를 하기는 했지만 그뿐이었다. 전에 할머니와 할아버지는 정말 사람들과 함께하기를 좋아하고 늘 즐거워 보이는 한 쌍이었다. 할아버지가 더는 곁에 있지 않자 그런 점이 다 할머니에게서 빠져나가 버렸다.

할머니와 할아버지는 대학에서 처음 만났다. 대학 때 두 사람 다 농인 연극부에서 활동했는데, 처음부터 끝까지 수어로만 된 연극도 했다. 그런 연극엔 '수어 불가능자'들을 위해서 구어로 옮겨 주는 통역사를 배치하기도 했다. 때로 할아버지 할머니는 다른 연극의 수어 통역사를 맡기도 했고, 그럴 땐 몇 주씩이나 청인 배우들과 함께 리허설을 했다. 두 사람의 수어 통역이 연극에 어찌나 생기를 불어넣던지, 그 모습을 농인들만이 아니라 객석의 모두가 좋아했다. 적어도 할머니 할아버지 본인들 말로는 그랬다.

엄마가 할머니 머리카락을 손으로 빗으며 말했다.

"엄마 스스로를 잘 돌보고 있는 것 같지 않아."

머리를 제대로 빗겨 주겠다며 화장실에서 빗을 찾아와 할머니 옆에 앉은 엄마는 할머니에게 내 쪽을 보고 돌아앉으라고 말했다. 내가 기억하는 할머니의 머리카락은 언제나 은빛의 긴 폭포 같았는데, 지금은 너무도 엉켜 있다. 할머니가 마지막으로 머리를 빗은 것이 언제였을지 궁금해진다.

그리고 나는 내 목걸이의 번개 펜던트만 만지작거린다. 또 이렇다. 이렇게 가까이 있는데도 할머니와 나 사이에 멕시코만이 가로놓여 있다.

어쩌면 지금도 할아버지가 우리 사이에 다리를 놓아 줄 수 있을까?

"수어 이야기 놀이 어때요?"

나는 물었지만 할머니가 고개를 저었다.

"그건 할아버지 거였잖아."

"이젠 우리 것이 될 거예요."

나는 할머니의 반박을 들을 마음의 준비를 했다.

"알았다. 무슨 모양?"

나는 주먹 쥔 손에서 집게손가락만 펴 올렸다. 이것을 우리가 이야기를 이을 때 꼭 써야 하는 손 모양으로 정했다. 할머니가 고개를 끄덕이고는 시작하라고 신호했다.

나는 위를 올려다보고 하늘에 해를 그렸다. 밝다는 것을 표현하려고 눈을 찌푸리면서.

할머니도 위를 올려다보았지만 고개를 젓더니 손가락을 입술에 갖다 댔다. "해가 없다."

좋아, 그러면 밤이라서 그렇다고 하자. 나는 하늘에 별 하나를 더했다.

할머니가 이었다. "별이 오직 하나뿐이다."

아, 나는 왜 다른 손 모양을 고르지 않았을까, 이렇게 외로운 이야기로 이어지지 않을 다른 모양을. 모든 것을 지우고 두 손을 펼쳐 하늘 가득 총총한 별들을 표현하고 싶다. 하지만 그러려면 처음에 정한 손 모양을 쓸 수 없다. 이대로 어떻게든 잘 풀어 볼 것이다.

나는 마치 눈에 보이는 것처럼 위를 올려다보고, 손으로 하늘을 가르는 유성을 그렸다. "아니다. 저기에 유성이 있다."

그러자 다음 차례인 할머니는 그 유성이 멀리, 더 멀리 나아가게 만들어 버렸다. 그러고는 하늘에 혼자 남은, 조금 전의 별을 가리켰다.

내 차례. 두 사람이 나란히 걷는다. 한 사람이 별을 가리키자 두 사람이 함께 별을 올려다보며 웃는다.

할머니 차례. 둘 중 한 사람이 하늘로 날아올라 가서 별과 함께 하고, 다른 한 사람은 혼자 남겨진다.

나는 이야기를 이렇게 끝내고 싶지 않다. 남은 한 사람이 지상에 혼자 서서 별을 바라보게 두고 싶지 않다. 하지만 이야기를 이을 다른 방법이 떠오르지 않는다.

내가 졌다.

10

오크 매너에서 집으로 돌아와 해양 보호 구역의 홈페이지를 확인하니 내 댓글에 댓글이 달려 있었다.

좋은 지적입니다, 아이리스 님. 우리도 그 생각을 해 보았는데요, 블루55가 들리지 않는다면 노래를 아예 하지 않을 것이라고 봅니다. 때로 블루55는 아주 먼 거리를 헤엄쳐서 다른 고래들이 있는 곳으로 가는데 마치 그들의 소리를 따라가는 것 같아요.
어쩌면 음치와 비슷한 면이 있는지도 모릅니다. 자신이 남다르게 노래를 부른다는 것을 깨닫지 못하는지요. 아니면 어떤 이유에선가 다른 고래들과 똑같은 소리를 내려 해도 내지 못하는 것일 수도 있고요.
때로는 블루55가 몇 주씩이나 조용하기만 한데, 그러면 우리는 블루55가 포기해 버렸을까 봐(아니면 더는 살아 있지 않을까 봐) 걱정이 됩니다. 하지만 그러다가도 블루55는 다시 노래를 부르기 시작하더라고요. 아마도 블루55는 의사소통을 계속 시도하는데, 바닷속에 블루55의 노래를 이해하는 존재가 없는 것 같습니다.

그러니까 블루55는 소리가 안 들리진 않는다. 그저 주위 고래들과는 다른 노래를 하는 것이다.

내용을 마저 읽기 전에 나는 이 댓글을 쓴 사람을 보려고 블루55 추적 팀의 사진을 확인했다. 글쓴이 이름은 '앤디 리베라', 작년에 블루55에게 추적 장치를 붙이려고 시도했던 바로 그 여성이다. 팀 전체가 연파랑 유니폼을 입고 찍은 사진에서 앤디가 유독 잘 보인다. 까맣고 긴 머리를 하나로 올려 묶은 앤디는 마치 소리 내어 웃고 있는 것 같다. 햇빛 때문인지 차가운 바람 때문인지 갈색 얼굴의 두 뺨이 붉어져 있다.

어쩌면 우리는 고래가 노래하는 이유를 영영 알지 못할 수도 있지만, 과학자로서 저는 항상 그 답을 생각하고 또 찾고 있어요. 응답해 주는 고래가 한 마리도 없는데도 블루55가 계속 노래를 부르는 이유가 무엇인지는 더욱 큰 미스터리이지요.

어쩌면 블루55는 그저 노래 부르기를 좋아하고 다른 고래들과 노랫소리가 다른 걸 개의치 않을 수도 있습니다. 많은 사람들이 블루55가 외롭다고 생각하지요. 하지만 저는, 우리가 그렇게 믿는 건 우리 스스로가 외롭기 때문이 아닐까, 하는 의문이 든답니다.

11

교장 선생님은 사과 부분을 잊지 않았다. 잊기는커녕 내가 교실로 돌아가려면 니나에게 사과해야 한다는 것을 담임에게 일러 주었다. 사과할 말을 생각해 내는 건 찰스 선생님이 도와주었다. 니나가 잘못해서 생긴 일이긴 하지만 '네 행동이 너무 불편해서 밀어 버릴 수밖에 없었던 것 유감이야'는 아무래도 사과로 쳐 주지 않을 테니까.

나는 찰스 선생님과 함께 니나의 책상으로 갔다.

"아프게 해서 미안해."

찰스 선생님의 통역을 들은 니나가 조금 미소를 짓더니 수어로 이러는 것 같았다.

"파이."

찰스 선생님이 입술을 깨물고 이렇게 고쳐 통역해 주었다.

"괜찮아."

그날 오후 집에 도착하자마자 나는 위층으로 달려 올라갔다. 마침내 내 라디오가 돌아왔다. 아직은 일부만. 그래도 이제 다시 수리를 할 수 있다. 잠시 나는 방 입구에 선 채, 선반 몇몇 곳으로 돌아온 나의 것들을 눈에 담았다.

우선 작업대부터 다시 정리했다. 이미 내 장비와 부품들을 거기 되돌려 놓은 엄마는 무엇을 어디에 놓아야 하는지 전혀 몰랐다. 애드머럴 세트를 혼자 벽장에서 끌어내기엔 너무 무거워서, 나는 드라이버를 들고 벽장 안에 들어가 앉았다. 애드머럴 세트의 뒤판을 열고는 잠시 그대로 앉아 그 안에 든 먼지 뒤덮인 부품들을 바라보았다. 손에 두꺼운 가죽 장갑을 끼지 않았다면 작업이 더 빨랐겠지만 늘 그걸 끼겠다고 엄마 아빠와 약속했다. 내가 만지는 이 라디오들은 아무리 전원이 꺼져 있어도 요즘 나오는 라디오처럼 안전하지 않다. 감전되어 죽어도 멍청한 자기 탓이던 옛날에 만들어진 라디오들이다.

진공관 몇 개는 한눈에 보아도 쓸모없다. 눈에 띄게 갈라진 데는 없지만 유리관 안쪽이 희뿌연 걸 보면 버려야 한다. 크리스마스트리 장식에 쓰면 예쁘기야 하겠지만 못 쓰는 진공관으로 꾸민 트리를 이제 그만 보고 싶다는 엄마 뜻에 따라 그냥 재활용품 분리함에 넣을 것이다.

그럼에도 불구하고 이 티브이 세트는 그 수고를 하며 가져올 가치가 있었다. 깨끗이 닦고 시험해 보니 쓸 수 있는 진공관이 다섯 개나 나왔다.

다만 이 진공관이 내 제니스 라디오에 맞는 부품이라는 보장은 없다. 눈으로 보기엔 완벽한 짝인 것 같아도 끼워 보면 전혀 안 맞는 부품들도 있다.

그런데 맞는다. 끼워 보니, 새로 얻은 이 진공관들은 제니스 라디오 속에 마치 제자리를 찾듯 쏙 들어간다.

이제 모든 부분을 다시 점검한 다음, 나는 제니스 라디오 뒤판을 다시 덮고 전원을 연결했다. 그러고는 그대로 서서 애정 어린 눈으로 그 라디오를 감상했다. 어떤 라디오가 내 손에 고쳐진 게 거의 확실할 때, 나는 켜서 작동하는지를 확인해 보기 전에 잠깐 뜸을 들이길 좋아한다. 읽고 있는 책이 너무 좋을 때 그 책과의 시간을 좀 더 늘이고 싶어서 마지막 장으로 넘기기 전 잠시 책을 덮는 것과도 비슷하다.

이젠 확인할 시간이 왔다. 나는 라디오를 켠 채로 몇 초쯤 기다렸고, 다시 라디오를 끈 다음 뒤로 좀 물러섰다. 연기가 모락모락 올라오지 않는 걸 보면 아무것도 터지진 않았다는 뜻이다. 공기 중으로 피어오르는 건 오래된 라디오 냄새뿐이다. 내가 정말 좋아하는 냄새. 다락방과 캠프파이어, 거너 아저씨의 골동품 가게에서 파는 낡은 책이 떠오르는 냄새다. 사실은 라디오 부품과 먼지가 전기에 데워져서 나는 냄새일 뿐이라고 어딘가에서 읽었지만, 그게 다가 아니다. 마치 라디오가 여태 머물렀던 모든 집의 기억을 떠올리고 있는 것 같다.

손을 뻗어 다시 라디오를 켰다. 그리고 한 손을 스피커에 얹었다. 흘러나오는 잡음이 내 손가락에서 진동했다. 거의 다 됐다. 라디오 다이얼을 쥐고 아주 조금 돌렸을 때 내 손에 닿는 진동이 부드러워졌다. 음악이 나오는 것이다.

대체로 나는 음악에서 어떤 소리가 나는지 생각하지 않는다. 하지만 라디오 스피커에 손을 맞댄 이 순간, 문득 궁금해졌다. 스피커를 진동시키는 이 음들 중에 블루55의 노래와 닮은 음도 있을까?

나는 컴퓨터 앞에 앉아 블루55를 좀 더 조사해 보았다. 고래들이 다니는 길을 보여 주는 웹사이트 하나를 찾았는데, 여러 고래들이 1년 동안 헤엄쳐 다니는 길을 지도로 보여 준다. 그걸 보니 많은 고래가 여름에는 먹이가 있는 캘리포니아주나 알래스카주 근처 바다에 머무른다. 날씨가 추워지면 하와이나 멕시코로 돌아가거나 다른 따뜻한 바다로 간다.

가장 흥미로운 부분은 과학자들이 이 지도들을 만든 방법이다. 앤디가 블루55에게 붙이려 했던 것 같은 추적 장치를 단 고래도 몇몇 있다. 하지만 고래들의 위치 대부분은 바로 세계 곳곳의 바닷속에 설치된 수중 마이크로 알아낸다. 그 마이크에 잡힌 노래를 듣고 과학자들은 어떤 고래인지를 알아낸다. 그러고는 매사추세츠주에 있는 혹등고래 떼, 노르웨이에 있는 밍크고래 한 마리 등으로 지도에 표시하는 것이다. 그러니까 노랫소리는 고래들이 바다에 남기는 발자국과도 같다.

멀리 떨어져 있는 고래도 그 위치를 알 수 있다. 소리는 공기보다 물속에서 더 멀리까지 이동하기 때문에 고래가 부르는 노래는 수백 킬로미터, 어쩌면 그보다 더 멀리 떨어진 곳으로도 전해지는 것이다.

블루55의 지도가 따로 있다. 몇몇 고래와 같은 길을 지나기도 하지만 지나는 시기가 다르다. 블루55의 이동 경로는 도중에 끊겼다가 이어지곤 한다. 마이크에 블루55의 노래가 잡히지 않는 기간이 있는 것인데, 블루55가 노래하지 않는 때일 수도 있고, 노래는 하지만 바다의 다른 소리에 묻히는 때일 수도 있다. 그런 기간은 블루55가 지나갈 가능성이 가장 높다고 추측되는 길을 점선으로 표시해 놓는다.

때로 블루55는 완전히 다른 길을 간다. 어떤 고래도 간 적이 없는 길을 말이다. 다른 고래들의 지도를 보면 그 경로가 해안선을 따라 부드러운 곡선을 그린다. 하지만 블루55가 가는 길은 좀 더 삐죽삐죽한 선이다. 블루55는 어느 쪽으로 헤엄쳐 가다가도 무슨 이유에서인지 방향을 바꾸어 옆길로 빠지기도 하고, 방금 왔던 길을 되돌아가기도 한다.

나는 그 파란 선을 손가락으로 따라 훑었다.

뭘 찾고 있는 거니?

각 고래의 지도 아래쪽을 보면 지도 주인공의 노래가 있다. 그 사운드 파일 하나를 클릭해 보니 그래프가 움직인다. 색색의 선들이 오르락내리락하면서, 지금 흘러나오는 노래의 볼륨과 주파수를 보여 주는 것이다.

나는 아래층으로 달려 내려가 엄마의 컴퓨터에서 그 웹사이트를 열었다. 이 컴퓨터엔 스피커가 연결되어 있기 때문이다. 소리를 키운 스피커에 손을 댄 채로 나는 각각의 파일을 클릭했다. 블루55보다 낮은 소리를 내는 평범한 고래들의 노래가 내 손바닥에 좀 더 강한 진동으로 닿았다. 하지만 큰 차이는 아니었다. 그 노래들을 이해하고 싶어졌다. 무슨 말을 하는 것인지 알고 싶어졌다. 적어도 서로 이야기를 나누지 못하는 이유만이라도.

그토록 오랫동안 응답 한 번 받지 못하면서도 계속해서 소통을 시도한다는 것이 나로서는 상상이 안 된다. 블루55는 아직도 누가 응답해 주기를 기다리고 있거나 제 노래를 저만 들어도 충분한 것이다.

컴퓨터 스피커에 손을 갖다 댄 채 눈을 감으니 블루55의 노래가 내 손끝에서 진동한다. 지금껏 라디오 스피커를 통해 느껴 본 어떤 소리와도 다르다. 그 어떤 음악과도 다르고 그 어떤 말소리와도 다르다.

일정한 진동으로 내 손바닥을 간질이며 블루55가 긴 소리를 내었고, 그 소리가 마치 끝나지 않을 것처럼 오래 이어졌다. 그러다 스피커가 박동하기 시작했다. 짧은 외침의 반복으로 노래가 바뀐 것이다. 한 손은 스피커에 댄 채 다른 한 손을 내 심장에 대니, 고래의 노래가 내 심장과 같은 리듬으로 뛴다.

또 다른 웹사이트에서 나는 블루55의 사진을 한 장 찾았다. 사진가가 수중 카메라로 찍은 사진이다. 알라미야 선생님이 보여 준 영상에도 나왔던 것 같다. 옆모습을 찍은 사진 한가운데에 타원형의 까만 눈이 있다. 그 영상에서 처음 본 것이 고작 얼마 전인데, 나는 마치 블루55를 늘 알았던 것 같다. 그 사진을 내 방 벽에다 붙여 놓으려고 인쇄 표시를 클릭했다.

사진이 인쇄되는 동안 창문으로 의자를 빙글 돌리니 집 앞에서 오빠와 친구들이 농구하는 모습이 보였다. 드리블하고 패스하고 골대에 슛을 날리면서 나누는 그들의 대화를 조금이라도 읽어 보려고 한 명 한 명 바쁘게 번갈아 쳐다보았다. 오빠 친구 파블로가 무슨 말인가 하자 모두가 웃음을 터뜨리고는 손을 높이 들어 파블로와 마주 손뼉을 친다. 오빠는 골대를 향해 공을 던지려다가, 앞으로 고꾸라지기까지 하면서 또 웃기 시작한다.

나는 다시 창을 등졌다. 오빠와 그 친구들이 웃는 이유야 어차피 시시껄렁한 이야기 따위일 것이 분명했다.

　나는 노래 파일을 또 클릭했고, 한 손은 노래가 흘러나오는 스피커에 대고 다른 손으로는 그 노래 주인공의 사진을 쥐었다.

12

제니스 라디오를 들고 가게로 들어가는 내게 거너 아저씨가 웃는 얼굴로 손을 흔들었다. 내가 라디오를 계산대에 올려놓고 기다리는 동안 거너 아저씨는 무섭게 생긴 옛날 인형을 사려는 손님의 계산을 해 주었다.

"진짜 작동돼?"

손님이 가고 나자 거너 아저씨가 물었다. 예전에는 콧수염이 덥수룩해서 그와 대화할 땐 꼭 바다코끼리 입 모양을 읽는 것 같았다. 하지만 요즘에는 늘 윗입술이 가려지지 않게 콧수염을 다듬어 두는 덕분에, 나는 방해물 없이 거너 아저씨의 입 모양을 읽을 수 있다.

나는 고개를 끄덕이고는 확인해 보라고 손짓했다. 때로 다 고쳤다고 생각한 것도 약간 더 손볼 필요가 있다는 걸 발견한다. 라디오의 작동 여부는 늘 확실히 알 수 있지만 라디오에서 나오는 소리가 얼마나 또렷한지는 내가 100퍼센트 장담하기 어렵다. 스피커에 손을 대는 것으로는 감지되지 않는 희미한 잡음이 있을 때도 있다.

거너 아저씨의 미소를 보아하니, 제대로 고쳤다. 아저씨가 고개를 절레절레 흔들면서 웃었다. 그러고는 자신의 입이 잘 보이게 나를 정면으로 보고, 정확한 뜻 전달을 위해 내게 배운 수어도 좀 곁들여서 말했다.

"솔직히, 이건 네가 못 고칠 수도 있다고 생각했다."

거너 아저씨는 전선에다가 가격표를 달아 준 다음 그 라디오를 다시 내게 건넸다. 나는 그걸 선반에다 올려놓고 내게 더 필요한 것이 없나 가게를 돌아다니며 구경했다. 아저씨는 내게 직원 할인을 해 준다, 내가 정식 직원이 아닌데도.

내가 전자 기기에 관심을 갖게 된 계기가 바로 이 가게다. 할아버지와 나는 이곳에서 헌 전등이나 장난감 같은 것들을 사 와서 같이 고쳤다. 때로는 서로 다른 전등에서 떼어 낸 부품을 합해서 새 전등을 만들기도 했다. 내가 할머니를 위해 만든 와인 병 전등처럼 말이다. 나는 점점 고치기만 하는 것이 아니라 새로운 것을 만들기 시작했다. 고물상에서 산 부품들만을 가지고 아침마다 내 침대 매트리스를 흔들어 줄 알람 시계를 만들었다. 오빠에게도 하나 만들어 주었다. 오빠는 소리는 문제없이 듣지만 잠을 어찌나 깊게 자는지 깨울 수가 없다. 처음에는 트럭 경적을 달아 만들었는데, 오빠를 잘 깨워 주긴 했지만 엄마 아빠까지 깨워서 문제였다. 집 안에서 들리는 트럭 경적에 엄마 아빠는 거의 심장마비가 올 뻔했다고 한다. 그래서 이번엔 헌 장난감 경찰차로 오빠가 일어나서 끌 때까지 방을 돌아다니며 경적을 울리는 알람 시계를 만들어 주었다.

어느 날 이 골동품점에서 우리 할머니 할아버지가 가구를 구경하고 있을 때, 나는 라디오들을 발견했다. 버튼을 눌러 보고 다이얼을 돌려 보고 하면서 라디오가 어떻게 작동하는지를 알아보고 있자니, 거너 아저씨가 라디오 각 부분을 손가락으로 가리키고 종이에다가 내용을 적어 가면서 내게 가르쳐 줄 수 있는 것들을 천천히 가르쳐 주었다. 더 좋았던 건 내가 집에 가서 고쳐 볼 수 있도록 고장 난 고물 라디오 하나를 주었던 것이다. 그걸 받고 아주 신난 내 표정을 보더니 거너 아저씨는 마치 경고하듯 한 손을 들어 올렸다. 그러고는 이렇게 적었다.

― 쉽지 않을 거야.

그런데, 그 말이 결정타였다. 그걸 고치는 게 누구한테든 쉽지 않다는 말인지 아니면 소리를 확인하지 못하는 나한테는 쉽지 않다는 말인지 알 수 없었다. 어느 쪽이건 그 라디오를 가져가야겠단 마음은 굳건했다. 무엇이건 고칠 수 있다는 기분이 들던 시기였다. 도전할 준비가 되어 있었다.

― 무언가가 어떻게 작동하는지 알아내는 가장 좋은 방법은 그것을 해체했다가 다시 맞춰 보는 거야.

거너 아저씨가 이렇게 적었다. 왜 내게 그럴 능력이 있다고 생각했는지 모르겠지만, 어쨌든 그는 그렇게 생각했다.

많은 작업이 필요했고 몇 번은 거의 포기할 뻔했지만 결국에 나는 그 라디오를 고쳐 냈다. 더 중요한 것은 그 과정을 통해 라디오가 어떻게 작동하는지를 배웠다는 것이다. 그 후로 내가 몇 개의 라디오를 더 고쳤는지 이젠 많아서 세지도 않는다. 그날 이 가게에 할아버지와 함께 오지 않았더라면 이 모든 일이 내게 일어나지 않았을 것이다. 이 가게와 거너 아저씨가 아니었다면 나도 뭔가를 잘할 수 있다는 것을 나는 몰랐을 것이다.

제니스 라디오를 선반에 올려 둔 뒤로 가게에서 딱히 필요한 물건을 발견하지 못해 나는 빈손으로 계산대로 돌아왔다. 거너 아저씨가 내게 줄 수리비를 수표에 쓰는 동안, 진열장에 있는 무언가가 내 눈에 들어왔다. 나는 손을 들어 아저씨를 멈추고는 그 물건이 놓인 쪽의 진열장 유리를 살살 쳤다. 그는 싱긋 웃더니 호주머니에서 거대한 열쇠고리를 꺼내 진열장 문을 열었고, 자신이 제대로 집었는지 내 얼굴을 보고 확인했다. 펼친 내 손바닥에 거너 아저씨가 그 금빛의 동그란 물건을 올려놓았다.

마치 오래된 회중시계처럼 보인다. 뚜껑에 바다 풍경이 새겨져 있다. 떠가는 배가 있고 그 옆 수면 위로 고래 한 마리가 뛰어오르고 있다.

나는 손끝으로 그 까만 고래의 테두리를 훑었다. 거너 아저씨가 뚜껑을 열자 그 안에 있는 것은 시계가 아니었다. 나침반이었다.

"아직 작동해."

아저씨가 수어로 말했다.

나침반이라니. 시계인 것보다 더 좋다. 뚜껑을 닫고 거기 에칭으로 새겨진 그림을 어루만지며, 나는 이것의 옛 주인이 누구였을지 궁금해졌다. 디자인을 보면 어느 배의 선장이었을 것 같다. 컴퓨터와 GPS가 있기 전에 사람들은 나침반과 하늘의 별을 보며 나아갈 방향을 찾았다.

고래 나침반과의 만남이 나에게 찾아온 좋은 계시처럼 느껴졌다. 어쩌면 내가 블루55와 소통할 방법을 찾는 데 행운을 불러다 줄지도 모른다든지. 나는 내가 받을 수리비에서 이것의 값을 빼라는 의미로 거너 아저씨에게 나침반을 들어 보였다.

"이번엔 라디오가 아니네!"

그는 수표에 서명했다.

"나한테 필코 라디오 팔 준비는 됐냐?"

내가 가게를 나서기 전에 거너 아저씨가 물었다. 익숙할 정도로 늘 하는 질문이라서 수어로 할 필요도 글로 쓸 필요도 없다. 괜히 날 놀리려고 그러는 것이다. 물론 정말 다시 갖고 싶은 마음도 없진 않겠지만, 내가 그 라디오와 결코 헤어질 마음이 없는 것도 그는 잘 알고 있다.

13

웬들네 집은 거너 아저씨의 골동품점에서 자전거로 잠깐이면 도착한다. 내 청바지 앞주머니에는 집을 나서기 전에 챙긴 주파수와 피아노 건반에 관한 메모들이 들어 있다.

웬들의 열 살짜리 여동생 엘리너가 평소처럼 집 앞에서 테니스 연습을 하고 있다. 수많은 갈래로 땋아 하나로 묶은 까만 머리카락을 흔들거리며 차고 문을 향해 서브를 했다가 돌아오는 공을 쫓아가 잡는다. 그때 놓친 공이 찻길 쪽으로 굴러와 내가 잡아 주었다.

"멋지다."

나는 그 공을 던져 주고 말했다. 엘리너의 목표는 비너스 윌리엄스와 세리나 윌리엄스를 합친 것보다 더 훌륭한 테니스 선수가 되는 것이다. 엘리너가 맞서 겨룰 수 있을 때쯤이면 이미 그 선수들이 나이 든 다음이기 때문이 아니다. 엘리너는 언제고 그들을 이길 수 있을 정도가 되고 싶어 한다.

엘리너가 공과 라켓을 내려놓고는 자유로워진 두 손을 들어 내게 말했다.

"고마워. 이번 주말 경기 준비하고 있어."

엘리너는 청인이지만 수어를 농인처럼 한다. 웬들네 가족 중에서 청각 장애가 있는 사람은 웬들뿐이다. 웬들이 태어나자마자 수어를 배우기 시작한 웬들의 부모는 집에서 늘 수어로 대화한다. 어머니는 심지어 웬들이 내년부터 다닐 브리지우드 중학교에서 농학생들을 가르치는 교사다.

"넌 잘할 거야. 웬들 있어?"

엘리너는 물병의 물을 들이켜며 집 안을 가리켰다. 휴스턴에는 이미 여름이 찾아왔고 엘리너의 갈색 얼굴은 땀으로 반짝이고 있었다. 엘리너가 물병을 내려놓고 말했다.

"별들을 바꾸고 있어."

초인종을 누르자 두꺼운 현관문 유리 너머로 섬광등이 깜박거렸고, 이내 키 큰 웬들 어머니의 모습이 아른거렸다. 우리 집에도 누가 오면 내가 알 수 있도록 불 들어오는 초인종을 설치했다. 게다가 내가 거실과 내 방 등도 함께 깜박이도록 연결해 두었다.

웬들 어머니가 문을 열어 주고는 웃었다.

"반갑구나. 웬들은 위층에 있어."

고맙다고 인사하고 달려 올라가 보니 웬들이 나무 사다리에 올라선 채 천장에서 플라스틱 별들을 떼어 내고 있다. 웬들이 입은 티셔츠에는 은하수의 한 지점을 가리키는 화살표와 함께 '현위치'라고 적혀 있다. 나는 웬들에게 뭘 하고 있느냐고 물을 필요가 없다. 웬들은 때마다 그 시기의 밤하늘 모양에 맞추어 제 방 천장의 별들을 재배치한다.

한 손에 별자리표를 든 웬들이 다른 손으로 말했다.

"왔어?"

"나 네 피아노 좀 칠 수 있을까?"

"칠 수는 있지만 잘 칠 순 없겠지."

"농담 아냐."

나는 한 손으로 말하며 다른 손으로 허리를 짚었다. 웃음을 참고 있긴 했지만.

"피아노로 확인해 볼 게 있어서 그래."

웬들은 사다리를 내려와서는 피아노가 있는 가족 서재로 나를 안내했고, 우리는 피아노 앞에 나란히 앉았다.

"뭘 확인해야 하는데?"

나는 주머니에서 종이 한 장을 꺼내 웬들에게 주었다.

"이 고래와 관련된 거야."

"어떤 종의 고랜데?"

"어떤 종이 아니라, 그냥 한 마리의 고래야. 과학 수업 때 알게 됐어."

내가 피아노 몸통 위에 한 손바닥을 올리자 웬들도 따라 했다.

내가 종이에 적어 온 것은 이렇다. 우선 첫째 줄. '보통 고래: 28Hz(첫 번째 건반), 35Hz(다섯 번째 건반)'.

나는 손가락 하나로 피아노 맨 왼쪽 건반을 두드렸고 낮은 음이 내 손바닥에 진동했다. 우리가 그 소리에 친숙해지도록 나는 몇 번 더 두드렸다. 그런 식으로 다섯 번째 건반까지 차례대로 올라갔다. 검은색인 다섯 번째 건반에선 35헤르츠의 소리가 난다. 대왕고래와 참고래의 소리는 올라가도 이 언저리까지만 올라간다.

두 번째 줄엔 이렇게 적었다. '55Hz(열세 번째 건반)'.

나는 첫째 건반부터 하나하나 짚어 올라와 열세 번째 건반을 눌렀다. 흰 건반이다. 이 음을 몇 번 반복해서 치자 진동이 다시 내 손바닥을 간질였다. 이전 음들에 비해 진동이 조금 가볍다.

"이 고래가 이런 소리를 내."

나는 열세 번째 건반을 다시 쳤다.

"그런데 원래는 이런 소리가 나야 해."

나는 맨 왼쪽 건반을 다시 쳤다.

"그래서 다른 고래들이랑 얘기를 못 해."

내가 그 두 건반을 번갈아 칠 때 웬들은 두 손을 피아노 몸통에 대어 보았다.

"큰 차이가 없는데."

"고래한테는 큰 차이야."

웬들의 말처럼 큰 차이는 느껴지지 않는다. 피아노 건반 위에선 30센티미터도 되지 않는 거리가 블루55를 나머지 모든 고래들과 갈라놓는다. 할머니 집 소파에 나란히 앉아서도 서로 할 말을 찾을 수 없었던 할머니와 내가 생각난다.

웬들 아버지가 어리둥절한 얼굴로 방 안을 들여다보았다. 머리를 짧게 깎은 웬들과는 달리 갈색 두피가 드러난 대머리라는 점을 빼고는 꼭 키 큰 웬들 같다.

웬들은 아버지가 볼 수 있도록 피아노 몸통 위로 손을 들어 올려 말했다.

"우리 새 프로젝트야. 대결하는 두 피아니스트의 순회공연."

"멋지겠다."

웬들 아버지가 웃으며 이렇게 덧붙였다.

"관객도 귀가 안 들린다면 말이지."

웬들은 짜증 난다는 표정을 지어 놓고는 저도 웃었다. 웬들 아버지는 늘 수어를 쓰기 때문에 언제든 우리 사이에 끼어들어 대화할 수 있다. 웬들은 차라리 꼭 필요한 말 말고는 아무 말도 안 하는 아버지와 바꾸고 싶다고 내게 말한 적이 있지만, 나는 그게 진심이 아니라는 걸 알았다.

"그러니까 이 고래는 더 낮은 소리로는 노래를 못 한다거나 뭐 그런 거야?"

아버지가 나간 후 웬들이 물었다.

"맞아. 바다를 혼자 다닌 지 오래됐어. 다른 고래들하고 소통할 수 있었다면 이미 했을걸."

"원래 혼자 있기를 좋아해서 다른 고래들과 말을 안 하는 건지도 모르지."

웬들이 내 어깨를 슬쩍 밀었고 나는 왜냐고 묻지 않았다.

"뭐, 그럴 수도 있지. 하지만 나는 안 하는 게 아니라 못 하는 거라고 생각해."

"다른 고래들도 이 고래의 소리를 못 듣는 거야?"

"설사 들을 수 있다 해도 뜻은 알아듣지 못해."

나는 소리가 일으키는 진동의 차이에 집중하면서 두 음을 또쳐 보았다. 피아노를 그대로 바닷속으로 내려 55헤르츠 건반의 소리를 블루55에게 들려주고 싶다는 생각이 들었다.

"이야기할 수 있는 방법을 찾고 싶어."

"그 고래한테?"

"응, 그 고래한테."

"어떻게?"

"그걸 알아내야 돼."

"알아내면 그다음은?"

"그것도 모르겠어, 아직은."

우리는 각자 한 손은 피아노에 댄 채 둘이 번갈아 그 건반들을 쳤다.

"왜 그 고래한테 이야기를 하고 싶은데?"

나는 어떻게 대답해야 할지 모르겠다. 이 고래가 자기와 다른 말을 쓰는 고래들뿐인 바다에서 헤엄치고 있다는 걸, 고래 떼는커녕 고래 한 마리도, 심지어 부모도 이 고래의 말을 못 알아듣는다는 걸, 그래서 내가 이 고래에게 혼자가 아니라고 알릴 노래를 만들어 주고 싶다는 걸 설명할 방법을 모르겠다. 나 자신에게도 완전히 설명할 수 없기 때문이다. 밀물과 썰물, 주위 모든 것을 빨아들이는 블랙홀의 중력 등 웬들이 더 잘 이해할 만한 비유를 찾아 머릿속을 뒤져 보았다.

"이 고래는 계속 노래하는데, 바닷속 모든 것들이 그냥 지나쳐 가는 거야, 마치 이 고래가 거기 없는 것처럼. 이 고래는 누구도 자기를 이해 못 하는 줄 알아. 그게 아니란 걸 내가 알려 주고 싶어."

14

혹등고래 한 무리가 그를 헤엄쳐 지나갔다. 전에 본 적 없는 무리가 분명했다. 보았다면 기억났을 테니까. 고래는 전부 기억한다, 잊어버리려고 아주 열심히 애쓰는 것들까지도.

그는 이 혹등고래 무리에 합류할 수 있을지도 모른다고 생각했다. 그래서 옆으로 다가가, 이 고래 가족의 한쪽 가장자리에서 같이 헤엄쳤다. 잠시 그렇게 조용히 함께 가는 것이다. 그러다 그 고래 가족이 반발하지 않으면 좀 더 가까이 다가가 보는 것이다.

전에도 이런 방법을 시도해 보았다. 노래는 이해되지 않더라도 한 무리로 받아 주기를 매번 바라면서. 접근하기 가장 쉬운 것은 함께하던 고래를 잃은 지 얼마 되지 않은 고래 떼다. 그런 고래 떼는 슬픔을 알리는 낮고 애달픈 노래를 부르기에 알아챌 수 있다. 그들은 떠난 고래의 그림자를 안고, 빈자리를 남겨 둔 채 헤엄친다. 그들이 그 빈자리를 채울 새 고래를 원하는 것인지, 아니면 저리 가라며 꼬리를 휘두를 힘조차 없는 것인지 그는 알 수 없다.

노래를 만드는 방식은 그도 그 고래들과 똑같다. 몸속 공간들로 숨을 불어넣어 공기가 흐르게 하면 그 숨과 공기는 노래가 되어 나온다.

그런데도 나오는 소리는 같지 않다. 그가 내는 소리는 주위 고래들이 내는 소리와 다르다.

하지만 다른 고래들에게 들리긴 한다. 그 고래들이 흘깃 뒤를 돌아보는 것을 보면 알 수 있다. 이렇게 시간이 흐르다 보면 그 고래들도 그의 소리 하나쯤은, 그의 노래 속 작은 떨림 하나쯤은 이해할지도 모른다. 그렇게만 되어도 충분할 것이다.

15

블루55가 나에게 노래를 부르는 꿈을 꾸었다. 깨어 보니 내가 여전히 한 손을 필코 라디오 위에 얹어 두고 있었다.

어쩌면 라디오에서 흘러나온 어느 노래 속에 55헤르츠의 소리가 들어 있었는지도 몰랐다. 다시 그걸 느끼고 싶었다. 하지만 라디오의 진동은 이미 사람의 말소리를 뜻하는, 짧게 끊기는 리듬으로 바뀌어 있었고, 내 꿈속 고래의 노래는 기억에서 빠져나가고 없었다.

그러고 나니 다시 잠들 수가 없었다. 블루55의 노래가 계속 생각나고, 또 느끼고 싶었다. 그래서 휴대전화로 검색을 하다가 나는 이상한 악보가 있는, '고래와 함께 음악 만들기'라는 글을 찾았다. 몇 년 전 학교에서 싫어도 들어야 했던 음악 수업들로 인해 나는 악보가 보통 어떻게 생겼는지 안다. 그런데 여기 실린 악보에는 음이 검은 점이나 동그라미가 아니라 색색의 선과 도형들로 표시되어 있다. 악보에 줄지은 섬처럼 맺힌 것이 처음엔 꼭 누가 흩뿌려 놓은 색색의 페인트 같았다. 그런데 자세히 보니 확실한 모양이 있다. 어떤 것은 울퉁불퉁한 하트 모양이고 또 어떤 것은 새 모양이다.

이것은 고래의 노래가 담긴 악보다. 어쩌면 나는 귀로 듣지 않고도 고래의 음악을 이해하는 방법 하나를 찾았는지도 모른다.

여러 색의 점과 선이 노래의 각 부분을 나타낸다. 평범한 까만 음표로는 고래가 부르는 노래를 담을 수 없는 것이다. 고래는 사람이 작곡할 수 없을 만큼 복잡한 노래를 부른다. 색색의 얼룩이 오선지에 사람 음악보다 더 광범위하게 찍혀 있고, 서로 다른 음들이 노래의 각 부분에서 함께 흐른다.

혹등고래의 노래가 가장 복잡하다. 다양한 색과 모양이 악보를 올라갔다 내려갔다 하며 춤을 춘다. 다른 고래들의 노래를 보면 비슷한 높이에 음이 모여 있는데, 혹등고래의 노래는 아주 낮은 음과 아주 높은 음을 왔다 갔다 한다. 색도 유독 다양하다. 대부분의 고래가 하나의 악기를 연주할 때 혹등고래는 교향곡을 연주하는 것 같다. 주황색-분홍색-보라색-빨간색-파란색으로 된 패턴을 계속 반복하다가 길게 이어지는 음들을 부른다. 그러다가 처음의 짧은 외침으로 되돌아간다.

여기엔 블루55의 악보도 있다. 다른 고래들과 같은 색도 있지만 더 높은 음이라 더 위에 있다. 패턴도 다르다. 블루55의 노래는 파란색-보라색-빨간색 얼룩 음표들이 패턴을 이루는데, 각 절의 끝마다 파도 같은 곡선이 나온다. 파란색일 때도 있고, 빨간색이나 보라색일 때도 있지만 어쨌든 똑같이 곡선으로 된 그 부분을 블루55는 패턴을 반복하기 직전마다 부른다.

같은 모양에 다른 색깔. 마치 같은 손 모양으로 다른 수어를 하는 할아버지의 시 같다. 그러니까 이것은 블루55의 운율이다.

웬들네 집에 피아노를 치러 가기 전에 떠올랐던 계획이 내 머릿속에서 이 음표들과 함께 휘돌았다.

나는 인터넷을 더 뒤져서 악기별 소리의 주파수가 나와 있는 표를 찾았다. 55헤르츠 정도로 낮은 음을 내는 악기는 많지 않다. 55헤르츠는 고래의 노래로선 높은 소리지만 인간 기준으론 낮은 소리다. 표를 보니 그렇게 낮은 소리를 낼 수 있는 악기로는 튜바, 베이스 트롬본, 그리고 하프시코드라는 뭔지 모를 악기가 있다. 나는 블루55의 노래 악보와 함께 이 표도 출력했다.

블루55의 악보를 내 방 벽, 블루55의 사진 옆에 붙였다. 그 어떤 노래와도 같지 않고 그 어떤 고래도 알아듣지 못하는 노래다. 하지만 블루55의 노래다. 이렇게 종이 위에 옮긴 모습으론 그렇지 않겠지만, 이 노래가 할아버지의 시와 닮은 점이 하나 더 있다. 부르려면 위와 아래, 그리고 둘레의 공간이 필요하다는 것.

초등학교 3학년 때 나는 반 아이들과 같이 음악 수업을 받아야만 했다. 체육, 도서관, 음악, 미술 수업을 돌아가면서 받는 시간이었다. 도서관 수업일 때면 나는 끝나고도 도서관에서 나가기 싫어 억지로 발을 뗐다. 미술 시간에는 내가 말로 표현할 수 없는 것을 물감이나 색연필 등으로 그려 볼 수 있었다. 체육 시간은 좋진 않지만 견딜 만했다. 하지만 음악 시간은 다른 아이들이 음표 따위를 배울 때 나는 몽상이나 하고 있어야 했고, 아니면 그때 배우는 노래를 찰스 선생님과 함께 수어로 해야 했다. 선생님이 모두에게 리코더를 나누어 주고 불게 했던 날, 나는 엄마에게 음악 수업에 가지 않게 해 달라고 부탁했다. 음악 연주는 쓸모없는 일이었다.

그때부터 나는 다른 아이들이 음악실로 갈 때 도서관으로 갈 수 있게 되었다.

그런데 6학년이 거의 끝나 가는 지금 나는 음악실이라고 적힌 교실 앞에 서 있다. 오늘 아침에도 왔었다. 준비하는 어떤 과제 때문에 상담을 하고 싶다는 내 말에 음악 담당 러셀 선생님은 방과 후에 시간이 좀 있다고 했었다.

문을 열기 전 나는 목에 걸고 다니는 고래 나침반을 만졌다. 거너 아저씨의 가게에서 이것을 사 온 날, 나는 금색 목걸이 줄을 찾으려고 장신구함을 뒤졌다. 전부 너무 짧거나 색이 이상했고, 쓸 만한 건 내가 이미 라디오 다이얼을 달아 목에 걸고 다니는 줄뿐이었다. 나는 그 줄을 풀어 나침반 위 고리에 끼웠다. 목걸이를 다시 걸어 채우며 나는 이 나침반의 주인이었던 선장이 끝내 집으로 가는 길을 찾았을지 궁금해졌다.

음악실의 화이트보드에 '버스 승차 지도 후 돌아옵니다'라고 적혀 있었다. 러셀 선생님을 기다리면서 나는 벽에 붙은 악기 포스터들을 훑어보았다. 악기와 주파수에 관해 적어 온 메모를 꺼내 쥐고선 '금관악기' 포스터 속 베이스 색소폰의 구멍들을 만져 보았다. 이 색소폰 속으로 숨을 불어넣을 때 어떤 구멍을 막고 막지 않아야 하는지를 아는 사람이라면 블루55가 들을 수 있는 음을 연주할 수 있을 것이다.

러셀 선생님이 내 가까이에서 손을 흔들어 자신이 돌아왔다는 것을 알렸다.

"무스은 도움이이 필요오하니이?"

보통은 이렇게 천천히 과장해서 말하는 걸 보면 짜증이 나지만 이 순간엔 품은 계획에 설레어서 그런 것은 뒷전이었다. 선생님에게 내가 적어 온 것들과 블루55의 노래 악보를 내밀었다. 악보 맨 아래에는 이 고래를 위한 노래를 녹음하고 싶어요라고 미리 적어 두었다. 선생님은 책상에 앉아서 그 모두를 살펴보더니 다시 처음으로 넘겨 한 번 더 읽었다. 선생님이 내 손을 흘깃 쳐다보았을 때에야 나는 내가 선생님 책상을 손가락으로 두들기고 있었다는 것을 깨달았다.

선생님이 무언가를 말하기 시작해서 나는 마커를 건네고 화이트보드를 가리켰다.

— 흥미진진하구나. 밴드부랑 오케스트라부 학생 몇 명과 같이 뭔가 만들 수 있을 것 같아. 사람 귀에 듣기 좋은 음악은 아니겠지만 고래들 사이에선 엄청 히트할 수도 있어.

선생님은 이렇게 쓰고는 웃었다.

— 감사합니다. 언제 녹음할 수 있을까요?

나는 빨간 마커를 가지고 썼다. 학생 몇몇이 악기 가방을 들고서 음악실로 들어오는 게 보였다.

— 내일 방과 후쯤? 몇 가지 안 되는 음으로 그냥 독특하게 연주하는 거라서 얼마 안 걸릴 거야.

완벽하다. 그것을 녹음해 사운드 파일로 만들면 내게 필요한 것 중 가장 큰 부분은 마련되는 것이다. 블루55에게 닿기 위한 계획이 실현되어 간다.

웃는 얼굴로 화이트보드에 감사합니다!라고 쓴 나는 교실에서 나왔다.

음악 선생님은 이게 무슨 과제인지, 아니, 학교 과제인지 자체를 묻지 않았다. 상관없다. 그 어떤 수업보다 중요한 일이다.

앤디에게

제 질문에 이렇게 빨리 대답해 주셔서 감사합니다. 그런데 혹시 해양

보호 구역 동물들 소리를 저에게 좀 보내 주실 수 있나요? 제가 해야 하

는 어떤 과제 때문에요.

사운드 파일이건 아니면 거기서 녹음하신 무엇이건 보내 주시면 정말

도움이 될 거예요.

감사합니다.

아이리스 베일리

16

다음 날, 블루55의 노래를 연주할 학생들이 하나씩 음악실에 자리를 잡았다. 연주하는 대신 옆에 앉아서 구경만 하는 학생도 많았다. 바이올린과 클라리넷, 트럼펫은 그 악기들에서 나는 가장 낮은 음조차 블루55에겐 너무 높아서 포함시킬 수 없었다. 튜바 연주자가 참가하지 않은 것에는 나도 놀랐다. 튜바는 심지어 블루55의 목소리보다 낮은 음도 낼 수 있어서 내가 목록에 넣었던 몇 안 되는 악기 중 하나였기 때문이다. 하지만 러셀 선생님은 내가 준 악보의 음이 연주하기 어렵고, 자신의 학생 중에서는 그걸 연주할 수 있는 사람이 없다고 했다. 그러니까 손가락을 맞는 자리에 대고 마우스피스에다 숨을 불어 넣기만 하면 되는 경우가 아닌 다음에야 내 생각보다 더 많은 기술이 필요했던 것이다.

— 이따가 너 가기 전에 휴대전화나 태블릿 컴퓨터에서 그 소리 내는 법 알려 줄게.

러셀 선생님이 접착 메모지에다 이렇게 썼다. 화이트보드에는 오늘 녹음에 쓰이는 악기들과 각각의 악기로 연주할 음들이 적혀 있다. 연주자들이 몇 번 반복 연습하는 동안 나는 교실 앞에 있는 의자에 앉아서 기다렸다. 다들 한 음을 연주하고는 휴대전화나 다른 작은 기기로 무언가를 확인하는 것 같았고, 이따금씩 고개를 절레절레 흔들고는 다시 연주하기도 했다. 그러다 선생님이 직접 피아노를 치면서 차례대로 한 명씩 가리켜 55헤르츠의 음을 연주하도록 지휘했다. 바로 위나 아래 음도 연주했다. 블루55가 때로는 55헤르츠보다 조금 높거나 낮은 소리로도 노래하기 때문이다. 연주를 지켜보던 아이들 중 몇몇은 귀를 막았다. 블루55에겐 그보다 듣기 좋은 음악이길.

연주자들이 줄지어 앉은 파란 의자들의 뒤편은 좀 더 큰 악기 담당들의 자리다. 부스스한 금발의 남자애가 베이스 색소폰을 분다. 우리 집에서 몇 집 아래에 사는 여자애, 앤젤리카 프리먼도 보인다. 앤젤리카는 내가 항상 지나치게 자라 버린 바이올린이라고 생각했던 콘트라베이스를 연주하는데, 그 악기의 목을 따라 손가락을 움직이면서 다른 손으론 활을 쥐고 현 위를 왔다 갔다 가로지른다.

잠시 후 러셀 선생님이 연주자들에게 무언가를 말하더니 피아노 의자에서 일어나 화이트보드에 적었다. **진짜로 할 준비하자.** 그리고 마이크와 스테레오 장치를 켰다. 선생님은 이 녹음을 나중에 내게 이메일로 보내 줄 것이다.

음악실 바닥이 가장자리까지 두꺼운 카펫으로 덮여 있지 않았더라면 나는 신발을 벗고 그 음악의 진동을 느꼈을 것이다. 이를테면 바닥에 놓인 베이스 드럼의 진동이라든가. 이 모든 악기들이 한꺼번에 연주되는 소리란 어떤 것일지 궁금해하다가, 나는 우리 집 컴퓨터 스피커로 만져 본 블루55의 노랫소리와 같으리란 것을 떠올렸다. 그래도 이 순간에 느끼고 싶었다.

녹음 버튼을 누른 다음 다시 자리에 앉을 줄 알았던 러셀 선생님이 손가락으로 나를 가리킨 다음 피아노를 가리켰다.

나는 내 가슴을 가리켜 물었다.

"저요?"

선생님은 고개를 끄덕이고는 이렇게 적었다.

— 이건 네 노래잖아. 네가 같이 해야 맞지.

나는 웃음을 짓고는 피아노 의자에 앉았다. 블루55의 노래를 연주하는 것은 듣는 것보다 더 좋다. 선생님은 내가 쳐야 하는 건반이 무엇인지 근처를 짚어 알려 주었지만, 나는 이미 잘 알았다. 나는 열세 번째 건반에 손가락을 얹고는 선생님 손을 보며 신호를 기다렸다.

러셀 선생님이 두 손을 흔들었고, 모두가 각자의 악기를 연주할 때 나는 그 피아노 건반을 연달아 두드렸다. 55헤르츠보다 조금 높거나 낮은 소리도 포함되도록 열두 번째와 열네 번째 건반도 두드렸다.

선생님이 한 손을 올리더니 그대로 주먹을 쥐었다. 녹음을 멈춘 후 모두가 박수를 쳤다. 내내 귀를 막고 있던 학생들까지도. 어쩌면 끝났다는 게 기뻐서 치는 박수일지도 모르지만 상관없다. 블루55에게 혼자가 아니라는 것을 알려 줄 노래가 이제 우리에게 있다.

평소의 합주 연습으로 돌아가기 위해 다들 제자리를 찾는 동안, 러셀 선생님은 자신의 태블릿 컴퓨터에 있는 어플리케이션 하나를 열어 나에게 보여 주었다. 선생님이 태블릿 컴퓨터를 피아노 가까이 댄 채 열세 번째 건반을 가리켰다. 내가 그 건반을 치자 마이크에 그 소리가 잡혀 앱 화면에 구불구불한 곡선이 나타나고 내가 친 음의 이름도 A1이라고 뜬다. 가장 멋진 점은 건반을 칠 때마다 그 곡선 옆에 주파수 값이 55헤르츠라고 뜬다는 점이다. 선생님은 학생들을 가리켜, 그들도 이와 비슷한 어플리케이션을 썼음을 알려 주었다. 자신이 연주하는 음이 55헤르츠가 맞는지를 다들 이것으로 확인한 것이다. 이렇게 블루55의 노래와 닮은 소리를 연주했다는 것만으로도 나는 벌써 블루55와 더 가까워진 기분이 들었다.

선생님은 어플리케이션 화면의 회전판을 돌리면 온갖 악기를 선택할 수 있다는 걸 보여 주었다. 튜바 소리 내는 법을 알려 준다던 선생님 말은 바로 이런 뜻이었다. 선생님이 '튜바'를 선택한 다음 어떤 음을 두드려야 하는지 시범을 보여 주었다. 그러자 보라색 곡선과 55헤르츠라는 글자가 화면 가운데에 떴다. 55헤르츠의 노래를 직접 연주할 수 있는 어플리케이션이 있다는 것을 왜 진작 몰랐을까? 악기 연주자들과 함께 만드는 게 아니라 나 혼자서도 만들 수 있었던 것이다. 하지만 이들과 함께 만든 것도 나쁘지 않다. 이제는 이들도 블루55를 안다. 그건 블루55의 노래를 듣는 사람이 더 많아진 것과 같다.

교실을 나오기 전 나는 화이트보드에다 '모두 고마워요!'라고 말하는, 웃는 고래 한 마리를 그렸다. 몇몇 아이들이 떠나는 내게 웃으며 손을 흔들었고, 앤젤리카는 내게 엄지를 내밀어 보였다.

그래, 뭐, 음악 연주가 쓸모없는 일은 아니겠다.

집에 온 나는 러셀 선생님이 어서 합주 지도를 마치고 그 녹음 파일을 전송해 주기만 기다리며, 선생님이 알려 준 어플리케이션을 사용해 보았다. 서재로 온 것은 여기 컴퓨터에 달린 스피커 때문이다. 보통 엄마가 여기서 그래픽디자인 일을 하지만, 이날 엄마는 일을 의뢰해 온 어떤 회사와 회의를 하러 나가 있었다.

주파수가 55헤르츠 정도인 음을 찾을 때마다 나는 그 소리를 컴퓨터에다 녹음했다. 어플리케이션 속 악기 종류를 훑어보니 유포니움처럼 이름조차 처음 보는 악기들도 있다. '옥타브'라고 적힌 플러스와 마이너스 버튼을 눌러 보면서 나는 맞는 소리를 내는 악기를 몇 가지 더 찾았다. 블루55에게 들려 줄 노래에 약간의 다양성을 더하기 위해 나는 50~60헤르츠 범위 내 다른 주파수의 소리도 몇 가지 녹음했다.

아니, 무슨 합주 연습이 이렇게 오래 걸리는 걸까? 러셀 선생님이 내게 한 약속을 잊어버린 게 분명하다는 생각이 들었을 때쯤 메일이 도착했다.

나는 첨부된 파일을 열어서 재생 버튼을 클릭했다. 스피커에서 이는 진동이 과연 블루55의 노래와 닮았다. 어쩌면 블루55도 그렇게 느낄 것이다.

나에게 필요한 또 다른 사운드 파일이 앤디의 새 메일과 함께 도착했다.

아이리스에게

다시 소식 들어서 반갑네요. 오늘 수중 청음기를 가지고 바닷속 소리들을 녹음해서 그 파일을 첨부해 보내요. 보통은 오늘보다 더 시끄러운데,

오늘은 유람선이 들어오지 않아 대체로 자연의 소리만 들어갔어요. 혹등고래와 대왕고래, 범고래, 바다표범, 그리고 수면 위의 바람 소리 등등요.

과제 잘되길 바라요. 더 자세한 이야기도 궁금하네요.

앤디

넵. 더 자세한 이야기를 곧 전할게요, 앤디.

앤디가 보내 준 녹음의 길이는 5분밖에 되지 않았다. 나는 블루55가 듣게 될 노래가 더 길어지도록 편집했다. 러셀 선생님과 앤디가 보내 준 녹음을 합해 새 파일을 만든 다음, 계속 복사하고 붙여 한 시간 정도 되풀이되게 만들었다.

이 정도면 충분하기를. 나는 그 노래를 틀어 놓고 스피커에 손을 대고 눈을 감았다. 이전에는 제 노래를 틀어 주면 블루55가 그저 자신의 소리로 여겨 의미가 없을 것이라 생각했는데, 새로 만든 이 노래에 블루55가 내는 소리를 더하면 어떨지 궁금해졌다. 나는 블루55의 진짜 노랫소리 녹음 하나를 방금 내가 편집한 노래의 가운데에 더해 넣었다.

음…… 어딘가 친숙하면서도 다르다. 블루55의 소리가 조금 섞여 들어간 새로운 노래. 블루55의 노래와 똑같게 만드는 것은 불가능하지만 나는 이 새 노래의 음들을 늘이고 잘라서 블루55의 실제 노래 패턴과 최대한 비슷하게 만들어 보았다. 고래의 노래는 여러 단위로 이루어져 있다고 읽었다. 그러니까 다양한 높이와 길이, 발성으로 된 각각의 소리가 이어져 악구를 이루고, 그 악구가 모여서 주제가 된다. 구어에서 단어가 문장이 되고, 문단이 되는 것처럼 말이다. 또한 수어에서 각 수어 표현이 모여 구절을 이루고 그 구절이 이어져 대화나 시, 이야기가 되는 것처럼 말이다. 어쩌면 블루55는 이것이 자신을 위한 이야기임을 알 것이다.

이 모든 작업을 마친 후 나는 잠시 앉아서 앤디에게 보낼 답장을 생각했다. 지금까지 써 본 메일 중 가장 중요한 메일이 될 것이었고, 반드시 잘 써야 했다.

앤디에게

바다 동물들 소리를 녹음한 파일을 보내 주셔서 정말 감사합니다. 딱 제 과제에 필요한 것이었어요.

저희 과학 선생님인 알라미야 선생님에게 블루55에 관해서 배운 후로, 저는 블루55 생각을 멈춘 적이 없어요.

내 손이 키보드 위에서 머뭇거렸다. 스스로가 해양 보호 구역의 연구원보다 더 똑똑하다고 생각하는 것처럼 보이지 않으면서도 계획을 잘 말하고 싶었다.

블루55에게 추적 장치를 붙이려 한 지난 시도가 성공적이지 않았으니까, 제가 떠올린 이 아이디어를 좋아하실지도 모른다고 생각했어요.

나는 학교에서 악기 연주자들과 함께 블루55의 노래와 주파수가 같은 노래를 녹음한 것, 그리고 거기에 블루55의 실제 노래와 해양 보호 구역 동물들 소리를 섞은 것을 설명했다.

그 노래의 파일을 첨부할게요. 블루55에게 추적 장치를 붙이러 나가셨을 때 배에서 이걸 트실 수 있어요. 사용하시는 장비에다 방수 스피커를 연결해서 물속에 떨어뜨리면 블루55한테 그 노래가 들릴 거예요. 블루55가 다른 고래들한테로 헤엄쳐 다가간다고 하셨죠? 심지어 자신과 같은 노래를 부르지도 않는 고래들인데도 말이에요. 그러니까 자신과 비슷한 소리가 난다면 분명 다가올 거예요. 그리고 한동안 그 소리 가까이에 머무르고 싶어 할 거예요.

내가 다른 농인과 만날 때마다 작별 인사가 도통 끝나지 않곤 하는 것이 생각났다. 우리가 인사만 반복하길 멈추고 진짜 헤어질 때까지 다른 사람들은 짜증이 난 채 문 앞에서 기다리곤 한다. 드디어 작별할 뻔했다가도 또 뭔가 할 말이 생각나기 일쑤다. 자신과 같은 사람과 언제 또 이야기할 수 있을지 모르면, 함께 있는 시간이 끝나지 않기를 바라게 된다.

앤디의 해양 보호 구역에 가까이 왔을 때 이 노래가 들린다면 블루55는 좀 더 제 집에 온 것처럼 느낄 수도 있어요. 그리고 블루55가 좀 더 따뜻한 지역으로 이동할 때라든지 그럴 때 다른 바다의 해양 보호 구역에서도 이 노래를 틀 수 있을 거고요. 자신의 노래와 비슷한 노래가 들려온다면, 블루55는 그렇게 외롭지 않을 거예요.

내가 메일을 딱 잘 썼는지 점검하느라 몇 번을 다시 읽었는지 모르겠다. 전문적이면서도 동시에 편안하게 쓴 것 같은 메일이어야 했다. 마치 우리가 서로 좀 아는 사이이고 같은 목표를 위해 일하는 것처럼 말이다. 이곳저곳 단어를 바꾸어 보았다가 또 원래대로 되돌렸다가 하면서 거듭 고쳤고, 마침내 마무리가 되었을 때 나는 숨을 죽이고 보내기를 클릭했다.

네 노래가 너한테로 출발했어, 블루55.

17

웬들을 직접 만나 블루55의 노래 진행 상황을 알려 주고 싶었다. 다음 날 방과 후 영상통화로 집에 가도 되느냐고 물었더니, 웬들은 서둘러 오면 어머니가 운전하는 차를 타고 같이 브리지우드 중학교에 갈 수 있다고 했다. 어떤 회의 때문에 오늘 학교에 출근하지 못한 어머니가 내일 수업 준비를 위해 교실에 갈 것이라면서 말이다.

브리지우드 중학교까지 먼 길을 가는 차 안에서 나는 웬들에게 블루55를 위한 노래를 녹음한 일과 그것을 해양 보호 구역에 보낸 일까지 모두 이야기했다.

"진짜 멋지다! 답장은 받았어?"

"아직. 보낸 지 얼마 안 됐어."

아직 답장이 없는 것을 걱정하지 않으려고 애썼다. 채 하루도 지나지 않았지만 나는 답장을 기다리며 이메일을 자꾸만 확인했다. 내 제안이 그리 좋은 생각이 아니라면? 주파수가 같다는 이유만으로 내가 만든 노래가 블루55에게도 충분히 노래처럼 들리리란 보장은 없다. 갑자기 니나가 어느 고래에게 손을 휘적거리며 묻는 모습이 떠올랐다. "안녕, 플랑크톤 맛은 어때?" 블루55가 듣고 오히려 짜증이 나는 노래라면 만들지 않는 편이 나았다.

브리지우드 중학교는 우리 학교보다 수업을 늦게 시작해서 우리가 도착했을 때도 아직 수업 중이었다. 잭슨 선생님, 즉 웬들 어머니네 교실로 셋이 함께 가다가 나는 조금 뒷걸음쳤다. 과학 수업 중인 교실에서 수어를 하는 손이 보였기 때문이다. 높고 까만 책상에 모인 한 무리의 학생들에게 교사가 입으로 하는 말을 통역사가 수어로 옮겨 주고 있었던 것이다. 그 교실의 농학생은 그들만이 아니다. 다른 책상에서는 세 명의 학생이 서로 수어를 주고받으면서 작업을 하고 있다. 전기 회로 만들기에 관한 그들의 대화에 불쑥 끼고 싶은 마음이 일었다. 웬들 어머니는 그대로 자신의 교실로 가고, 웬들이 멈춰 선 나를 기다려 주었다.

한 성인 여성이 그 농학생들에게 다가가서 수어를 했다. 통역사 같지는 않았다. 그냥 그 학생들의 논의에 합류하더니 다음으로 무엇을 할 것인지 물었다.

"저 여자는 누구야?"

내가 묻자 웬들이 대답했다.

"마르티네스 선생님. 농학생이 많은 수업은 일반 교사뿐 아니라 농교육 교사도 같이 들어가."

"저 선생님은 농인처럼 수어를 하는데."

"농인이라서 그럴걸."

"농인 교사도 있단 말이야?"

"응, 몇 분 있어."

내 손을 잡아당기는 웬들과 함께 나는 그 교실에서 멀어졌다. 농학생 둘이 수어로 대화하며 복도를 걸어왔다. 그들은 우리 옆을 지나가면서 웬들에게 손을 흔들어 인사했다.

이 지역 농학생 대부분이 브리지우드로 온다는 것은 알았지만 이렇게 많을 줄이야. 늘 수어를 주고받으며 지낼 수 있겠다. 수업 시간에도, 체육 시간에도, 복도에서도, 그리고 점심을 먹을 때도.

우리가 교실에 도착했을 때 웬들 어머니는 책 몇 권과 서류철을 들고 나오는 길이었다.

"내일 수업에 쓸 자료 복사하러 갈 거야. 너희 둘은 여기서 기다리면 돼."

어머니와 함께 온 게 처음이 아니라서 교실의 모두가 웬들을 알았다. 웬들이 나를 모두에게 소개하고는 아이들과 이야기를 나눌 때, 나는 교실을 돌아다니면서 책장을 훑어보았다. 몇몇 학생은 이 교실을 웬들 어머니와 같이 쓰는 다른 교사와 함께 반원 모양 탁자에 앉아 있다. 또 제 책상이나 컴퓨터 앞에 앉아 있는 학생들도 있다. 교실 한구석의 바퀴 달린 까만 수레 위에는 화상 전화가 딸린 티브이가 놓여 있다.

나는 책장에서 책 한 권을 꺼냈다. 장식 없는 하얀 표지에 오래되어 보이는 책이지만 제목이 눈길을 끌었기 때문이다. 『미국 수어의 역사』. 언제부터 옆에 와 있었는지 모를 웬들이 내게 손을 흔들어 보였다.

"농인 역사 가르칠 때 엄마가 쓰는 책이야."

"농인 역사?"

"응, 재미있어."

나는 농인의 역사가 있다는 것이나 우리가 쓰는 언어의 출발점 같은 것을 생각해 본 적이 없었다. 웬들이 그 책을 내 손에서 가져가더니 도입부를 펼쳤다. 웬들과 함께 훑어본 그 페이지엔 까만 옷을 입은 머리 하얀 남자가 어린 여자아이와 수어를 하는 사진이 있었는데, 그 아래의 설명이 눈에 띄었다.

"프랑스?"

내가 묻자 웬들은 고개를 끄덕이고는 말했다.

"몇몇 프랑스 사람들이 여기로 와서 프랑스 수어로 미국 농학생들을 가르쳤어. 오랫동안 미국에 농학교가 딱 여기 하나였기 때문에 전국 농인들이 다 왔고, 그 농인들이 이전까지 제각기 썼던 각자의 수어들을 공유했대."

"그 수어가 우리가 지금 쓰는 수어야?"

"만들어지는 데 시간이 좀 걸렸고 지금도 계속 변화하기는 하지만 맞아, 거기서 미국 수어가 탄생한 거야."

새로 생겨난 언어였다, 처음에는 서로의 말을 이해할 수 없던 사람들에게서 태어난. 어째서 나는 그걸 몰랐을까?

어쩌면 블루55와 나도 결국엔 서로를 이해하게 될지도 모른다. 조금은, 소리 하나쯤은.

웬들이 다른 학생들과 교사에게 블루55 이야기를 해 주었다. 그들이 "정말?", "근사하다!" 같은 말을 하고 종종 내 쪽을 쳐다보기도 했다. 교사는 내게 물었다.

"우리한테 자세히 설명해 줄래?"

나는 그러겠다고 했다.

아직 이 학교를 다니지 않으면서도 웬들은 이미 다니는 것처럼 학생들과 소통한다. 내년이면 진짜 이곳 학생이 되어 더 많은 사람들과 알고 지낼 것이다. 지금까지 웬들의 삶은 늘 이랬을 것이다. 늘 곁에 있는 사람들과 이토록 쉽게 이야기를 나누었을 것이다.

브리지우드 학교에 다니면 안 되느냐고 엄마에게 또 물을 생각을 여태 안 해 본 건 아니다. 다만 엄마는 안 된다고 할 게 뻔하다. 그 얘기 앞에서 변하는 엄마 표정이 싫어서 나는 오랫동안 그 이야기를 꺼내지 않았다. 할머니 집에 갈 때마다 입구에서 날 유독 오래 껴안으며 짓는 표정, 꼭 멀리 가는 사람 보듯 나를 보는 그 표정과도 좀 닮았다. 하지만 다시 엄마를 설득해 봐야겠다. 여기 다니는 것이 내게 더 좋을 거라고, 여기가 내가 속할 곳이라고 말이다.

니는 이제 『미국 수어의 역사』를 내려놓고 다른 학생들과의 대화에 합류하려 했다. 그런데 웬들의 수어를 놓쳤다. 그리고 웬들을 향한 학생들의 대답 역시 이해하지 못했다. 나를 뺀 모두가 대화를 이해하고 있는데 말이다. 나는 책을 보느라 대화 앞부분을 놓쳤기 때문이라고 생각하며 마음을 다독여 보았다. 하지만 정말 그 때문이었다면 나는 금세 대화를 따라잡았을 것이다. 따라잡기는커녕 나는 마치 큰 파도에 밀려 쓰러진 후 멕시코만의 흐린 물 속에서 계속 몸부림치는 것 같았다.

좀 더 지켜보니 그들의 대화가 조금은 더 이해되었다. 이제 보니 웬들은 평소 나와 이야기할 때보다 더 빠르게 손을 움직인다. 다른 점은 그뿐이 아니다. 웬들이 쓰는 수어 몇 가지는 내가 처음 보는 말이다. 하지만 탁자에 둘러앉은 모두가 그 수어들을 알고 있는 것 같다.

갑자기 그들이 나를 본다. 아무래도 내가 무슨 대답을 할 차례인 것 같다. 나는 웬들에게 어깨를 으쓱해 보이고 말했다.

"무슨 이야기인지 이해 못 했어."

그러자 학생 중 한 명이 손을 내젓고는 말했다.

"기차 떠났어, 미안."

나는 대화를 놓쳤고, 놓친 부분을 내게 설명해 주기는 너무 번거로운 것이다.

그때 웬들이 조금 웃더니 이렇게 말했다.

"미안. 너한테는 노인처럼 수어를 해야 하는데 깜박했어."

나는 한 대 맞기라도 한 것처럼 움찔했다. 학생들이 웬들과 함께 웃었다. 내 표정을 본 웬들이 웃음을 멈추더니 다른 학생들을 보며 작게 고개를 저었다.

"미안."

"괜찮아."

괜찮지 않지만 난 이렇게 말했다. 나는 『미국 수어의 역사』를 책장에 다시 꽂았다. 어쩌면 이곳도 결국 내가 어울리는 곳이 아닌지도 모른다.

웬들이 차창 밖을 내다보는 내 어깨를 두드린다. 함께 웬들 어머니 차를 타고 집으로 돌아가는 길이었다.

"화났어? 정말 미안해. 나 평소에 그런 생각 안 해. 그냥 너랑 얘기할 때랑 브리지우드에서 얘기할 때 수어를 다르게 하는 것뿐이야. 너도 그렇잖아, 안 그래? 너도 너희 아빠랑 얘기할 때는 너희 엄마나 할머니, 나랑 얘기할 때하고 수어를 다르게 하잖아."

흠, 수어를 거의 못하는 우리 아빠에게 수어 할 때와 비교하다니, 내 기분에 그다지 도움이 안 됐다. 나는 고개를 저어 웬들이 사과할 필요가 없다는 것을 알려 주었다. 그리고 다시 말했다.

"괜찮아."

정말로 내가 괜찮은 것은 아니지만 그렇다고 웬들이 잘못한 것도 아니다. 우리는 매일 만나지 않고 나는 또래 농인들과 늘 함께인 웬들과는 환경이 다르다. 지금까지 내 대화 상대는 대부분 할머니, 할아버지 그리고 찰스 선생님이었다. 그러니 나는 웬들이 나한테는 그 농학생들한테 쓰는 것과 다른 수어를 써서 화나는 게 아니다. 그래야 한다는 점에 화가 나는 것이다.

18

저녁을 먹으러 아래층으로 내려가려는데 기다리던 메일이 도착했다.

아이리스에게

답장 너무 오래 걸려서 미안해요. 아이리스의 아이디어를 보자마자 흥미로웠는데 먼저 다른 팀원들에게 공유하고 싶었어요. 좋은 소식이에요. 아이리스가 블루55를 위해 만든 노래를 우리 다음 시도 때 틀기로 했어요!
그리고 스피커를 물속 깊이 넣어서 블루55의 반응을 보려고 해요.

믿기지 않는다! 머나먼 알래스카주에 있는 해양 보호 구역의 직원들이 내 얘기와 내가 만든 노래 얘기를 나누었다니. 그들이 내 계획이 좋다고 생각한다니. 그 노래를 해양 보호 구역에서 실제로 사용해 주길 바라는 것은 지나친 바람일까 봐 걱정했는데 말이다. 앤디는 진짜 과학자다. 블루55에게 마음을 쓰는 과학자. 그런 사람이 내 말을 들었다.

물론 이 일의 성공은 블루55가 이곳 가까이 와야, 그리고 우리가 블루
55를 만날 수 있어야 가능해요. 최근에 노래가 전혀 포착되지 않았기
때문에 블루55가 지금 어디에 있는지 알 수 없어요. 살아 있다면 다시
노래를 시작할 거예요, 바라건대.

부모님 허락을 받은 뒤에 주소를 알려 주면 우리 해양 보호 구역 티셔
츠를 보내 줄게요. 페이스북에도 아이리스 이야기를 올릴 거고, 우리가
블루55를 만나러 바다로 나갈 때는 인터넷 생중계 링크를 클릭하면
아이리스의 계획이 실현되는 모습을 볼 수 있을 거예요. 그리고 알래스
카주 애플턴에 행여나 올 일이 있으면(올 일이 있는 사람은 거의 없겠
지만 만약을 대비해서 하는 말이에요) 우리 해양 보호 구역에 들러요.
구경시켜 줄 테니까.

아이리스가 한 일에 정말 감명받았어요. 정말 과학자처럼 생각하네
요. 문제를 발견하고는 그걸 해결할 방법을 찾아냈잖아요.

우리에게 그 아이디어를 보내 주어서 다시 한번 고마워요, 아이리스.
그 아이디어를 시도해 블루55를 좀 더 알게 되기를 고대하고 있어요.

앤디

너무 신이 난 나머지 나는 벌떡 일어나서 내 방 안을 빙글빙글
뛰어다니다가 벽에 붙은 블루55의 사진 앞에 멈춰 섰다.

"내가 널 위한 노래를 만들었어. 네 마음에 들었으면 좋겠어."

사진 속 고래의 얼굴을 쓰다듬다가 나는 손을 떨어뜨렸다. 블
루55가 그 노래를 듣게 된 건 좋지만 내가 그 순간을 온라인으로

만 지켜보는 건 좀 아닌 것 같다. 해양 보호 구역 사람들이 블루55를 만날 때 나는 컴퓨터 화면 앞에 앉아 있어야 하다니. 그걸론 부족하다. 블루55가 그 노래를 들을 때 내가 거기에 있어야 한다.

앤디에게

실제로 그 노래를 사용하실 거라니 정말 기뻐요! 한 번도 들어 보진 못했어도 블루55는 이 노래를 찾고 있었을 거예요. 전 확신해요. 답장해 주시고 그곳으로 절 초대해 주셔서 감사해요. 블루55가 올 때 저도 곁에 있도록, 곧 그곳으로 갈 수 있는지 부모님께 여쭤 볼게요.

제가 바다에 같이 나가도 될까요? 저는 기꺼이 돕고 싶어요. 제가 스피커와 노래를 알아서 하는 사이에 앤디는 추적 장치를 붙이는 일에 집중하실 수 있을 거예요. 저는 오랫동안 라디오를 만졌기 때문에 전자 기기 작업에 능숙해요. 한 학년이 거의 끝나 가는 무렵이라 수업 진도도 다 나갔고 학교에서 그다지 중요한 일이 없어요. 그리고 이렇게 교육적인 여행을 간다면 제가 며칠쯤 학교를 빠져도 부모님은 좋아하실 거예요.

내가 며칠 안 보이면 학교 측도 좋아하리란 말은 덧붙이지 않았다.

그럼 이만 줄일게요. 블루55가 언제쯤 그곳 가까이 올 것 같은지 알려 주세요!

아이리스

알래스카에 올 일이 있으면 들르라는 것이 설사 앤디가 예의상 한 말일지라도 나는 갈 것이다. 가서 그 고래를 만날 것이다.

가족들이 저녁 식탁에 앉자마자 나는 블루55 이야기를 했다. 소피아 알라미야 선생님이 보여 준 동영상 하나에서 모든 일이 시작되었다는 이야기, 블루55에게 추적 장치를 붙이려고 하는 앤디와 그의 팀 이야기.

아빠가 내 수어를 다 이해하지 못하니, 일부는 엄마가 구어로 통역해 주었다. 아빠를 위해 천천히 말하려 하는데도 나도 모르게 손이 휙휙 날아다녔다. 내가 블루55의 노래를 자세히 알게 된 과정도, 학교에서 녹음한 음악과 주파수 찾기 어플리케이션을 가지고 블루55를 위한 노래를 만든 과정도 이야기했다. 그런 다음 아주 느린 손동작으로 "그리고……"라고 하며 한 명 한 명 내게 집중시켰다.

"블루55가 곧 다시 그 해양 보호 구역 가까이로 헤엄쳐 올 거야. 그때 그곳 연구원들이 또 한 번 추적 장치 붙이기를 시도할 건데, 그때 내가 만든 노래를 바닷속에다 틀 거래. 블루55가 좀 더 머무르게 하려고."

오빠가 말했다.

"정말? 그거 대단하다!"

엄마도 말했다.

"네가 도움이 되었다니 멋지네. 너 정말 열심히 노력했겠다."

아빠는 여전히 조금 이해가 안 되는 표정이었지만, 수어로 "그래, 멋지다!"라고 말했다.

다들 감탄한 것 같긴 한데, 이게 얼마나 커다란 일인지는 제대로 이해하지 못하는 것 같다. 블루55가 얼마나 오랫동안 혼자 바닷속을 다녔는지나 블루55와 같은 노래를 부르는 고래가 없다는 것을 내가 제대로 전달하지 못했을 수도 있다.

가장 근사한 부분을 이야기하면 모두 이해할 것이다.

"그리고 말이야, 블루55한테 추적 장치를 붙이러 갈 그 과학자, 앤디가 내 아이디어가 정말 좋다면서 나를 해양 보호 구역으로 초대했어!"

'행여나' 우리가 알래스카주 애플턴에 갈 일이 있을 때 '구경'시켜 주겠다고 했다는 부분은 빼놓고 말했다. 내겐 이미 충분한 초대다. 우리는 가야 한다.

엄마 아빠가 할 말을 생각하는 것처럼 서로 눈빛을 교환했다. 엄마 아빠는 가끔 곁에 있는 내가 자신들의 입 모양을 못 읽도록 복화술을 시도한다. 하지만 지금 두 사람은 아무 말 없이 말이 통하는 것처럼 보였다.

마침내 엄마가 말했다.

"친절한 제안이네. 언젠가 우리가 알래스카로 여행을 가면 그 해양 보호 구역을 구경할 수 있겠다."

'언젠가' 간다는 건 안 간다는 뜻이다.

"빨리 가야 돼. 블루55가 거기로 올 때에 맞춰서."

내 말에 이번엔 아빠가 수어로 말했다.

"걱정 마. 블루55의 곁에는 늘 다른 고래들이 있잖아, 응?"

다들 이 일의 의미를 모르고 있다. 이게 얼마나 중요한 일인지를 안다면 더 진지하게 받아들일 테니까. 이 고래가 마침내 자기 노래와 비슷한 노래를 듣게 될 텐데. 그 노래를 내가 만들었는데.

나는 블루55에 관해서건 해양 보호 구역과 그 노래에 관해서건 어떤 질문을 해도 대답할 준비가 되어 있지만 가족들은 어떤 질문도 하질 않는다. 아빠는 아마 내 수어 대부분을 알아보지도 못했을 것이다. 내가 설명을 더 잘했어야 한다. 내 인생 가장 중요한 일일 것인데 전혀 전달이 안 되고 있다.

깊은 숨을 내쉰 후 나는 애써 느린 손으로 아빠에게 대답했다. 내가 덜 흥분하면, 더 참으면 결국에는 대화가 풀릴 것이라고 생각하면서.

"하지만 그 고래들이, 이 고래 말을, 이해 못 해. 그게 문제야. 다른 고래들이, 곁에 있어도, 이 고래 말을, 못 알아들어."

그리고 내 두 손이 아빠에게 바닷속에서 홀로 헤엄치는 그 고래를 보여 주었다. 아무 응답도 듣지 못한 채 고래는 혼자 노래한다. 그러던 어느 날 노래가 들려온다, 자신의 노래와 비슷한 노래가. 나는 마치 내게 그 노래가 들리는 것처럼 몸을 기울이며 한 손을 귀에 댔다.

설명이 끝나자, 아빠가 마치 내 이야기를 곱씹는 것처럼 쳐다보다가 입을 열어 말했다.

"그 고래는 말하기 치료를 좀 받아야겠네."

아빠는 자기가 한 농담에 웃더니 고개를 숙이고 또 입으로 무언가를 말했다. 나는 손을 흔들어 아빠의 시선을 잡고 물었다.

"뭐라고?"

아빠는 칠리를 한 숟가락 떠먹고, 이번엔 수어로 대답했다.

"아무것도 아니야."

이 수어만큼은 참 잘하는 아빠다.

"아무것도 아니긴. 나라는 사람은 안 중요하니까 나한테는 말 안 해도 된다는 뜻이겠지."

아빠는 내 말을 통역해 달라는 듯 엄마를 쳐다보았지만 내가 엄마에게 말했다.

"이젠 통역해 주지 마."

아빠가 가슴을 부풀렸다가 한숨을 내뱉었다. 방금 한 말은 이해했다는 뜻이겠지. 나는 아빠에게 말했다.

"아빠가 주변에 있는 누구하고도 대화할 수 없으면 어떨 것 같아? 아무리 노력해 봤자 아무도 아빠 말을 알아듣지 못한다면 말이야, 응?"

아빠가 다시 엄마를 흘긋 보았지만 엄마는 그냥 자신의 물잔을 잡았다. 그 속의 물이 내가 식탁을 내려쳐서 흔들렸다. 아빠가 수어로 말했다.

"못 알아보겠어. 너 수어 좀 천천히 해."

나는 더 빠르게 했다.

"내가 어떻게 하건 마찬가지잖아. 아빤 어차피 하나도 이해 못 하잖아! 아빠 인생이 평생 그렇다면 어떨 것 같아? 아무하고도 대화 못 하는 바닷속 그 고래가 아빠라면 어떨 것 같으냐고?"

아빠는 고개를 젓더니 먹던 밥만 계속 먹었다.

엄마가 내게 말했다.

"아이리스, 네가 속상한 거 나도 안타까워. 그렇지만 우리가 여기 일 다 내팽개치고 알래스카로 갈 수는 없잖아. 집에서 인터넷 생중계로 보면 되지. 웬들도 오라고 하고. 네가 어떻게 그 고래를 도왔는지 다 같이 보자."

그리고 엄마는 덧붙였다.

"내가 팝콘 만들어 줄게."

그걸로 모든 게 나아지기라도 하는 것처럼.

"싫어! 이건 부당해! 내가 그 노래를 만들었잖아. 그 노래를 들려주자는 생각을 내가 했단 말이야. 알래스카로 가는 비용은 나도 보탤게."

알래스카로 가는 데 얼마가 드는지 나는 전혀 모른다. 하지만 라디오를 수리해서 번 돈을 은행에 좀 모아 두었다.

한동안 누구도 말이 없었다. 그러다 오빠가 내 팔을 잡았다.

"있잖아, 네가 그 고래를 위해 하는 일 멋져. 그런데 중요한 건 그 고래가 네 노래를 들을 거라는 거야, 안 그래?"

"그래, 하지만 그때 내가 거기 있어야 해. 내가 그 고래를 직접 봐야……."

"네 라디오가 아니야."

"뭐?"

"그 고래는 네 라디오가 아니라고. 네가 고장 난 건 뭐든 절대 그냥 두기 싫어하는 거 알아. 이 일을 하는 이유가 혹시 그건 아닌지 스스로에게 잘 물어봤으면 좋겠어. 네가 그 바다로 들어가 라디오처럼 그 고래를 고쳐 놓을 수는 없는 거라고."

"그걸 누가 몰라?"

대답하는 내 손이 허공을 후려치듯 했다. 도대체 오빠는 무슨 소리를 하는 건가?

"그래도 난 가야 돼! 자기 노래가 누군가에게는 닿는다는 걸 그 고래한테 알려 주고 싶다고."

그리고 나는 계속 말했다. 얼굴이 눈물에 젖어도 손을 멈춰 닦지도 않고 계속 말했다. 오빠가 알아보지도 못할 만큼 빠르게 말했다. 어쩌면 엄마조차 못 알아볼 정도로 빨라졌지만 나는 수어를 늦추지 않았다. 더는 아무것도 상관없었다. 내가 블루55 같았다. 아무에게도 전달이 안 되는 높은 주파수로, 텅 빈 바다에 대고 소리를 지르는.

19

새로 만난 고래 떼가 그를 혼자 두고 떠나려 한다.

무리 중 가장 어린 고래가 혼자 뒤처져서는 그의 주위를 빙빙 돈다. 그러다 다른 고래들이 부르자 그의 근처에서 가만히 헤엄친다. 그 새끼 고래는 아직 어려 자기만의 노래를 찾지 못했다. 그래서 혼자 헤엄치는 커다란 고래, 그를 향해 여러 가지 서투르고 짧은 소리들을 내뱉고 외쳐 본다. 이대로 시간이 흐르면 그와 새끼 고래는 서로의 노래를 이해할 수 있을지도 모른다.

고래 떼는 그것이 걱정스럽다. 그 이상한 소리가 자신들 주변의 바닷물에 흐르는 것도, 자신들이 이해하지 못하는 노래를 어린 고래가 부르게 되는 것도 원하지 않는다. 그렇게 되면 위험하다. 앞으로 도움이 필요할 때 새끼 고래는 어떻게 어른들에게 알리겠는가?

그를 따돌리기로 결심한 혹등고래 가족은 데려가야 하는 새끼 고래를 큰 소리로 불렀다. 결국 그 어린 고래는 마지막 외마디 소리를 남기고 몸을 돌려 고래 떼에 합류했다.

그는 잠시 새끼 고래를 따라갔다. 그 무리가 결코 자신을 받아들이지 않으리라는 걸 알아도 보낼 준비가 되지 않았기 때문이다. 새끼 고래와 함께 노래해 본 것은 정말 오랜만이었다. 그 자신도 새끼 고래이던 시절, 가족 중에 다른 새끼 고래들이 있었다.

고래 떼는 계속 헤엄쳐 나아갔고, 그가 너무 가까워지면 꼬리를 휘둘렀다.

만일 그가 노래를 부르지 않고 조용히 있으면 그들은 함께 가는 것을 허락할까? 그는 한동안 노래를 참았다가, 믿음이 생길수록 조금씩 조금씩 자신의 노랫소리를 드러냈다. 그러나 그 노랫소리가 길어질수록 고래 떼는 그와 더욱 거리를 두었고 자신들의 새끼 고래를 더욱 바싹 둘러쌌다.

바다에서 폭풍의 전조가 보였지만 그 고래는 다른 고래들처럼 재빨리 다른 곳으로 피하지 않았다. 폭풍 속에 있을 때는 그가 노래를 가장 크게 부를 때다. 그때만은 다른 고래들과 같다. 바람 소리와 부서지는 파도 소리 속에서 자신의 노래를 들을 수 없는 것은 모든 고래가 마찬가지니까.

물살이 거친 곳을 향해 헤엄치면서, 그는 아무도 들은 적 없는 제 노래들을 텅 빈 바다에 외쳐 불렀다. 어쩌면 휘돌고 치고 오르락내리락하는 바닷물이 그의 노래들을 휩쓸어 가, 누군가가 들어줄 새로운 음악으로 편곡해 놓을지도 모를 일이었다.

20

마음이 진정된 후, 나는 가족들의 반응에 신경 쓰지 않기로 했다. 가족들은 아직 이해를 못 하는 것뿐이다. 앤디와 함께 구체적인 계획을 세운 다음에 다시 이야기할 것이다. 진짜 과학자가 내 아이디어에 감명받았고 직접 해양 보호 구역에 와서 도와 달라고 했다는 증거를 내밀면 엄마 아빠도 절대로 못 간다고는 하지 못할 것이다. 이게 얼마나 중요한 일인지를 그땐 이해할 것이다.

그날 밤 앤디에게서 다시 메일이 왔을 때 나는 알래스카로 떠나는 짐을 싸기 직전이었다. 그런데 내용이 이랬다.

아이리스에게

내 말이 당장 비행기를 타고 이리로 오는 게 좋겠다는 얘기로 읽혔다면 정말 미안해요. 가족과 이곳으로 오긴 정말 어려울 거예요. 이 먼 길을 어떻게 그렇게 갑자기 오겠어요?(그리고 설사 온다 해도 블루55가 나타나지 않으면 아무것도 못 볼 텐데요. 때로 과학은 그렇게 좀 지루해요. 아무리 계획하고 작업해 두어도 자연이 늘 바람대로 협조해 주는 건 아니거든요.) 언젠가 부모님과 함께 이곳에 오면 좋겠지만, 아이리스 부모님은 아마 계획을 충분히 세운 뒤에 오고 싶어 하실걸요.

그래도 집에서 아이리스가 컴퓨터로 보는 장면이 이곳 팀원들이 보는 장면과 똑같다는 것, 심지어 더 나은 시야일 수도 있다는 것, 꼭 알아야 해요! 고래에게 추적 장치를 부착하는 일은 중요하지만 위험해요. 고래에게 아주 가까이 다가가야 하거든요. 휘두르는 꼬리에 한번 맞으면 사람은 보트 밖으로 튕겨 나갈 수도 있어요. 우리 팀에서 나 말고 배에 같이 오를 수 있는 사람은 딱 한 명인데, 바로 보트 운전자예요. 이 탐사를 위해서 함께 노력하는 나머지 모든 사람들은 해양 보호 구역 안에 남아서 화면으로 그 작업을 볼 거예요. 아니면 부두에서 보기도 하지만 거기선 잘 안 보이죠. 우리가 카메라로 수중에서, 그리고 배 위에서 찍는 모든 장면을 아이리스는 볼 수 있을 거예요. 작업을 완수한다면 우리가 블루55의 추적 장치에서 얻는 정보를 기꺼이 아이리스에게도 보내 줄게요. 그러면 블루55의 위치도, 노래하는 때도 알 수 있어요.

다시 한번, 아이리스가 해 준 모든 작업에, 그리고 우리에게 그 노래를 보내 준 것에 정말 감사해요. 이 일에 관해서 기꺼이 아이리스와 좀 더 이야기 나누고 싶고, 앞으로도 연락 주고받았으면 좋겠어요. 아이리스는 멋진 일들을 할 사람이고, 앞으로 아이리스가 동물들을 위해서 할 다른 일들도 저는 보고 싶을 거예요.

앤디

블루55의 노래 악보를 거세게 떼자 가장자리가 찢어지고 압정은 벽에서 빠져 날아갔다. 떼어 낸 악보를 조각조각 찢어 버리려다 멈추었다. 이 일은 블루55의 잘못이 아니다. 그리고 무슨 뜻이건 어떤 언어이건 이것은 블루55의 노래다.

그래도 나는 그 악보를 더는 쳐다볼 수 없었다. 그래서 블루55의 사진과 함께 접어 내 책상 맨 아래 서랍에 묻어 버렸다.

웬들은 아직 자기 휴대폰이 없어서 우리는 문자를 주고받는 대신에 인터넷 채팅을 해야 한다. 채팅 창 속 웬들의 이름 옆에 빨간 동그라미가 떠 있었지만 나는 언제건 웬들이 접속하면 읽도록 메시지를 쓰기 시작했다.

해양 보호 구역에서 답장 왔어.

그다음으로 할 말이 생각나지 않았다. 내가 어깨를 늘어뜨린 채 의자에 앉아 있는 동안 웬들 이름 옆의 점은 계속 빨간색이었다. 나는 그만 포기하고 침대에 풀썩 누웠다.

나중에 내 방에 올라온 엄마가 웬들에게서 영상 전화가 왔다고 했다. 나는 다음에 통화하겠단 뜻으로 고개를 저었다. 말하려고 두 팔을 들어 올릴 힘조차 나지 않았다.

다음 날 아침 다시 인터넷에 접속하니 웬들에게서 연달아 온 메시지들이 날 기다리고 있었다.

그쪽에서 뭐래?
네가 만든 노래가 좋대? 그걸 틀 거래?
흠…….
너 살아 있어????

나는 채팅 창에 쳤다.

— 미안. 어제는 얘기할 기분이 아니었어. 응, 답장 왔어. 내 아이디어가 정말 좋대.

웬들이 답을 입력하고 있다는 신호가 떴고 나는 기다렸다.

— 잘됐다! 그럼 어젠 뭐가 문제였던 거야?

— 나더러 언제 한번 오래. 나는 가고 싶고. 그 고래를 보러. 근데 엄마 아빠가 너무 멀대. 난 그냥 거기 티셔츠 받는 걸로 만족해야 돼. 아, 그리고 배에서 나한테 고맙단 인사도 보낼 거래, 자기들이 블루55를 만나면서 말이야. 내가 준 노래를 사용해서.

잠깐 아무것도 입력하지 않고 있다가 웬들은 이렇게 보냈다.

— 속상하겠다, 아이리스. 그건 불공평해. 네 아이디어잖아, 안 그래? 너도 갈 수 있어야 하는데.

다시는 행복해지지 못할 것 같은 기분으로 어젯밤 잠자리에 들었지만, 이때 나는 작게 웃음 지었다. 웬들이 내게 일어난 일을 바꿀 수 있는 건 아니지만, 이게 얼마나 불공평한 일인지를 이해하는 사람이 있다는 게 위로가 됐다.

— 고마워, 웬들. 난 괜찮아질 거야. 아마도. 그렇지만 한동안은 굉장히 화나 있을 거야. 블루55를 만나러 가는 걸 인터넷으로 보여 줄 거라는데, 아마 난 안 볼 것 같아.

— 나라도 안 보겠다. 언제든 내킬 때 우리 집에 놀러 와. 곧 목성이랑 그 위성들이 우리 눈에 보이는 때가 올 거야.

— 고마워, 나중에 보자.

내가 웬들과의 대화를 마무리하고 있는데 아빠가 들어와서 침대 끝에 앉는다. 손에는 컴퓨터 스피커 한 세트를 들고.

의자를 돌려 마주 보자, 아빠는 손가락으로 내 컴퓨터를 가리켰다. 나는 아빠에게 이리 오라고 손짓하고는 의자를 내어 주고 그 옆에 섰다.

아빠가 스피커를 컴퓨터에 연결하고는 유튜브에 들어가 웬 낡은 전축이 나오는 동영상을 찾았다. 내 애드머럴 세트의 전축만큼은 아니지만 그래도 꽤 오래되어 보인다. 나는 둥근 레코드판밖에 본 적이 없는데, 영상 속 턴테이블 위에선 네모난 레코드판이 돌아가고 있다. 그 레코드판 가운데에는 선으로만 그린 혹등고래 그림이 있다.

전축이 재생되자 나는 스피커에 손을 댔다. 느껴지는 진동이 전에 인터넷으로 찾은 몇몇 고래의 노래들과 비슷했다.

아빠는 컴퓨터의 메모장을 켰다. 아빠가 자판으로 치는 글은 아빠의 수어보다 훨씬 빠르고 훨씬 말이 된다.

— 나 어릴 때 우리 부모님이 산 잡지에 이게 끼워져 있었어.

아빠는 다시 그 동영상 창이 보이게 해서 '혹등고래의 노래—1979년 《내셔널 지오그래픽》'이라는 제목을 가리켰다. 그런 다음 자신을 가리키고 헤드폰 쓰는 시늉을 하더니, 수어로 말했다.

"매일."

우리는 한동안 그렇게 앉아 있었다. 그 고래의 노래들을 아빠는 귀로 듣고 나는 손으로 느끼면서. 화면 속 돌아가는 레코드판을 쳐다보면서. 아빠가 한 손을 파도처럼 올렸다 내렸다 하면서 그 노래가 낮았다가 높았다가 또 낮아지고 한다는 걸 알려 주었다. 내가 본 혹등고래의 노래 악보가 기억났다. 그들이 교향곡 연주자들 같다는 것이. 이 동영상의 설명 칸을 보면 혹등고래가 아주 낮은 소리에서부터 아주 높은 소리까지 낸다고 되어 있다. 그렇다면 때로는 55헤르츠의 소리도 내지 않을까? 20헤르츠에서부터 100헤르츠, 수천 헤르츠까지의 다양한 소리를 낸다면, 그중 블루55의 노래와 비슷한 소리도 분명 있을 것이다. 아주 조금이라 할지라도 말이다. 혹등고래의 노랫소리가 들리는 거리에 있을 때, 블루55는 자기 말처럼 느껴지는 소리가 들리기도 할까? 노래 하나에서 적어도 음 몇 개쯤은?

— 이게 나오기 전엔 이 고래들이 이렇게 복잡한 노래를 부른다는 걸 아무도 몰랐어.

아빠가 메모장에 입력했다.

— 옛날에는 지금보다 고래 사냥을 훨씬 많이 했거든. 그런데 고래의 노래를 듣고 나서 사람들이 고래 사냥에 반대하는 시위를 시작했어. 고래에게 이런 면이 있을 줄은 누구도 생각 못 했던 거야.

그러니까 그 노래가 고래들을 살린 거네. 그 노래가 그만큼 힘이 셌던 거다.

— 나도 찾아가고 싶었어.

"고래들을?"

내가 묻자 아빠는 고개를 끄덕였다.

"고래가 수어로 이거 맞지, Y자 모양?"

"응, 꼭 고래 꼬리처럼 보이잖아."

아빠는 엄지와 새끼손가락만 뻗은 오른손을 내밀어 보였다. 나는 다른 쪽 팔로 수평선을 만들면서 그 손을 파도처럼 구불구불하게, 마치 헤엄치는 고래의 꼬리처럼 아래위로 움직이는 법을 가르쳐 주었다.

어쩌면 이건 아빠가 그 저녁 식탁에서 일어난 일을 내게 사과하는 방법일지도 모른다. 알래스카로 가서 블루55를 만날 수 없다는 건 지금도 화나지만, 이젠 아빠와 나 사이에 이야깃거리가 있다. 전엔 없었다, 아빠와 나의 공통 관심사 같은 건. 블루55와 소통하려고 노력하다가 아빠와도 소통하게 될 줄은 정말 몰랐다. 하지만 그건 아빠가 고래의 노래에 관심이 있다는 것을 모를 때 얘기다. 자신도 고래의 노래를 듣곤 했다는 이야기를 해 주러 내 방에 올라온 것을 보면 아빠는 이제 그 노래가 내게 얼마나 중요한지 아는 것이다.

그 음반 속 고래의 노래에 관해 좀 더 물어보려는데, 아빠가 메모장에 이렇게 쳤다.

— 너도 이걸 들을 수 있었더라면 좋았을 텐데.

방식이 다를 뿐이지 나도 들을 수 있다는 걸 아빠에게 말하고 싶었다. 그걸 아빠가 이해할 수 있게 설명할 방법을 알 수 없었다.

매일 블루55를 잊으려고 애썼다. 고래나 추적 장치에 관한 글을 더는 읽지 않았다. 그래서 한동안 목걸이 줄에도 제니스 다이얼만 걸고 다녔는데, 가슴 위 나침반의 무게가 그리워져 다시 같이 걸었다. 그 나침반으로 길을 찾았을 옛 사람들을 떠올리는 게 여전히 좋았다.

거너 아저씨는 자신이 가지고 있던 가장 가망 없는 라디오 하나를 내게 주었다. 내다 버렸어도 진작 버렸어야 하는 고물 라디오를. 하지만 나는 방법을 찾을 것이다. 라디오는 부품끼리 서로 소통하는 방법이 뚜렷하다. 그리고 고쳐졌는지를 확실히 알 수 있다. 전자 기기가 그렇다. 작동이 되거나 안 되거나 둘 중 하나지 추정은 없다.

고래가 소리를 만들어 내는 법을 과학자들이 알아내기까지는 오랜 시간이 걸렸다. 고래들은 사람처럼 입을 벌리고 노래를 부르지 않는다. 노래 부르기가 몸속 공간에서 이루어진다, 목과 부비강으로 공기를 밀어 넣음으로써.

그 라디오 속에 내가 손을 넣자마자 낡은 전선 피복이 내 손바닥 위에서 가루로 부서졌다. 모든 게 제대로 작동하도록 고쳐 놓는다고 해도, 무엇에도 감싸이지 않은 금속 전선은 내 성과를 말 그대로 활활 불태워 버릴 수 있다. 나는 교체할 만한 전선을 찾아 작업대 위 전선 꾸러미를 뒤졌다.

지금 블루55는 노래를 부르고 있을까? 누군가 듣고 있을까?

나는 라디오를 두고 내 책상으로 갔다. 담임에게 학년말 과제를 제출해야 하는 기한이 얼마 안 남았는데 나는 아직 시작도 안 했다. 원래 무선통신을 주제로 택했다가 고래로 바꾸고 싶다고 요청했다. 라디오라는 주제가 좋지 않아서가 아니라 고래에 관해서 조사해 둔 내용을 모두 사용할 수 있어서였다.

이제 와 주제를 또 바꾸어도 되느냐고 묻는다면 담임은 시어 빠진 피클을 씹은 것처럼 표정이 뒤집어질 것이다. 하지만 이제 나는 고래 이야기는 쓸 수가 없다. 그냥 주제를 바꿔서 하고 제출할 때 말하기로 했다.

나는 라디오의 역사가 담긴 좋아하는 웹사이트들을 열어 메모했다. 'FM 라디오의 전파 신호는 50~60킬로미터 떨어진 거리에서도 감지된다.'

이것이 그리 대단하게 느껴지진 않는 게, 이제 난 고래의 노래가 얼마나 멀리에서도 들리는지를 알기 때문이다. 고래의 노래는 수백 킬로미터도 넘게 퍼질 수 있다. 고래의 노래는 파도 위로 솟아오르고 미국을 절반쯤 가로질러, 어떤 아이의 심장과 같은 속도로 박동하고 그 아이를 바다로 끌어당길 수도 있다.

아무리 해양 보호 구역 사람들이 블루55를 만날 거라고 해도 그건 다르다. 블루55의 노래를 듣는 누군가, 이해하는 누군가가 거기 있어야 한다.

나는 고개를 저어 생각을 떨쳐 냈다. 나를 꽉 쥔 블루55에게서 놓여나야겠다고 생각하면서 두 손도 털었다. 이제 블루55를 더 생각하는 것은 아무 의미가 없다. 블루55를 도왔다는 것만으로도 만족해야 할 것이다. 나는 전처럼 내가 잘하는 일, 그러니까 고장 난 것 고치기에 집중하고 고래는 다 잊을 것이다.

한 웹사이트를 열어 보니 라디오와 전신통신을 이용한 응급 통신의 예시가 나와 있기에, 나는 그 이야기들 중 하나를 골라 과제에 넣기로 했다.

라디오 배터리가 다 닳자 트랙터의 배터리에 라디오를 연결한 농부가 있었다. 그 라디오로 폭풍이 다가온다는 뉴스를 제때 들은 덕분에 그 농부는 가족들을 지하 저장실로 안전히 대피시킬 수 있었다.

자신의 딸을 신문기자 연인에게서 떼어 놓기 위해 마을 밖으로 내쫓은 가게 주인이 있었다. 그러나 기자 연인이 보낸 "마틸다, 나와 결혼해 줘"라는 전보가 그 딸에게 닿았고, 둘은 자신이 있는 곳의 전신국으로 제각기 목사를 데리고 가 모스부호로 결혼식을

127

올렸다. 그 후 마틸다는 집으로 돌아왔다.

전쟁포로수용소에 있던 한 군인은 나뭇조각 하나, 면도날 하나, 연필 한 자루, 옷핀 하나, 수용소를 둘러싼 철조망의 철사 조각 하나를 가지고 라디오를 만들었다. 밤마다 그 라디오로 전쟁 보도를 듣고는 함께 갇혀 있는 포로들에게 전달했다.

나는 책상 서랍에 숨겨 버렸던 블루55의 사진과 노래 악보를 꺼내 다시 압정으로 제자리에 붙였다.

소통이 간절한 사람들은 언제나 방법을 찾는다.

나는 방법을 찾을 것이다.

21

어떻게든 내가 그곳에 가면 어떨까? 블루55를 만나러 바다로 나가는 날 거기 나타난다면, 해양 보호 구역 사람들은 내가 진지하다는 것을, 학교 과제를 하는 어린아이에 불과하지 않다는 것을 깨달을 것이다. 내가 그 배에 탈 순 없어도, 그들이 블루55를 만나러 나갈 때 가까이에 있을 수 있다. 내 노래가 흐를 때 그 바다에서 헤엄치는 블루55를 볼 수 있다.

열세 살은 혼자 비행기를 탈 수 있다. 평일 아침에 학교 가듯 집을 나선다면 가족들은 내가 탄 비행기가 착륙할 때까지도 내가 없어진 줄 모를 것이다. 다만 가장 가까운 공항에 내려도 해양 보호 구역까지 자동차로 거의 세 시간이나 걸린다.

나는 컴퓨터 화면 속 지도를 들여다보았다. 비행기표 한 장이면 나와 블루55 사이의 거리가 거의 해결된다. 어려운 부분은 마지막 240킬로미터다. 블루55의 노래를 꼭 붙들기만 해도 그 노래를 타고 블루55에게로 갈 수 있다면 얼마나 좋을까? 머지않은 언젠가 블루55의 노래를 느낄 수 없을까 봐 두렵다.

여정을 하나하나 미리 알 수는 없지만 블루55를 향해 길을 나서 보아야 한다. 비행기로 갈 수 있는 만큼 간 다음에 셔틀버스든 일반 버스든 타고 최대한 그 해양 보호 구역 가까이로 가 보는 것이다. 그때쯤이면 집에 들켰을지도 모른다. 엄마 아빠는 내 목적지를 짐작할 것이다. 그래도 나는 블루55를 두고 포기할 수 없다.

비행기표를 사는 게 또 다른 문제다. 내가 라디오를 수리해 모은 돈으론 모자랄 것이다. 설사 그만한 돈이 있다고 해도 비행기표는 신용카드로만 살 수 있다. 나는 의자에 기대어 내 라디오들로 가득한 선반을 흘긋 올려다보았다. 그리고 침대 옆 바닥에 앉았다. 좋진 않지만 밀어낼 수도 없는 생각 하나가 머릿속으로 슬금슬금 들어오고 있었다. 나는 블루55의 노래를 휴대폰으로 틀고는 그 떨림에 내 손바닥을 댔다. 난 블루55에게 약속하지 않았나?

나는 셔츠 소매 끝자락으로 필코 라디오 옆에 묻은 내 지문들을 닦아 냈다.

내가 거너 아저씨에게 쓴 이메일은 짧았지만 보내기를 클릭하기까지 한 시간은 걸린 기분이었다.

나는 늘 내 라디오들을 결코 팔지 않으리라 말하곤 했었다. 비상시가 아닌 다음에야 말이다.

내 라디오 몇 개를 인터넷 경매 사이트, 이베이에다 올렸다. 돈이 내 계좌로 더 빨리 들어오도록 경매 기간은 2일로 했다.

이튿날 방과 후 서둘러 집에 와 필코 라디오를 챙겼다. 오래된 침대보로 필코 라디오를 감쌌다. 긁히지 않게 하기 위해서였지만 한편으로는 그 라디오를 안 쳐다보기 위해서였을 거다.

골동품점에 나를 데려다주기로 하고 내 방에 들어온 오빠는 침대보에 감싼 라디오와 그 옆에 있는 나를 봤다.

"그거……?"

나는 오빠가 다 묻기도 전에 대답했다.

"맞아. 거너 아저씨가 진짜 사고 싶어 해서. 난 팔아도 상관없어."

그 거짓말이 얼마나 아픈지를 오빠가 눈치 못 채도록 나는 다른 데를 보았다. 하지만 참말이기도 했다. 내 라디오들을 보냄으로써 나는 라디오보다도 사랑하는 존재에게 다가갈 수 있을 것이었다.

"좀 옮겨다 줄 수 있어? 트럭에서 기다릴게."

나는 오빠를 지나쳐 방을 나와 계단을 달려 내려갔다.

문 안으로 들어선 우릴 보고 얼굴이 아주 환해지는 거너 아저씨를 보니 그는 내가 오겠다고 하고도 안 올까 봐 걱정했던 모양이다. 나도 내가 이 라디오를 파는 게 안 믿긴다.

내가 좀 더 나이가 들면 필코 라디오 한 대를 찾아 다시 사들일 것이다. 어쩌면 나처럼 그걸 팔아야만 하는 비상사태에 놓인 아이가 있을지도 모른다.

나는 침대보를 벗겨 내고 그 라디오 캐비닛의 옆면을 마지막으로 안아 보았다. 어쩌면 너무 오래 안고 있었던 모양이다. 거너 아저씨가 날 보며 질문을 하는 표정으로 두 눈썹을 들어 올리는 걸 보면 말이다. 나는 라디오를 놓았다.

거너 아저씨가 바닥에 무릎을 대고 앉아서 라디오의 모든 면을 확인했다. 감탄한 표정이었다. 전원을 연결하고 라디오를 튼

뒤, 흘러나오는 음악을 들으며 아저씨는 씩 웃었다. 그리고 얼굴 앞에서 손을 펼쳤다가, 원을 그리며 오므렸다.

"아름답구나."

고맙다는 말도 덧붙이고, 그는 수표책을 집었다.

"감사합니다."

나는 말했다. 그리고 아직 마음을 바꿀 수 있다는 생각에 흔들릴 틈 없게, 혼자 서둘러 가게에서 나왔다.

"이야, 너 진짜로 저질렀구나."

트럭에 다시 올라탄 오빠가 말했다. 나는 물었다.

"나 은행에 좀 데려다줄래?"

우리는 드라이브스루 은행으로 차를 몰고 들어갔고, 오빠가 나 대신 입금표와 수표를 긴 플라스틱 원통에 넣어 주었다.

나는 목에 걸린 나침반 앞면을 손가락으로 쓸고 창밖을 내다보며, 오빠가 나를 빤히 보는 것을 모른 척했다. 그러자 이번에는 내 팔을 친다. 모른 척할 수가 없다.

"너 진짜 괜찮아?"

"당연하지."

나는 진짜 같길 바라며 미소를 지어 보였고, 마치 이런 일쯤이야 익숙하다는 듯이 등받이에 등을 기댔다.

아무 일 아니라는 듯이.

22

그 주에 나는 학교 앞 길 건너에 있는 은행으로 향했다. 엄마 아빠랑 여러 번 와 봐서 무엇을 어떻게 해야 하는지 정도는 안다. 엄마 아빠는 은행원에게 항상 운전면허증을 보여 주었는데, 당연히 그게 없는 나는 엄마 책상 속 내 출생증명서의 사본을 가지고 왔다. 내 계좌에서 돈을 찾아, 월그린 드러그스토어 선반에서 본 선불 신용카드를 살 계획이다. 그다지 관심을 둔 적 없어서 그 카드 한도액은 모르지만, 합해서 비행기표값이 될 만큼 몇 개든 살 거다.

청바지에 아무 깨끗한 티셔츠나 집어 입는 평소와 달리, 은행에 오려고 까만 바지에 단추 달린 흰 셔츠도 입었다. 그리고 늘 혼자 은행에 오는 사람처럼 성큼성큼 걸었다.

이제껏 엄마 아빠와 은행에 올 때면 늘 그랬듯 나는 예금 청구서를 집어 빈칸을 채워 넣었다. 단, 지금까지보다 훨씬 큰 금액을 적었다.

줄을 서서 차례를 기다리며, 나는 가만히 좀 있으라고 스스로를 나무랐다. 나 초조하다고 광고하는 것도 아니고 왜 이렇게 예금 청구서 모서리며 목걸이를 자꾸 만지작거리는지. 그래서 억지로 두 손을 몸통 양 옆에 붙이고 있자니 꼴이 마네킹 같았다. 나는 숨을 깊이 들이쉬고는 내 손바닥에서 진동하는 블루55의 노래를 상상했다.

마침내 내 앞 차례 손님이 볼일을 마쳤다. 창구로 다가선 나는 은행원에게 예금 청구서를 내밀었다. 청구서를 확인한 은행원이 나를 올려다보았을 땐 키가 더 커 보이려고도 해 봤다. 그 사람이 나에게 뭐라고 하는데 아마도 신분증 얘기 같아서, 나는 접어 온 출생증명서를 펼쳐서 밀었다. 은행원이 또 말을 하는데 알아볼 수 없어서, 나는 창구에 놓인 줄 달린 볼펜을 집어, 적어서 알려 달라고 손짓했다. 은행원은 새 출금 신청서를 집어 들더니 비어 있는 뒷면에다가 이렇게 썼다.

— 너희 부모님도 오셨니? 이런 종류의 계좌에서 돈을 찾으려면 부모님 두 분 중 한 분의 서명이 필요해.

읽다가 눈물이 나오려는 걸 참았다. 이건 내 돈이다. 내가 라디오를 수리하고 라디오를 팔아서 번 돈이고 마땅히 내가 직접 찾을 수 있어야 한다. 나는 전혀 문제없다는 듯 미소를 지어 보이고는 이렇게 썼다.

— 부모님은 너무 바빠서 못 오셨어요. 서명 받아 가지고 다시 올게요.

은행원은 고개를 젓더니 이렇게 썼다.

— 아니, 직접 오셔야 돼. 오셔서 신분증을 보여 주신 다음에 서명하셔야 한다는 뜻이야.

나는 예금 청구서와 내 출생증명서를 가방에 집어넣고는 이렇게 썼다.

─ 아, 그렇죠. 깜박했어요. 나중에 같이 올게요. 감사합니다!

창구에서 물러나면서 나는 은행원에게 웃으며 손을 흔들었지만, 수어로 한마디 덧붙였다. 근처에 수어 하는 사람이 있어서 봤다면 내가 '심각한 벌'을 받을 수도 있었을 말을 말이다.

이제 어떡하지? 오로지 블루55를 찾아 나설 돈을 마련하기 위해 내 라디오들과도 작별했는데, 그렇게 마련한 돈을 내가 건드릴 수 없다. 라디오나 부품을 더 사야 한다는 핑계로 인출을 도와 달라고 한들, 그렇게 큰돈이 필요하다는 대목을 엄마 아빠가 믿어 줄 리 없다. 요즘 내 방에서 없어진 라디오들 때문에 의아해하는 엄마 아빠에게 나는 라디오 수리가 좋아 고물 라디오를 더 사고 싶다고, 그래서 돈을 마련하는 거라고 둘러댔다. 약간은 진실이기도 했다. 나는 정말로 돈만 된다면 라디오를 더 사고 싶으니까. 하지만 지금은 그 고래가 더 중요하다.

은행 밖으로 나와 자전거에 올라탔지만 집 쪽으로 자전거를 돌리지 않았다. 나를 이해하는 누군가와 이야기하지 않고는 견딜 수 없었다.

초인종을 누르고 좀 기다린 다음에야 할머니가 나왔다. 나를 안으며 맞이해 준 할머니는 창가에 있는 흔들의자로 가서 앉았다.

한동안 나는 거기 앉아, 할머니와 같이 창밖을 보았다. 할머니는 늘 무엇을 내다보는지 몰라도 내 눈에는 나무들과 주차장밖에 보이지 않았다.

그렇게 할머니는 날 보지 않는데도, 그 앞에서 나는 두 손을 들어 그동안 쌓였던 말을 쏟아 냈다. 내가 시도하고 실패한 것들을 다 이야기했다. 블루55 이야기, 내가 만든 노래 이야기, 내가 계획했던 여행과 내가 팔아 버린 라디오와 나는 찾을 수 없는 내 돈 이야기. 이렇게 술술 털어놓을 수 있었던 건 할머니가 어차피 보지 않아서였는지도 모르고, 할머니라면 내 기분을 이해할 것 같아서였는지도 모른다. 어쩌면 둘 다인지도.

그래도 할머니는 알 것이었다, 내가 봐 주기를 바란다는 걸, 내가 굳이 할머니에게 와 털어놓는 데는 이유가 있다는 걸. 내게로 눈만 돌려도 할머니한텐 내 얼굴 너머 아픔이 보였을 것이다. 그 아픔을 고쳐 주기를 기대한 것은 아니다. 그냥 그런 일이 일어나 속상하겠다는 말 정도만 해 주어도 좋았을 거다. 누군가 내 실망을 이해하고 괜찮을 것이라 말해 주기만 해도 내 기분은 좀 나아질 것 같았다. 그런데 할머니는 마치 내가 거기 있는 것도 모르는 것 같았다.

"그리고 또 뭐가 불공평한 줄 알아요?"

여전히 창밖을 내다보는 할머니에게 나는 말을 이었다.

"할머니만 할아버지 보고 싶어 하는 건 아니에요. 우리 다 보고 싶어요. 하지만 그렇다고 다들 주저앉아서 슬퍼만 할 순 없잖아요. 엄마랑 아빠는 일해야 되고 오빠랑 나는 학교 가야 돼요."

마침내 나는 두 손을 무릎에 떨어뜨렸다. 적당한 말이 생각나지 않았기 때문이다. 마치 수면 위로 올라온 블루55가 내 손가락만 스치고 바닷속으로 내려가 버린 것처럼 그 고래를 실제로 만날 뻔했다가 그 기회를 놓친 아픔을 어떻게 표현해야 하나? 할머니는 이런 종류의 아픔을 표현하는 수어를 알지도. 하지만 나는 생각나지 않았다. 무릎이 까지거나 두통이 있을 때 쓰는 '아프다'도

맞지 않고, 가슴 쪽에서 무언가를 비트는 시늉을 하는 수어도 어울리지 않았다. 한 번도 만난 적 없는 존재를 잃은 기분은 할아버지를 잃은 슬픔과는 다르니까 말이다. 그나마 내 기분과 가장 가까운 수어는 한 손가락으로 찌르듯이 심장을 건드리는 시늉을 하는 것. 하지만 이 말 역시 무언가가 너무 아름다워서 좋은 의미로 마음이 움직일 때, 감동을 받았을 때에도 쓰여서 적당한 말인지 알 수 없다.

그때 할머니가 나에게로 눈을 돌리더니 물었다.

"알래스카 어디?"

할머니가 나한테 질문을 했다는 것을 깨닫기까지 시간이 좀 걸렸다. 난 할머니 마음이 딴 데 있는 줄 알았다.

"아, 그게……."

나는 한 손으로 알래스카주를 표현하고는 남부 해안 한 곳을 가리켰다.

"애플턴이라는 작은 마을이에요."

이젠 어디건 중요하지 않지만 말이다. 부디 내가 거기 못 가게 됐다고 이야기하는 것도 할머니가 보았길. 그 이야기를 또 한다는 생각만으로도 가슴이 슬금슬금 아파 왔다.

전날 밤, 엄마가 블루55 이야기를 하러 내 방에 왔었다. 엉망진창이 되었던 저녁 식탁에서의 대화 이후 서로 블루55의 이야기를 피하기만 하다가, 마침내 엄마가 내 기분을 좀 달래러 온 것이다. 그러나 도움이 되지 않았다.

게다가 내 수어가 틀렸다고 지적하는 엄마 때문에 더 짜증이 났다. 턱에 손가락을 대며 블루55가 "그립다"miss고 하니 수어가 틀렸다는 것이다. 친한 상대가 멀리 있을 때 쓰는 말이니까 나는 틀린 수어라고 느끼지 않는다. 직접 만난 적 없어도 나는 블루55가 그리우니까. 하지만 엄마는, 이럴 땐 파리를 잡으려 하듯 펼친 손을 얼굴 앞에서 쥐는, '놓치다'miss라는 수어가 맞는다는 거다. 앤디가 추적 장치를 채 붙이기 전에 블루55가 떠나 버렸듯 무언가를 잡으려 해도 잡지 못했을 때 쓰는 말 말이다.

엄마 말대로 내가 블루55를 '놓치게' 됐다고 말할 순 있다. 그것도 맞는 말이지. 하지만 내가 하고 싶었던 말이 아니란 말이다. 그러고 보니 '그리워하다'는 '실망하다'라는 수어와도 모양이 비슷한데, 여태까지는 그 이유를 전혀 몰랐다. 이제 알겠다. 그 둘의 의미가 크게 다르지 않다. 함께 있고 싶은 이가 멀리 있는 것과 바라는 바가 이루어지지 않는 것은 좀 닮은 일이다.

"어딘지 알아."

할머니의 말에 나는 다시 우리의 지금으로 돌아왔다.

"네? 애플턴요? 어떻게 아세요?"

"거기를 거쳐 가는 유람선이 있거든. 할아버지랑 같이 유람선 여행 계획하다 봤어."

할머니와 할아버지는 가끔 유람선 여행을 떠났지만, 알래스카로 다녀왔다는 이야기는 들은 기억이 없었다.

"언제 알래스카에 가셨어요?"

"가려고 했지. 내년 우리 결혼기념일에."

할머니 할아버지가 결혼기념 유람선 여행을 계획한 줄은 몰랐다. 두 사람은 결혼 50주년을 맞이할 뻔했다.

"할아버지가 항상 빙하를 만지고 싶어 했어."

할머니는 다시 창밖으로 눈을 돌리지 않고, 나를 똑바로 바라보고 있다. 할머니가 이렇게 하는 것이 얼마만인지 모르겠다.

두 사람의 유람선 여행에 관해 할머니에게 할 말이 생각나지 않는다. 그보다 엄마에게 말해야겠다. 말하면 당장이라도 알래스카로 가게 될 것 같아서는 아니다. 이미 엄마는 말도 안 되는 일이라고 못 박았다. 하지만 언젠가는 가자고 엄마를 설득해 볼 것이다. 결코 오지 않는 상상 속 '그 언젠가'가 아니라 현실의 어느 때에 가자고. 그러면 나도 그 해양 보호 구역을 구경할 수 있을 것이다. 그때 블루55는 거기에 없겠지만 블루55가 어디쯤에서 내 노래를 들었는지를 볼 수 있을 것이다. 그리고 우리는 빙하를 찾아가 만져 볼 것이다, 할아버지를 위해서.

"가자."

할머니가 말했다. 난 처음에 할머니가 나와 같은 생각인 줄 알았다. 언젠가 알래스카로 가족 여행을 가자는 생각. 하지만 할머니는 '언젠가'라고 하지 않았다. 할머니의 흔들의자가 더는 흔들리고 있지 않았다. 할머니는 팔걸이에 손을 얹고, 등받이에서 등을 떼어 내 쪽으로 몸을 기울였다.

"혹시 그 말은……."

나는 감히 내 짐작이 맞길 바랄 수 없어서 말을 끝맺지 못했다. 설사 내가 할머니 얘기를 맞게 이해했다 해도, 가능한 얘기 같지 않다. 엄마는 이미 안 간다고 했으니까. 하지만 할머니 머릿속에선 좀 다른 생각이 휘돌고 있는 것 같다.

"네 생각은 어때?"

할머니가 물었다. 나는 아직도 믿기지 않아 고개를 절레절레

젓고는 웃어 버렸다. 앤디 말처럼 알래스카는 훌쩍 길을 나설 만큼 가깝지 않다. 하지만 보리고래가 바닷가로 왔던 날 그랬던 것처럼, 우리 할머니는 그냥 뛰어드는 사람이다.

할머니가 내게서 눈을 떼지 않는다. 전혀 농담하는 것처럼 보이지도 않는다.

어쩌면 나는 블루55와의 만남을 놓치지 않아도 되는지도 모른다. 잠깐뿐일지 모르지만, 그 먼 길을 가서 언뜻 보는 것이 다일지 모르지만 간직할 순간이 생기는 것이다. 그러고 나면 나는 블루55가 그토록 그립지 않을 것이다.

나는 할머니의 한 손을 꽉 쥐고 대답했다.

"이제 바다로 갈 시간이라고 생각해요."

23

내 계좌에서 못 찾는 돈 걱정은 하지 말라고 할머니는 말했다.

"그 돈은 됐다가 나중에 써. 이번엔 내가 쏠 테니."

애플턴 해양 보호 구역과 가장 가까운 공항까지 날아간 다음 자동차로 (아마도 눈과 얼음을 뚫고) 세 시간을 가는 것이 아니라, 우리를 애플턴까지 직접 실어다 줄 유람선을 타는 것이 할머니의 계획이다.

애플턴으로 가는 유람선 중 빈 객실이 있는 배를 찾아보니 딱 한 척이고, 생각보다 더 빨리 출발해야 한다.

"어떻게 해요? 그러니까, 엄마한테는 뭐라고 하고 가요?"

할머니는 의자에 기대앉아 생각하다가 커피 탁자에 놓인 오크 매너의 일정표 달력을 집어 들었다.

"우리 계획을 말해선 안 돼."

"맞아요. 그럼 엄마는 절대 못 가게 할 거예요. 적어도 학기 중에는요."

"아니면 앞으로도 죽."

할머니는 달력에서 우리가 출발해야 하는 날짜를 가리켰다.

"여기 봐. 이날은 이곳 입주자들이 서프사이드 해변으로 소풍 가는 날이야. 이 소풍을 너하고 같이 가고 싶다고 네 엄마한테 말해 놓을게. 우리한테 좋은 시간일 거라고 말이야."

"엄마가 허락할까요?"

우리가 실제로 이 계획을 짜고 있다는 게 믿기지 않는다. 아직은 진짜 같지 않고 그냥 놀이 같다. 아주 재미있는 놀이.

할머니가 어깨를 으쓱하고 대답했다.

"내가 잘 얘기해야지, 뭐. 네 엄마는 내가 단체 활동 가는 걸로 알고 반길 테고, 내가 바다를 얼마나 좋아하는지도 아니까. 그리고 바다 간다는 부분은 거짓말 아니기도 하잖아. 조금 더 멀리 가서 그렇지."

"'조금' 더 멀리요?"

할머니는 다시 컴퓨터 화면을 보더니 '유람선 예약'을 클릭한 뒤에 말했다.

"6,400킬로미터 정도밖에 안 되는데, 뭐."

나는 웃는 얼굴로 손을 움직여 말했다.

"'심각한 벌'을 받을 거예요. 우리 둘 다 엄청 혼날 거라고요."

할머니가 말했다.

"벌 좀 받아도 후회는 없을걸."

웬들에게는 작별 인사를 안 하고 떠날 수 없었다. 우리 집에 좀 오라고 메시지를 보냈더니 답이 이렇게 왔다.

너희 집에 내 것보다 더 좋은 망원경이 있는 게 아니면 네가 우리 집 와서 목성 좀 봐.

현관에서 나를 맞아 준 웬들 아버지가 위층을 가리켰다.

"올라가면 멋진 게 보일 거야."

위층 방으로 간 나는 발코니로 나가 웬들 옆에 앉았다. 내가 어깨를 건드렸을 때에야 웬들은 망원경에서 눈을 뗐다.

나는 아래로 팔을 뻗어 웬들의 손전등을 켰다. 별 보기에 방해가 될 정도로 밤하늘이 밝아지지는 않도록 웬들이 렌즈를 빨간색으로 칠해 놓았다.

브리지우드 중학교에 다녀온 뒤로 나는 매일 웬들은 학교에서 뭘 하고 있을까 궁금해지곤 했다. 나와 비슷한 것을 배우되 농인 교사에게 배우고 있겠지? 점심을 먹으며 여러 친구들과 수어로 이야기하고 있겠지? 복도에서 마주친 아이와 농담하고 있겠지? 나도 매일 그들을 만난다면 그런 일들을 같이 할 수 있을 것이다. 지금은 우리의 수어가 서로 조금 다르지만, 더 긴 시간을 같이 지내기만 해도 내 수어는 그 애들의 수어를 닮아 갈 것이다.

나는 지금에 집중하려고 고개를 저어 이런 바람을 떨어냈다. 학교를 옮기는 건 이제 정말로 불가능하게 된 것 같다. 내가 할머니와 훌쩍 알래스카로 떠나 버린 걸 알고 나면 엄마는 나를 자신의 시야 밖으로도 벗어나지 못하게 할 테니까.

엄마가 이 여행을 허락했다는 게 나는 아직 믿기지 않는다. 할머니가 우리 집에 와서 엄마에게 그 이야기를 할 때 나는 위층에서 지켜보았다. 할머니는 처음부터 끝까지 완벽하게 표정 관리를 해 아무런 티도 내지 않았다. 정말로 연기를 잘했다. 할머니는 나를 여행에 데려가도 좋다는 허가서에 엄마 사인을 받아 가지고 집으로 돌아갔다. 그때 나는 엄마에게 들릴까 봐 숨을 참은 채 내 방으로 돌아왔다. 그냥 내쉰다면 그 안도의 한숨이 아주 요란할 것 같아서.

나는 하늘을 올려다보며 웬들에게 물었다.

"어떤 게 목성이야?"

"저기 진짜 밝은 별 같은 거 하나 보여?"

"응."

"다른 별들처럼 반짝반짝하진 않지?"

전에는 느끼지 못했던 부분이다. 밝은 별처럼 보이지만 별빛 같은 미세한 깜박임이 없다.

"저렇게 보이는 건 행성이야. 별들보다 우리한테서 훨씬 가까워. 반면에 별들은 그 빛이 먼 대기를 통과해서 우리한테 도착하기 때문에 반짝거려 보이는 거야."

나는 그 행성을 망원경으로 보았다.

"멋지다."

웬들이 이번엔 목성을 둘러싼 위성들을 가리켰다.

"이오, 유로파, 가니메데, 칼리스토. 더 많이 있는데 우리 눈에 보이는 게 저것들이지."

망원경을 볼 차례가 다시 웬들에게 간 사이에 나는 등받이에 등을 기대고 앉아서 웬들에게 할 이야기를 생각했다. 그런 다음 날 보도록 다시 웬들의 어깨를 건드렸다.

"전해 줄 소식이 있어. 그 고래, 블루55에 관한 거. 나 결국 그 고래 만나러 가. 뭐, 확실히 만날지는 모르지만 시도는 하러."

"우아, 정말? 잘됐다! 너희 부모님 마음 바꾸셨어?"

"음…… 그건 아냐. 엄마 아빤 몰라."

"너 혼자 간다고?"

"할머니랑 가. 거기 갈 수 있는 방법을 할머니가 찾으셨어. 그래서 블루55가 그 해양 보호 구역에 나타난다면 내가 직접 볼 수 있을 거야."

웬들은 눈길을 돌리고는 마치 믿을 수 없다는 듯 고개를 절레절레 흔들었다. 나 역시도 잘 믿기지 않았다. 아직은 진짜 같지가 않았다.

"그러고 나면?"

"무슨 뜻이야?"

"고래를 만나고 나면 말이야. 그땐 어떻게 할 거야?"

"모르겠어. 그렇지만 그 노래로 블루55는 자신이 혼자가 아니란 걸 알게 될 거라고 생각해. 그때 내가 곁에 있고 싶어."

웬들은 잠시 아무 말도 하지 않았다. 그저 하늘만 쳐다보았다. 나는 아주 큰 실수를 했는지도 모른다는 생각이 들었다. 웬들이 부모님에게 모든 걸 말하고, 웬들 부모님은 또 우리 엄마 아빠에게 다 말할지도 모른다는 생각. 우리 여행이 시작되기도 전에 엄마 손에 멈춰지면 어쩌지?

웬들은 다시 망원경으로 하늘을 보고 나서 물었다.

"거대한 행성이 하나 더 있었던 거 알아?"

"하나 더?"

"응. 목성, 토성, 천왕성, 해왕성 말고도 기체로 된 거대한 다섯 번째 행성이 있었어.”

“지금은 왜 없는데?”

“목성이 궤도 밖으로 쳐 내 버렸어. 어느 날 너무 가까이 다가온 그 행성을 태양계 바깥으로 날려 보내 버린 거야.”

나는 하늘을 올려다보았다.

“완전 무례해, 목성.”

그러고는 웬들에게 물었다.

“그래서 이제 어디 있는데?”

“아무도 몰라. 어쩌면 다른 천체가 끌어당겨서 그 궤도를 돌고 있을 수도 있어. 심지어 자기 주변을 도는 위성들도 있을지 모르고. 아니면 아직도 모든 걸 지나쳐 날면서 혼자일 수도 있지. 목성이 날려 보내어 시작된 그때 그 길 위에서.”

웬들은 어깨를 으쓱하고는 내게서 눈을 돌리고 말했다.

“멍청한 생각인 걸 알지만 가끔 난 그 행성이 궁금해. 만일 그 행성을 찾아갈 방법이 있었다면, 나는 갔을 거야.”

웬들이 나를 안았다. 우리가 이전에 마지막으로 안은 것이 언제였는지, 안은 적이 있긴 한지 기억나지 않았다. 어쩌면 아주 어릴 때였는지도. 나는 전혀 멍청한 생각이 아니라고 말해 주고 싶었지만 그러려면 웬들을 놓아야 했다.

내가 볼 수 있게 한 걸음 물러나, 웬들이 말했다.

“행운을 빌어. 너의 고래를 만나면 알려 줘.”

24

그 주에 나는 아침마다 내 책가방에 여행 짐을 조금씩 몰래 챙겼다. 그러고는 하굣길에 할머니네 들러 그곳 벽장에 옮겨 두었다. 할머니 여행 가방은 러시아 목각 인형처럼 큰 가방 안에 꼭 맞는 작은 가방들이 크기순으로 들어 있었다. 매일, 우리는 벽장 옆의 바닥에 앉아서 제일 작은 가방에 짐을 더했다. 중간 가방은 할머니가 티켓을 산 다음 날부터 이미 할머니 짐으로 가득 차 있었다.

나는 무엇을 가져가야 하는지 알아보려고 '알래스카로 휴가 갈 때 가져갈 것들' 같은 글들을 찾아 읽었다. 사람들은 알래스카로 여행을 갈 때 필요한 짐을 빠뜨리는 편이다. '여름인데 추워 봐야 얼마나 춥겠어?' 하면서 그곳의 추위에 충분히 대비하지 않는 것이다. 하지만 알래스카는 다른 지역보다 훨씬 춥다. 밤에는 특히 더. 게다가 배에서는 바닷바람 때문에 더하다. 두툼한 외투만으로는 안 된다. 장갑에 목도리에 모자에 두꺼운 양말까지 챙겨야 하는 것이다.

물론 휴스턴에 사는 내겐 그런 것들이 없다. 내 옷 서랍장 한구석에 장갑 한 켤레가 있긴 한데 거의 안 낀다. 심지어 겨울에도 장갑보단 호주머니다. 내 양말도 대형 마트에서 여섯 켤레씩 묶음으로 파는 얇고 흰 종류다. 그래서 겹쳐 신을 요량으로 더 많이 챙겼다. 내 두꺼운 회색 티에 모자가 달렸으니, 그걸로 모자도 해결. 더불어 내겐 북극 툰드라에서 썰매를 탄대도 머리를 얼지 않게 지켜줄 굵고 숱 많은 머리카락이 있다.

토요일 아침, 나는 마지막 여행 짐 몇 가지를 책가방에 던져 넣었다. 할머니 집으로 향하기 전, 나는 엄마와 아빠를 평소보다 좀 더 오래 안았다. 아빠는 내게 아무 일 없는 거냐고 물었다.

"아주 좋아."

진심이었다. 나는 평생 해 본 일 중 가장 중요한 일을 앞두고 있었다. 긴장되기도 했지만 대체로 설레었다.

"바닷가에서 재미있는 시간 보내. 필요한 것 있으면 전화하고."

엄마는 말했다. 내가 할 수 있는 것이라곤 고개를 끄덕인 다음 집을 나서는 것뿐이었다.

어쩌면 엄마 아빠는 내가 돌아오는 날까지 걱정할지도 모르지만 한편으로는 내가 없어서 좀 편해질지도 모른다. 당분간은 아빠에게 내 말을 설명할 필요가 없고, 아빠도 나에게 설명할 필요가 없다. 어쩌면 가족들에게도 일종의 휴가가 될 것이다.

집 앞 자동차 진입로에서 오빠와 애덤이 애덤의 트럭 후드 아래를 살펴보고 있다. 한두 번 보는 광경은 아니다. 애덤의 트럭은 끊임없이 고장이 난다. 한번은 오빠가 시동을 걸 때 내가 그 트럭에 기대서 있었는데, 어찌나 흔들리는지 잔디 깎는 기계 엔진으로 달리는 차인 줄 알았다.

"뭐가 문제야? 뭐, 그 차 문제야 한두 가지가 아니지만 이번엔 뭔데?"

내가 묻자 오빠가 대답했다.

"시동이 안 걸려. 아무래도 배터리 갈아야 할 것 같아."

"냄새가 이상한데. 꼭 바비큐 그릴 냄새 같아, 나쁜 쪽으로."

"응, 애덤이 전에 차 수리할 때 치즈버거 떨어뜨려서 진짜로 그 안에 끼어 있어. 네 생각엔 어떻게 해야 할 것 같아?"

"치즈버거를 꺼내더라도 먹진 말아야 할 것 같아."

오빠는 트럭 화물칸에서 부스터 케이블 한 세트를 집어 들었다. 배터리 단자의 플라스틱 덮개를 들어 올리자마자 내 눈엔 문제가 보였다. 나는 부식된 것이 굳어 있는 부분을 가리키곤 말했다.

"저걸 씻어 내면 시동이 걸릴 수도 있어."

오빠가 내 말을 통역해 주자 애덤은 말도 안 된다는 표정을 지으면서 웃었다. 그때 오빠가 애덤에게 경고의 눈빛을 보내는 것을 나는 놓치지 않았다.

"저건 별 문제 아니야. 다른 문제가 있을 거야."

애덤은 말했다. 평소 같았으면 나는 교류발전기 전선을 내 가방에 집어넣어 버리곤 내 말이 옳다고 인정할 때까지 애덤에게 돌려주지 않았을 것이다. 하지만 몇 시간 후면 나는 먼 곳에 있을 것이고, 이 한심한 트럭이 우리 집 앞에 일주일 내내 세워져 있으면 엄마 아빠가 불편할 것이다.

"저 배터리들은 지금 자기들이 어딘가에 연결되어 있는 줄도 모르는 상태야. 베이킹 소다로 닦아 내거나 위에 콜라를 붓거나 해 봐."

이 말의 통역을 끝낸 오빠에게 나는 물었다.

"아침밥으로 나랑 타코 어때? 할머니 만나기 전에 시간 좀 있거든."

오빠는 고개를 젓고 대답했다.

"나는 이 차 수리 도울게. 내일 가자. 알았지?"

"내 말 들어. 콜라 부으면 바로 시동 걸릴 거라니까."

"알았어. 시도해 볼게. 이따가 또 얘기하자."

내가 내일 여기 없을 거라고, 그다음 날도 그 며칠 후에도 마찬가지라고 말할 뻔했다. 하지만 나는 그저 자전거에 올라타고 길을 나아갔다.

우리 집 주변엔 멕시코 음식점이 아주 많고 내가 안 가 본 곳도 없다. 아침 식사용 타코를 제일 잘하는 곳은 '카를로스의 배부른 타코'다. 한쪽은 편의점, 다른 한쪽은 카페로 꾸며져 있고 주인인 카를로스와 그의 온 가족이 일하는 가게다.

나는 감자 계란 치즈 타코를 주문하고는 작은 커피도 하나 시켰다. 평소에 시키는 초콜릿 우유에 비해서 좀 더 어른스러운 주문. 그러나 딱 한 모금 입에 대고는 그 쓰디 쓴 것을 쓰레기통에 던져 넣고 혀에 남은 맛조차 냅킨으로 닦아 냈다. 이게 정말 사람이 마실 수 있는 음료인가? 나는 계산대로 돌아가서 초콜릿 우유를 시켰다.

자리에 앉아 타코를 먹으면서 나는 일하러 가기 전 거기서 신문을 읽거나 서로 이야기를 나누는 사람들을 둘러보았다. 내가 무슨 일을 하러 가는지 누구한테든 말해 주고 싶은 마음이 굴뚝같았다. 이렇게까지 큰 비밀을 지녀 본 건 처음이었고, 그 비밀이 밖으로 터져 나오려 했다. 그래서 나는 그냥 두 손을 들어 올리고 그 가게 전체를 향해 말해 버렸다. 어차피 아무도 내 수어를 이해하지 못할 테니 이건 비밀을 지키면서도 털어놓는 방법인 것이다.

타코를 마지막 한 입까지 먹고 나서, 나는 포장지를 구기고 이야기를 마무리했다.

"이제 일어나야겠어요. 비행기를 놓치고 싶지 않거든요, 고래를 만나러 가는 비행기."

가게 주차장을 나설 때 오빠와 애덤이 탄 트럭이 이쪽으로 달려오는 게 보였다. 그러니까 결국 트럭을 고친 모양이고, 오빠는 아침 타코를 먹는 쪽으로 생각을 바꾼 모양이었다. 나는 거의 자전거를 돌릴 뻔했다. 혹시 오빠가 날 보고 손을 올려 '네 말이 맞더라' 같은 말을 하진 않을까 싶어서.

그뿐이었다. 오빠한테 직별 인사를 하고 싶다거나 뭐 그래서는 아니고.

25

아직 이른 시간이었지만 나는 한껏 빠르게 페달을 밟아 할머니에 게로 갔다. 우리 계획이 조금이라도 삐끗할 경우를 대비해 시간 여유가 있는 것이 좋을 테니까. 때로 생각보다 시간이 많이 걸리는 일들이 있는 법이다. 필코 라디오를 고치는 일도 그랬다. 그 라디오 생각이 나자 가슴이 죄도록 슬퍼졌다. 밤이면 필코 라디오에 손을 올려놓고 라디오 프로그램들의 진동을 느끼던 것이 그리웠다. 그걸 팔아서 번 돈을 만져 볼 수조차 없단 사실은 또 어떻고.

나는 고개를 흔들었다. 필코 라디오는 이미 내 손을 떠난 일이다. 어쩌면 거너 아저씨에게서 다시 살 수는 있을지도. 누가 먼저 사 가지만 않는다면 말이다.

내가 초인종을 누르자마자 할머니가 문을 활짝 열었다. 그 전부터 문 앞에 서서 나를 기다렸거나 초인종 불이 반짝거리자마자 바람처럼 왔다는 뜻이었다. 할머니는 꽃무늬가 있는 초록색 원피스를 입었고 전체에 초록색과 금색 꽃 모양 장식이 번갈아 달린 긴 목걸이를 하고 있었다. 잘 빗은 머리카락은 은빛으로 흘러내리는 긴 폭포 같았다.

할머니네 벽장 바닥에 여행 가방들을 열어 둔 다음, 우리는 짐 목록을 확인하며 빠진 것이 없는지 살폈다. 그리고 건물을 나서기 전 우리가 마지막으로 한 일은 유람선용 파란색 이름표를 각각의 여행 가방 손잡이에 다는 것이었다. 객실 번호 옆에 우리 이름이 인쇄된 그 이름표를 보니 계획이 한 발짝 더 현실로 와닿았다. 우린 정말 출발하는 것이다. 바로 오늘, 조금만 있으면 바퀴 달린 이 가방들을 밀고서 유람선에 올라타는 것이다.

1층에 다다른 엘리베이터에서 내린 우리는 안내 데스크가 있는 왼쪽 대신 보조 출입구가 있는 오른쪽으로 돌았다. 정문으로 여행 가방을 밀고 가다가 이곳 직원이 본다면 의심과 질문을 피할 수 없을 테니까.

도중에 멈춰 세워 말을 거는 사람 하나 없이, 우리는 차에 도착해 짐을 실을 수 있었다.

"준비됐어?"

운전석에 올라탄 할머니가 물었고 나는 대답했다.

"고래 만나러 갑시다."

차는 주차장을 빠져나가 고속도로를 향해 달렸고 나는 팔걸이를 잡았다.

"속도 좀 줄여요!"

한 손은 팔걸이를 붙드느라 나머지 한 손으로만 말해야 했다. 하지만 할머니는 속도를 늦추지 않았다. 차선을 바꾸더니 다른 차들을 지나치며 휙휙 날았다. 어쩌면 이건 좋은 생각이 아니었던 걸까? 할머니는 최근에 운전을 별로 하지 않았고, 고속도로 운전은 한참만이었다. 만약 경찰차에 멈춰 세워지거나 어딘가를 처박거나 한다면 여행은커녕 공항까지도 못 가는 거다.

할머니는 웃으며 말했다.

"나는 우리 모험을 시작할 준비가 됐다!"

"앞을 보세요!"

그때부터 할머니가 고속도로에서 눈을 떼거나 운전대에서 손을 뗄 원인 제공을 하지 않기 위해, 나는 두 손을 내리고서 말없이 갔다.

우리는 살아서 공항에 도착했다. 할머니가 마침내 천천히 차를 댈 때 나는 꽉 잡았던 팔걸이를 놓고 등받이에 기대어 숨을 가다듬었다.

긴 줄을 서서 보안 검색대를 거친 후에도 정해진 게이트로 탑승하기 전까지 우리에겐 시간이 많았다. 나는 당장에라도 할머니 손을 잡고 달려가 비행기에 오르고 싶었지만 한 시간이나 남아 있었다.

우리는 커피숍에 들렀고, 할머니는 커피를, 나는 레모네이드 아이스티를 시켰다. 그냥 레모네이드보다는 조금 더 어른스러우면서 커피의 맛은 안 느껴도 되는 주문. 우리는 엄청나게 커다란 블루베리 머핀도 하나 시켜 나누어 먹었다. 정말 맛있어서, 나는 공항 음식이 실제로 그렇게 맛있는지 아니면 곧 떠날 여행 때문에 뭐든 더 맛있게 느껴지는지 궁금해졌다. 이야기를 나누면서 보니 할머니의 수어가 최근에 보아 온 것보다 빠르고 흥겨웠다. 이 순간의 할머니 모습처럼 말이다. 마치 할머니의 수어에도 생기가 돌아오고 있는 것 같았다. 할아버지가 있을 때와 거의 비슷해진 그 수어를 보면서, 할머니는 지금 곁에 할아버지가 있다고 느끼는 건 아닐까, 하는 생각이 들었다. 할머니의 말에서 잠시도 눈을 떼지 않으려다 보니 나는 먹는 걸 잠깐씩 내려다볼 틈도 없었다.

커피숍에 그렇게 오래 앉아 있었던 것 같지도 않은데 시계를 보니 벌써 비행기를 탈 시간이었다.

우리가 표를 아주 늦게 샀기 때문에 비행기에서 우리 자리는 거의 맨 뒷줄이다. 할머니는 창가 자리를 내게 양보했지만 내가 거기는 할머니 자리라고 했다. 할머니에게 이 모험이 한껏 즐거웠으면 좋겠다. 할머니가 아니었더라면 오지도 못했을 여행이다.

나는 내 휴대전화의 '설정'에서 GPS를 찾아 끄고는 할머니에게도 휴대전화를 달라고 했다. 엄마 아빠가 너무 걱정하지 않았으면 좋겠지만, 우리 위치를 추적해서 쫓아오지도 않았으면 좋겠으니 말이다.

"잠시만. 네 엄마한테 문자 먼저 보내고."

할머니는 문자를 보낸 후 내게 전화기를 건넸다.

"뭐라고 보냈어요?"

나는 할머니 전화기의 GPS를 끄고 나서 물었다.

"서프사이드 해변보다 더 멀리 가서 며칠 더 있다가 올 거니까 걱정하지 말라고."

비행기가 활주로를 달려 공중으로 떠올랐고, 우리는 웃는 얼굴로 마주 보면서 손을 맞잡았다. 이제 이것은 여행 놀이도 아니고 언젠가 떠났으면 좋겠다는 바람이나 계획도 아니다. 우리는 정말로 떠나고 있다. 그리고 이렇게 행복해 보이는 할머니가 얼마만인지 나는 모르겠다.

이 여행은, 아빠가 잘 쓰는 표현을 빌리자면, 일석이조일 것이다. 나는 고래를 만날 것이고, 할머니는 다시 자기 자신으로 돌아올 것이다.

샌프란시스코 공항에 내려서 여행 가방을 찾은 우리는 셔틀버스를 타고 유람선 터미널로 갔다. 거대한 흰 배들이 승객을 기다리면서 바닷물에 앉아 있었다. 나는 우리가 탈 배를 찾아 할머니에게 가리켰다. 세이렌 호. 나를 블루55에게로 항해시켜 줄 배.

아직 배에 오르기까지 시간이 너무 많이 남아서 우리는 뭔가 할 것이 없나 주변을 둘러보았다. 그때까진 신이 난 나머지 배가 고픈 것도 깨닫지 못했는데, 내 위가 마구 티를 내기 시작한다. 꼭 '비행기가 이륙하는' 것처럼. 나는 그 소리를 들을 오빠가 없는데도 손으로 배를 가렸다.

"점심 먹을까요?"

내가 가리킨 곳은 야외 식탁에서 바다를 보며 식사할 수 있는 해산물 음식점이었다.

할머니가 내 손을 잡고는 앞장섰다. 음식점 주인이 부두에 나와 있는 작은 식탁으로 우리를 안내했다. 메뉴판을 열어 본 우린 동시에 똑같은 것을 가리켰다. 바로 커다란 접시에 애피타이저를 종류별로 전부 조금씩 담은 메뉴.

우리 옆에서 치는 파도를 보며 나는 내가 오래된 라디오 냄새보다 더 좋아하는 냄새가 있다는 것을 깨달았다.

바다 냄새.

유람선 체크인은 공항 체크인과 많이 비슷하지만 배가 아주 가까이 있다 보니 더 안달이 났다. 나는 우리가 무사히 배에 오른 다음에야 숨을 제대로 쉴 수 있을 것 같았다. 체크인 과정 하나하나, 앞사람 한 명 한 명이 내겐 블루55에게로 가는 길에 놓인 장애물이었다.

긴 줄을 기다려 체크인 창구에 이르자 풍성한 금발의 여자가 우리에게 유람선 카드를 주었다. 신용카드와 꽤 비슷한 모양인데 배에서 무언가를 살 때나 배를 타고 내릴 때마다 그 카드를 찍어야 한다고.

고맙다고 인사한 뒤, 우린 배에 타려면 거쳐야 하는 또 하나의 줄로 이동했다. 그 줄 끝에서 마치 외계인이 쓰는 총 같은 것을 들고 있는 승무원에게 우리는 앞사람들을 따라 우리의 유람선 카드를 보여 주었다. 승무원은 그 외계인 총으로 바코드를 찍고는 카드를 돌려주었다.

이제 경사진 금속 다리를 건너 배에 탈 일만 남았는데, 한 승무원이 사진을 찍자며 우리를 멈춰 세웠다. 우리 앞 벽 속 사진에는 빙하와 푸른 바다가 있고 옆에 있는 표지판에 여행 잘 다녀오라는 프랑스어 인사말(봉 부아야주Bon voyage)이 적혀 있다. 할머니는 한 팔로 나를 감쌌고 우리는 그 알래스카 배경을 등지고 서서 카메라를 바라보았다.

마침내 이 일이 진짜로 일어나려 하고 있었다. 블루55를 만나기까지 며칠은 더 있어야 하지만, 이미 무언가를 해낸 것 같은 기분이었다.

배로 이어지는 금속 다리 끝에서, 나는 멈추어 섰다.

"괜찮아?"

할머니가 물었다. 나는 할머니의 한 손을 꽉 쥐고는 웃어 보였다. 지금까지 이 여행은 그저 계획이었다. 그런데 배에 오르고 나면 진짜가 된다. 우리는 뭍과 작별하고 어느 고래를 찾아 떠나는 것이다. 이 순간을 조금 더 오래 끌고 싶은 나를 이해하는 듯, 할머니는 내 옆에 그냥 서 있었다. 할머니도 어떤 책이 정말 좋으면 마지막 장으로 넘기기 전 잠시 내려놓고 싶을까?

나는 여전히 할머니의 손을 잡은 채 다른 손으로 말했다.

"준비됐어요."

그리고 나는 깊은 숨을 쉬었다. 함께, 우린 그 경사진 금속 다리에서 푹신한 카펫이 깔린 유람선으로 넘어갔다.

5층 갑판에 있는 우리 방에 도착하니, 금장 단추 달린 하늘색 셔츠에 까만 바지를 입은 짙은 갈색 피부의 여자가 활짝 웃었다. 마치 우리가 온 것보다 더 좋은 일은 없는 것처럼. 우리와 악수하고 나서 그 사람은 무언가 말했고, 아마 자기소개인 것 같았다. 금색으로 된 이름표에 '조조—객실 승무원/가나인'이라고 적혀 있다. 할머니는 조조에게 우리를 소개하고 우리가 농인이라는 것도 알렸다. 조조는 주머니에서 명함을 한 장 꺼내더니 뒷면에 글을 적어 할머니에게 내밀었다. 나는 몸을 기울여서 읽어 보았다.

— 필요하신 게 있으면 승객 서비스 센터에 알리세요. 저한테 호출이 올 거예요.

조조는 우리 객실의 문을 열어 주고 배 안내도와 그날 일정표가 실린 안내 책자를 할머니와 나에게 각각 건네주었다. 객실 안내도 해 주었는데, 우리 집 내 방 만한 크기여서 2초 만에 끝났다.

조조가 방에서 나가자 할머니는 내게 쉬고 싶다고 말했다. 하지만 나는 오는 내내 그토록 이동하고 줄을 섰으면서도 잠을 잔다는 건 상상도 할 수 없는 상태였다. 할머니는 내게 가서 배 안을 탐색해 보라고 했다.

우선 나는 18층 갑판에서 이 배의 여러 수영장 중 하나를 발견했다. 심지어 가장 높은 층도 아니다. 그 위로 두 층이 더 있고 거기에는 더 많은 수영장과 야외 온탕, 오락실이 있다. 바 주위에는 사람들이 모여 있는데, 다들 선명한 분홍색과 노란색의 음료가 담기고 가장자리에는 조그만 종이우산이 꽂힌 유리잔을 들고 있다. 이 배는 마치 물 위에 떠 있는 도시 같다. 일주일 내내 구경해도 다 볼 수는 없을 것 같다. 하지만 시도는 해야지. 나는 마치 이 모든 걸 볼 시간이 하루밖에 없기라도 한 것처럼 뛰어다녔다.

배 이곳저곳에 바와 레스토랑이 더 있다. 승객 서비스 센터가 있는 층에는 기념품 가게 여럿과 인터넷 카페 하나가 있고, 심지어 도서관도 하나 있다.

정체를 확실히 알 수 없는 이상한 기분이 내 가슴에 일었다. 뭔가 잊었는데 뭘 잊었는지 모르는 것처럼 불안해지는 것이다. 어쩌면 블루55를 만날 계획에 정신없도록 바빴던 지금까지와는 달리, 이제부터는 그저 기다리는 것 말고는 할 일이 없기 때문인지도 모른다.

그날 오후, 우리 갑판의 모든 승객이 바에 모여 승무원들에게서 안전 교육을 받았다. 구명조끼 입는 법을 배우고 구명보트가 어디 있는지도 확인했다.

안전 교육이 끝나고, 우린 갑판에 서서 곧 나아갈 바다를 내다보았다. 내 눈에 익은 바다와는 색이 달랐다. 멕시코만 연안의 바닷물은 항상 흙빛이 돌았지만 눈앞의 바다는 훨씬 더 파랬다. 항구의 나무 부두 위에는 느긋해 보이는 바다사자들이 있었다.

우산 꽂힌 과일 음료를 손에 들고 서로 어울리는 사람들이 우리 주변에 점점 많아졌다. 그런데 그때 난간을 잡은 손에서 진동이 느껴져, 나는 어디서 나는 소리인지 알려고 주위를 두리번거렸다. 내 주변 사람들은 마치 웃거나 환호하듯이 입을 벌렸고, 박수도 치고 있었다.

할머니가 고개를 들더니 보청기를 낀 한쪽 귀를 막았다.

"뭐예요?"

"뱃고동 소리야."

할머니가 귀에서 손을 내리고 덧붙였다.

"출발할 시간이 됐다는 거지."

배가 부두를 떠나며 흔들렸다. 이제 우리가 여기 있는 걸 가족들이 알아낸다 해도…… 뭐, '배 떠난' 일이다.

26

유람선에 아이가 한 명도 안 보였지만, 아직 방학이 아니니 그럴 만도 하다고 생각했다. 그런데 저녁에 열린 '승선 환영' 파티에 갔더니 수영장 건너편에서 웬 여자아이가 나에게 손을 흔들었다. 내 또래쯤으로 보이고, 검은 생머리에 피부는 옅은 갈색이었다. 그리고 만일 내가 안경을 써야 한다면 선택할 것 같은 종류의 안경을 쓰고 있었다. 바로 똑똑해 보이는 검정 뿔테 안경. 나는 마주 손을 흔들었다. 그 아이는 나와 이야기를 나누려고 다가올 것도 같았다. 난 블루55에게 가려고 이 배에 올랐지만 내가 이 배보다 더 빨리 갈 수는 없다. 그러니 배에 머무는 동안 이야기 나눌 사람이 또 있는 것도 괜찮을 것이었다. 대부분의 승객들은 우리 할머니보다 나이가 많아 보였다.

그때 할머니가 내 어깨를 두드리고 물었다.

"저녁 먹을래?"

할머니가 남은 음료를 다 마시더니 종이우산을 귀 뒤에 꽂았다. 나는 할머니에게 고개를 끄덕이고는 그 여자아이를 다시 쳐다보았고, 갑판에서 나가면서 그 아이에게 또 손을 흔들었다. 나중에 그 아이를 찾기로 했다.

식당 안 모든 식탁에 흰 식탁보가 덮여 있고 은빛 꽃병에 꽂힌 꽃이 있다. 큰 식탁으로 가는 사람들도 있고 칸막이 자리나 4인용 식탁에 앉는 사람들도 있다. 할머니와 나는 창가 자리를 골랐다. '콘스탄틴/루마니아인'이라고 적힌 이름표를 단 웨이터가 천 냅킨을 펼쳐 우리 무릎 위에 놓아 주었다.

내가 지금까지 가 본 레스토랑 중에 이 정도로 근사한 곳은 없었다. 메뉴판을 열어 보니 아주 걱정이 되었다.

"가격이 안 적혀 있어요."

"먹고 싶은 거 아무거나 시켜. 뱃삯에 다 포함되어 있어."

아, 물론 그렇겠지. 너무 진짜 레스토랑 같아서 우리가 배에 있다는 사실을 잠시 잊고 있었다.

"괜찮아."

내가 민망해하는 걸 눈치챈 듯 할머니는 말했다.

"식사 후에 돈을 따로 내야 하는 곳도 이 배에 있어. 다만 기본 식당하고 뷔페는 안 그래."

할머니는 메뉴를 내려다보고는 말했다.

"다른 종류로 두 가지 시켜서 나눠 먹자."

콘스탄틴이 롤빵과 버터 그릇이 담긴 바구니를 가지고 돌아왔을 때, 할머니는 밥과 찐 채소를 곁들인 틸라피아를 먹겠다고 했다. 할머니는 콘스탄틴에게 구어로 주문하면서도 내가 알 수 있도록 수어를 동시에 했다. 콘스탄틴이 내게로 몸을 돌리자 나는 으깬 감자를 곁들인 연어를 가리켰다. 그가 입으로 무어라고 말했고, 내가 이해하지 못하자 그가 메뉴판을 넘겨서 보여 주었다. 디저트다. 모두 맛있어 보인다. 이름도 본 적 없는 것들까지 빠짐없이. 할머니가 내게 수어로 말했다.

"나는 치즈케이크. 너는 뭐 할래?"

나는 '하나씩 전부 다요'라고 대답하고 싶은 것을 참고 크렘브륄레로 정했다.

"뭔지 모르겠지만 먹어서 알아볼래요."

할머니는 웃었다. 그리고 콘스탄틴에게 크렘브륄레를 가리키는 나를 보면서 말했다.

"좋은 선택이야."

할머니가 이렇게 웃으니 좋다. 할머니에게 할아버지가 그립지 않은 날이 올진 모르겠지만, 이번 여행이 할머니가 자신다운 사람으로 돌아오는 데 도움이 될지도 모른다. 이 여행을 계획하기 시작했을 때부터 이미 할머니 마음속 비 오는 11월이 전보다 밝아진 것 같았다.

창밖의 바닷물은 평평하고 부드러워 보인다. 다만 빠르게 나아가는 이 배가 그 위에 하얗게 부서지는 항적을 그리고 있다.

내 어깨를 건드리고 할머니가 말했다.

"저기 봐!"

할머니의 눈길을 끈 것이 무엇인지 고개를 돌려 보니 수면 위로 솟은 회색 삼각형들이 상어 지느러미와 비슷해 보였다. 그때 그 동물들이 포물선을 그리며 물 밖으로 같이 뛰어올랐다. 다섯 마리다. 파도 속으로 뛰어들었다가 또 물 위로 솟아오른다.

"돌고래!"

나는 말했고 할머니가 손뼉을 친 다음 대답했다.

"맞아! 우리 배랑 경주하는 것 같은데."

돌고래 떼가 또 우리 배 옆에서 뛰어올랐다가 잠수한다. 항해를 시작하자마자 이런 광경을 보다니, 행운의 신호 같다.

할머니는 할아버지가 곁에 있었으면 좋겠다고 생각할까? 지금 함께 이 돌고래들을 보았으면 좋겠다고? 할머니가 유람선에 같이 오르기로 했던 사람은 할아버지였다. 이런 것을 묻고 싶지만 할머니가 할아버지 생각에 슬퍼질 것이 걱정된다. 그런데 또, 할머니는 어차피 늘 할아버지를 생각하는지도 모른다. 그러니 할아버지 이야기를 꺼내는 게 할머니에게 아픈 일이 아닐 수도 있다.

"제일 좋았던 유람선 여행은 언제였어요?"

콘스탄틴이 음식을 가져다준 뒤에 나는 할머니에게 물었다. 할머니는 자기 접시의 생선 살을 포크 가득 떠서 내 접시에 올려 주고는 말했다.

"고르기가 어려워. 모두 좋았어. 시간이 많이 지나서 정확히 어디가 어느 바다였는지 기억이 잘 안 나기도 하고. 그렇지만 가장 좋았던 기억은 꼽을 수 있어. 노래방 기계 있는 바에 갔던 일."

"진짜요?"

그럴 리가! 여행에서 함께했을 그 수많은 일 중에 노래방 기계로 노래하는 사람들을 본 것이 가장 재미있었다고?

"그래. 아마 자메이카로 가는 유람선이었을 거야. 밤에 배 안을 돌아다니는데 바에서 커다란 음악이 울리는 게 느껴지더라고."

할머니는 조금 전 뱃고동 소리가 났을 때처럼 한쪽 귀를 가렸다. 그런 다음 두 손을 일정하게 흔들고 떨어, 그 음악의 베이스 소리에 진동하던 바닥을 보여 주었다.

"칼립소라는 바였어. 우리는 들어가서 음료를 시키고 무슨 일인지 살폈지. 그때 우린 노래방 기계로 노래하는 사람들을 처음 봤어. 앉아서 좀 지켜보다가 우리도 무대에 나가려고 대기 명단에 이름을 올렸어."

"할머니하고 할아버지가요? 노래방 기계로 노래 부르려고요?"

"응. 보니까 노래에 맞춰 화면에 가사가 나오더라고. 물론 노래 부를 때 보면서 부르라고 나오는 거지만, 그 덕분에 우리도 사람들 노래하는 모습만 보는 게 아니라 노랫말까지 즐길 수 있었어."

"그래서 차례가 왔을 때 뭘 하셨어요?"

"우리가 좋아하는 노래를 틀어 놓고 수어를 했지, 뭐! 그 기계로 틀 수 있는 노래의 제목이 다 적힌 커다란 책을 주기에 책장을 넘기다 보니까, 우리가 대학 때 수어 통역을 한 뮤지컬 공연의 노래가 있는 거야."

"그래서 할아버지랑 사람들 앞에 나가서 수어로 그 노래를 하신 거예요?"

노래자랑을 하러 모인 수많은 바 손님들 앞에 선 나의 할머니 할아버지라니. 도통 잘 그려지지 않는다.

"응! 그리고 네 할아버지는 우리가 수어 할 때 사람들도 같이 노래를 부르도록 이끌었어. 할아버지는 항상 남들을 동참시키길 잘했잖아. 네가 그 점에서 할아버지를 닮았어. 모르는 사람하고도 소통할 수 있는 점이. 그에 비하면 나는 혼자만의 생각에 빠져서 남에게 뭐라고 해야 할지를 잘 몰라."

할머니는 다른 사람을 나로 착각한 게 분명하다. 어째서 내가 그렇단 건지 더 자세히 묻고도 싶었지만, 할아버지 이야기를 하는 할머니가 정말이지 행복해 보여서 묻지 않았다. 할머니의 추억하기를 방해하고 싶지 않았다.

"노래가 끝나고 우린 기립 박수를 받았지! 그러고 나서 자리로 돌아가려는데 다음 차례인 커플이 자기들 노래할 때도 가사대로 수어를 해 줄 수 있느냐는 거야. 그때부터 우리는 그날 밤 노래자랑이 끝날 때까지 그렇게 했지. 모르는 노래도 많았지만 그냥 화면에 나오는 가사 보고 그 자리에서 되는대로 했어."

할머니는 어깨를 으쓱하고는 덧붙였다.

"틀리면 어때? 어차피 아무도 모르는데."

어째서 나는 이 이야기를 이제야 듣는 걸까? 집에 가면 엄마에게도 물어보아야겠다고 생각했다. 어쩌면 엄마에게도 금시초문일지 모르지만. 그 생각을 하니 지금쯤 엄마 아빠가 무슨 생각을 하고 있을지 궁금해졌다. 그 모든 계획과 준비는 끝나고 이제 난 정말 배 위에 있다. 내가 와야만 하는 곳에. 하지만 가족들과 저녁 식탁에 앉아 보내는 시간이 그립기도 하다. 그 식탁에서 오가는 이야기를 내가 늘 다 알아챌 수 있는 것은 아니더라도. 지금쯤 다들 할머니와 나를 걱정하고 있을 것이다. 화내고 있을지도 모른다. 아님 둘 다일 수도. 하지만 잘 있다고 알려 주고 싶은 마음에 전화를 한다면 나는 내가 말하고 싶은 것보다 더 많은 걸 말하고 말 것이다. 즉, '고양이를 가방에서 빠져나가게' 할 것이다. 이건 늘 이해가 안 된 표현 중 하나다. 비밀을 말해 버리는 걸 왜 이렇게 상관없는 데 비유할까? 그리고 애초에 고양이가 왜 가방에 들어가겠나?

내가 히죽거리고 있는 줄을 나도 몰랐는데, 할머니가 두 손가락 끝으로 자신의 코끝을 스친 후 어깨를 으쓱하고 물었다.

"뭐가 그렇게 재미있어?"

"그냥 아빠 생각이 나서요. 아빠가 평소에 쓰는 표현 몇 가지……."

"아, 알지. 예를 들면 '출발하자'Let's hit the road라고 말할 때 주먹으로 길을 치는 시늉을 하는 것처럼?"

"맞아요. 그런 거요."

아빠가 자신이 듣던 혹등고래 음반의 동영상을 보여 주었을 때, 나도 다양한 고래의 노래가 있는 웹사이트들을 소개해 줄 걸 그랬다. 아빠도 다시 고래의 노래를 듣고 싶을지 모르니 말이다. 아빠는 언제부터 고래의 노래를 그만 듣게 됐을까?

더는 음식이 안 들어갈 것 같아서 저녁을 남길 때 언제고, 콘스탄틴이 가져온 디저트를 보자마자 우리 배 속에 마법처럼 빈 공간이 생겼다. 설탕과 크림 같은 것 말고는 무엇이 들어갔는지 여전히 알 수 없어도 크렘브륄레는 내가 가장 좋아하는 음식 중 하나가 되었다.

접시를 치우러 온 콘스탄틴이 내게 쪽지를 하나 내밀었다. 거기엔 이렇게 적혀 있었다.

— '아름답다'는 말을 수어로 어떻게 해요?

처음 하면 좀 어려울 수 있는 수어인데도 콘스탄틴은 몇 번 연습하더니 퍽 괜찮게 할 수 있었다.

우리가 일어서서 나가려 할 때, 콘스탄틴이 할머니에게 수어로 말했다.

"안녕히 가세요. 아름다우십니다."

나는 보고도 믿을 수 없었다. 할머니는 실제로 얼굴을 붉혔다.

방으로 돌아와 보니 문 옆 투명 플라스틱 통 안에 안내지 두 묶음이 들어 있었다. 한 묶음은 할머니에게 주고 침대 끝에 앉아 내 것을 훑어보았다.

나는 손을 흔들어 할머니를 불렀다.

"내일은 뭐 하고 싶어요?"

할머니는 일정표를 한 장 넘겼다.

"글쎄. 카지노에서 운을 한번 시험해 볼까."

내일 행사를 좀 더 훑어보는데 눈에 들어오는 게 있다. 이 배에 함께 오른 동식물 연구가 수라 킬라벅이 알래스카 야생동물들을 소개해 준다고 한다. 알래스카 야생동물이라면 분명 고래도 있겠지. 애플턴에 도착하려면 며칠이나 더 가야 하지만, 그동안 나는 블루55를 더 공부할 수 있다. 수라 킬라벅도 어쩌면 블루55를 알 것이다. 표를 살 때 할머니가 와이파이 이용료는 내지 않아, 나는 바닷길을 가는 동안은 블루55의 위치를 온라인으로 확인할 수 없다. 어느 쪽 바다를 쳐다보아야 블루55를 향하는 것인지라도 알면 나을 것이다.

27

그는 아무에게라도 들리길 바라며 노래했다. 그러고는 멈추어서 귀를 기울였다. 그를 둘러싼 바닷속에는 소리가 가득했다. 수면 위로 곡선을 그리며 뛰어오르는 돌고래들이 수다를 떨었다. 파도가 부풀었다가 부서졌다. 어느 물고기 떼가 빠르게 헤엄쳐 지나간 자리에 수많은 거품이 생겼다가 터졌다. 나지막한 고래들의 노래가 바닷속을 흘렀다. 소리로 가득한 이 바다에서 그에게로 향하는 소리는 하나도 없었다.

그는 자신이 부를 수 없는 그 노래들에 다가가려 해 보았다. 물결을 진동시키며 흘러온 어느 노래를 붙잡으려 해 보았다. 할 수만 있다면 그 소리가 자신의 일부가 될 때까지 언제까지고 붙들고 다닐 텐데. 그러면 그의 대답은 다른 고래들의 노래와 똑같은 진동으로 물결 속을 나아갈 것이고, 다른 고래들은 알아듣고 그에게 응답할 것이다.

바닷속에 그와 같은 존재가 하나라도 있을까? 자신에게도 '그 누군가'가 있을지도 모른다는 생각으로, 그는 노래를 계속했다.

28

아침 뷔페는 이미 꽤 먹어 봤지만 유람선의 아침 뷔페는 차원이 다르다. 지금까지 내가 가 본 모든 레스토랑의 모든 아침 뷔페를 합친 것 같을 정도로. 배에서 내릴 때까지도 그 음식을 종류별로 다 맛볼 수는 없을 것 같다. 아침 한 끼에 프렌치토스트와 와플과 팬케이크를 다 먹어 본 것도 처음이다. 표를 구할 때 선택지가 많았던 것도 아닌데 우린 유람선을 참 잘 골랐다.

　할머니가 수영장 옆에 누워서 바다를 내다보는 동안, 나는 알래스카 야생동물 강연을 들으러 갔다. 찾아가 보니 강연장은 푹신한 빨간색 의자가 수백 개쯤 놓인 객석과 무대를 갖춘 커다란 극장이었다. 강연 시작까지는 아직 시간이 많이 남아서 몇 안 되는 사람들만 강연장 주변에 흩어져 있었다.

　객석 앞줄 가운데 자리에 바로 지난 저녁 수영장 근처에서 보았던 여자아이가 앉아 있었다. 이 아이도 고래를 좋아하나? 나는 다가가 그 옆자리에 앉았고 주머니에서 수첩과 펜을 꺼냈다.

　무대 위 연단 근처에서 두 사람이 마이크를 만지고 슬라이드

쇼 장치를 준비하고 있는데 마이크를 든 사람의 검은 생머리와 옅은 갈색 피부가 내 옆자리 아이와 똑같다.

— 나는 아이리스라고 해. 농인이고.

내가 수첩에 적어 건넸다. 그리고 그 아이가 답을 적어서 돌려준 수첩을 보고 나는 웃음을 내뱉었다.

— 나는 베니야. 농인은 아니고.

좋다. 그러니까 이 아이는 날 두려워하지 않는다.

— 너 고래 좋아해? 아니면 다른 동물?

— 동물은 거의 다 좋아해. 특히 상어. 나는 상어 생물학자가 될 거야.

상어 가까이 가는 일을 할 거라고? 어쩌면 이 아이는 두려워하는 게 없는지도 모른다.

— 엄마가 여름마다 이 유람선에서 일하거든. 그래서 나도 같이 와.

내가 단상에 있는 여자를 가리키자 베니는 고개를 끄덕였다.

— 잠시만.

베니는 무대 앞으로 나가서 자신의 엄마, 수라를 손짓으로 불렀다. 몸을 숙여 베니와 이야기를 나눈 수라는 베니의 손가락을 따라 내 쪽을 보았다. 그는 다시 무대 위 컴퓨터 앞으로 돌아가고 베니는 다시 내 옆자리로 달려왔다.

수라가 마이크에 대고 이야기를 시작하자 사람들이 제자리를 찾아 앉고 무대를 쳐다보았다. 베니와 내 자리는 무대와 정말 가까워서 나는 수라의 입 모양을 어느 정도 알아볼 수 있었다. 수라는 말할 때 유독 나를 보고, 입을 가리지 않도록 마이크를 낮춘 것도 같았다. 아무래도 내가 농인인 것을 베니가 이야기한 모양이다. 아침에 할머니는 수어 통역사를 신청할 걸 그랬다고 내게 말했다. 모든 일이 순식간에 흘러가 출발할 때까지 그 생각은 못 했다면서. 나는 계속 생각 못 했다. 수어 통역사가 유람선에서도 일한다는 것 자체를 몰랐다.

이내 조명이 조금 어두워지고 파워포인트 자료가 떴다. 한 장 한 장 넘어가는 그 자료를 보면서 해설하는 수라는 스포트라이트를 받았지만, 사진과 동영상, 화면 속 글 덕분에 나는 수라의 입 모양을 보지 않고도 내용을 따라갈 수 있었다.

알래스카에는 과연 많은 야생동물이 있었다. 고래의 순서는 오지도 않을 것 같았다. 솔직히 재미있었다. 흑곰은 내가 생각했던 것만큼 무섭지 않다. 대체로 사람을 공격하지 않는다. 우리가 그들을 방해하지 않으면 되고, 그들의 영역에 들어가게 될 경우엔 그들을 놀래지 않도록 미리 소리를 좀 내면 괜찮다. 회색곰의 경우는 또 완전히 다르다. 미리 알린다고 될 일이 아니라 무조건 안 마주치는 것이 좋다.

흰머리수리, 산양, 바다사자 사진까지 보고 나서 나는 베니를 팔꿈치로 슬쩍 건드리고는 수첩에다가 적었다.

— 고래는 안 나와?

— 맨 마지막이야.

모두가 고래를 기다리느라 끝까지 앉아 있게 하려는 게 수라의 전략인지도 모른다. 가장 흥미로운 동물을 가장 마지막까지 아껴 두기.

마침내, 고래 차례가 되었다.

'거품 그물로 먹이 잡기'Bubble Net Feeding라는 주제가 소개되고, 수라는 혹등고래 떼가 물고기를 잡아먹는 동영상을 보여 주었다.

제목은 '고래가 거품 그물로 먹이 잡는 순간 포착'.

혹등고래 떼는 조를 짜서 먹이를 잡았다. 떼 지은 작은 물고기들에게 접근해서는, 그 주위를 돌고 또 돌아 그 물고기들이 점점 더 작은 원으로 뭉치도록 만들었다. 물고기들이 빽빽이 모였을 때, 나머지 혹등고래들이 계속해서 그 물고기들 주위를 도는 동안 한 마리의 혹등고래가 분수공에서 거품을 불어 냈다. 그래서 거품 그물로 먹이 잡기라고 하는 것이다. 물고기들이 그 거품을 뚫고 나아가지는 않기 때문에 거품이 마치 그물처럼 그 고기들을 잡아 두는 셈이다. 그런 뒤에는 소리가 가장 큰 고래가 물고기 떼 밑으로 내려가 큰 소리를 내질렀다. 그러자 물고기들은 더 작게 뭉쳐서는 그 소리와 멀어지려고 수면 가까이로 올라갔다.

여기서 나는 궁금해졌다. 어느 고래가 가장 소리가 크고 거품을 잘 부는지 따위는 어떻게 결정될까? 오디션 같은 것을 볼까? 고래들이 똑똑하다는 것은 여러 곳에서 읽어서 알고 있었지만 이렇게까지 체계적인 계획을 세울 줄이야. 어쩌면 수라는 그 안에 숨은 비밀들을 알지도 모른다. 강의가 끝났을 때 나는 베니에게 물었다, 수라에게 인사를 시켜 줄 수 있느냐고. 베니는 고개를 끄덕이고는 복도를 가리켰다.

수라는 책이 쌓여 있는 탁자 앞에 앉아 있고, 수라와 이야기를 나누고 싶어 하는 사람들이 이미 줄을 서 있었다. 그 책을 사는 사람들에게 수라가 사인을 해 주었다. 나는 필담도 하고 몸동작과 손가락질도 써 가면서 베니와 이야기를 나누었다. 베니와 수라가 아주 추운 캐나다 북부에서 왔다는 걸 알게 됐다.

우리 바로 앞에 선 여자가 수라와의 대화를 도통 끝내지 않았다. 알래스카 모든 동물에 관해 질문을 천 가지쯤 하는지, 나는 이쪽 발에서 저쪽 발로 무게중심을 자꾸 바꾸어 가며 기다려야 했다. 그러나 마침내 그 사람이 떠났고, 베니가 나를 자신의 엄마에게 인사시켰다. 수라는 악수를 청하며 말했다.

"만나서 반갑다."

악수를 나눈 뒤, 나는 질문을 미리 적어 둔 종이를 내밀었다.

— 거품 그물로 먹이 잡기 말인데요, 고래들은 어떻게 그 방법을 생각해 낸 거예요?

수라는 답을 적어서는 내게로 밀었다.

— 우리도 잘 몰라. 고래들 참 대단하지 않니?

뭐, 그렇기는 한데, 무슨 대답이 이렇담?

— 저는 고래들이 어떻게 의사소통하는지를 알고 싶어요. 물고기를 그런 식으로 잡자는 계획을 어떻게 세웠을까요?

라디오를 오래 만진 나는 각각의 부품이 서로 어떻게 소통하는지를 안다. 고래를 연구하는 과학자라면 고래들이 서로 어떻게 이야기를 나누는지 다 알아야 하는 것 아닌가?

— 그게 과학의 재미 중 하나야. 궁금해하기. 우리가 모든 답을 안다면, 연구할 게 아무것도 없을 거야.

글쎄. 답 모르는 질문을 잔뜩 남겨 두는 게 그렇게 재미있는 일처럼 느껴지지는 않는다.

베니가 수라에게 무어라고 말했고, 수라가 "좋은 생각이야!"라고 대답하는 것 같았다. 수라가 수첩을 한 장 넘기더니 이렇게 적었다.

— 내일 고래 구경 시간에 내가 선교bridge에서 안내 방송을 해. 원한

다면 와서 같이 보자. 가장 좋은 자리에서 고래를 볼 수 있어.

— 선교가 어디예요?

이 배를 탐색할 때 다리처럼 생긴 것은 어디에서도 보지 못했는데.

— 8층 갑판에 있어. 베니가 안내해 줄 거야.

기대된다. 자연 속에 있는 고래를 볼 기회라니. 아마 할머니도 좋아할 것이다.

— 몇 시에 가면 돼요?

— 나는 거기 새벽 5시에 가 있을 거야. 그런 말 있잖아, 일찍 일어나는 새가 '고래를 본다'는 말.

그럴 리가. 우리 아빠도 안 쓴 표현이다.

베니가 수첩을 가져가서 썼다.

— 6시에 만나서 아침 먹을까?

— 좋아. 나는 우리 할머니께도 여쭤 볼게.

그리고 수라가 썼다.

— 할머니도 오시는 것 환영이야.

할머니는 그렇게 이른 시간에 일어나기가 싫겠지만 그래도 물어는 보기로 했다. 나 역시 아침형 인간은 아니지만 고래가 그때 일어난다는데 따르는 수밖에 없다.

— 블루55라고 아세요? 지금쯤 어디서 헤엄치고 있을지 제가 궁금해하는 고래예요.

수라가 모른다고 하면, 블루55에 관한 모든 것, 거기다 내가 만든 노래까지 알려 줄 준비가 되어 있었다. 하지만 수라가 미소를 짓더니 주머니에서 휴대전화를 꺼냈다. 화면에 '55 추적'이라는 이름의 파란색 아이콘이 하나 있다. 그 어플리케이션을 열자 지도가 하나 뜬다. 그 지도에 까만 점선이 있고, 그 점선 끝엔 파란 점 하나가 깜빡인다. 내가 인터넷에서 본 지도와 비슷해 보인다. 나는 썼다.

— 이게 블루55예요?

— 응. 이 앱은 블루55의 노래가 가장 최근에 녹음된 위치를 보여 줘. 그런데 노래가 마지막으로 추적된 이후로 시간이 꽤 흘렀어.

수라는 지도의 그 부분을 확대하더니, 우리 뒤편 오른쪽을 가리켰다.

— 저쪽이 마지막으로 추적된 쪽.

수라와 베니에게 감사와 작별의 인사를 한 후, 나는 엘리베이터를 타고 맨 꼭대기 갑판으로 올라가서 난간 앞에 섰다. 수라가 가리켰던 방향을 바라보면서 나는 블루55와 더 가까워진 기분이 들었다.

29

베니가 뷔페 입구에서 나를 기다리고 있다. 지난 밤 나는 할머니에게도 선교에서의 고래 구경에 초대받았음을 전했다. 하지만 시간을 말하자 할머니는 그렇게 일찍 일어나기는 생각만으로도 진빠진다는 듯 침대에 드러누웠다.

"나는 좀 더 말이 되는 시간에 일어나는 고래를 기다리련다."

뷔페로 들어왔는데도 베니가 나를 자꾸 어디론가 이끌었고, 나는 "우리 어디 가?"라고 묻는 의미로 어깨를 으쓱했다. 베니가 뷔페 뒤쪽을 가리키고는 엄지를 들어 보였다.

이 배에 익숙해지고 있다고 생각했는데, 아직도 놀랄 것들 천지다. 식사하려고 줄지은 사람들을 지나쳐 베니를 따라가 보니 갑판 거의 뒤쪽에 뷔페가 또 하나 있고 여기도 사람들이 줄을 서 있다. 메뉴는 이전 뷔페와 완전히 똑같지만 줄이 그리 길지 않다. 대부분의 사람들이 나처럼 처음 본 줄에 서서 기다린 것이다.

우리는 바다에 둘러싸인 야외 식탁으로 연어 에그베네딕트와 바나나 와플을 가지고 나갔다. 내가 수첩과 펜을 우리 둘 사이에 놓았을 때, 베니가 제 코트 주머니에서 둘둘 말린 남색 스카프를 꺼내서 건넸다. 나는 스스로를 가리키며 입 모양으로 "나?" 하고 물었다.

베니가 고개를 끄덕이더니 나를 가리키고는 두 팔을 비비며 추위에 떠는 연기를 했다. 지난 밤 춥다고 느끼긴 했지만 누가 보기에도 추워 보일 줄은 몰랐다. 코트 지퍼를 끝까지 올려도 목과 가슴이 시린 밤이었다.

"고마워."

나는 수어로 말했다. 내가 스카프를 그냥 두르자 베니가 의자에서 일어나서는 스카프 가장자리를 내 코트 옷깃에 꼼꼼히 집어넣어 주었다. 그렇게 하니 훨씬 따뜻했다. 베니가 수첩에 적었다.

— 스카프 없는 것 같아서 하나 빌려주려고 가져왔어. 학교는 벌써 방학이야?

어젯밤, 베니는 자신이 부모님에게서 홈스쿨링을 받고 있으며, 엄마가 유람선에서 일할 때는 배를 학교 삼아 '보트스쿨링'을 받는다고 이야기해 주었다. 나는 내가 학교 대신 이 배에 있는 이유를 지어낼까도 했지만, 가만히 생각해 보니 베니에겐 있는 그대로 이야기하기가 싫지 않았다. 우린 이제 막 만났지만 난 마치 베니를 오래 알아 온 것 같았다.

나는 고개를 젓고는 적었다.

— 아직 학기 중이야. 그래도 블루55를 만나고 싶어서 와야만 했어.

내 글을 읽은 베니의 두 눈썹이 휙 올라가고 입이 떡 벌어졌다. "너 블루55 만나러 가? 미안, 깜빡⋯⋯."

베니는 급히 수첩과 펜으로 손을 뻗었지만 베니의 구어를 이해한 나는 괜찮다고 손을 저었다. 그 고래 이야기에 나만큼이나 흥분하는 사람에게 내 계획을 이야기하게 되다니, 기분 좋았다.

　— 만나길 바라고 가는 거야. 예측상 이 배가 애플턴에 도착할 때쯤 블루55가 그 근처로 올 것 같아.

여기까지 쓰고 나서, 나는 그 노래 이야기까지 꺼내기가 망설여졌다. 어쩌면 베니는 그것이 멍청한 아이디어라고 판단할지도 모른다. 하지만 베니는 나보다 고래를 더 잘 안다. 내 계획 어딘가에 문제가 있다면 나중보다 지금 발견하는 게 낫다. 만약 베니가 내 계획이 실현 불가능하다고 한다면 나는 어떻게 해야 할까?

　— 내가 블루55를 위해서 노래를 만들었어. 애플턴 해양 보호 구역의 연구원들이 블루55에게 추적 장치를 붙이러 바다로 나갈 건데, 그때 보트에서 그 노래를 틀기로 했어.

나는 접시로 눈을 내리깔고 수첩을 베니에게 민 다음, 슬쩍 베니의 표정을 살폈다.

　— 나 그 노래 들어 봐도 돼?

베니가 이렇게 적고 활짝 웃는다.

　— 당연하지.

나는 내 와플 마지막 조각을 입에 넣고는 베니에게 마주 웃어 보였다. 나보다 고래를 더 잘 아는 베니가 이 계획을 좋아한다. 어쩌면 이 계획은 실현될 것이다.

아침을 다 먹은 후 베니는 나를 선교로 데려갔다. 가 보니 전혀 다리가 아니어서 어째서 그런 이름이 붙었는지 알 수 없었다. 선교는 8층 갑판 가운데를 차지하는 무척이나 커다란 방이었다. 바닥부터 천장까지 이어지는 창문으로 둘러싸여 있어, 안에서 모든 방향을 내다볼 수 있었다. 선교에 넓게 펼쳐진 기다란 목재 조종대에는 화면이 여럿인 계기판이 있었다. 그리고 다이얼, 손잡이, 버튼, 조이스틱 들로 가득해, 그 각각의 용도를 다 아는 사람이 있다는 게 믿기지 않았다. 머리 위에는 레이더 화면도 있고, 이 배의 전망과 항로 지도가 나오는 화면도, 누군가는 의미를 이해할 숫자들만 여러 줄로 나열된 화면도 있었다. 까만 바지와 소매에 금빛 줄무늬가 있는 흰 셔츠를 입은 남자가 선교의 정면 쪽에 서서 밖을 내다보고 있었다. 아마도 선장인 것 같았다. 몇몇 선원들이 까만 가죽 의자에 앉아 조종대를 보고 있었다.

우리는 정면 쪽 창문 앞에 얼마간 그대로 서 있었고, 수라는 마이크에 대고 안내 방송을 했다. 우리 앞에 보이는 것은 잔잔하게 펼쳐진 바다밖에는 없었다. 어쩌면 고래를 보기에 오늘은 적절하지 않은 날인지도 몰랐다. 수라가 손가락으로 우리 오른쪽을 가리켜서 나는 그리 고개를 돌렸다. 처음에는 아무것도 안 보였다. 그런데 곧 먼 바다 위로 안개 분수처럼 물이 뿜어져 나왔다. 베니가 급히 허공에 글씨 쓰는 시늉을 해 나는 수첩을 주었다.

 − 혹등고래래.

베니가 적어 주었다. 나는 다시 그 수면을 내다보았다. 아무리 쌍안경으로 본다 해도 저토록 멀리 있는 고래가 무슨 종류인지를 수라는 어떻게 알아보는 걸까? 배와 좀 더 가까운 바다에서 또 다른 고래가 솟구치더니 엄청나게 물을 튀기면서 다시 수면을 뚫고 내려갔다. 거의 실제가 아닌 것처럼 느껴졌다. 그 고래는 크기가 우리 스쿨버스만 했다. 그런데도 바닷물 위로 날아올랐다.

나는 다시 베니를 보고 이렇게 썼다.

― 이거 실화야?

베니 얼굴에 쓰여 있는 경이로움이 내 질문에 대신 답했다. 이미 수없이 보았을 텐데도 여전히 설레어 하는 그 표정이 말이다.

또 한 마리가 물 위로 뛰어올랐다. 그러고는 바닷물 벽을 일으키며 다시 수면 아래로 파고들었다. 정말 눈앞에서 보니 사진이나 영상과는 비교가 되지 않았다. 나는 바다 위로 막 뛰어오른 고래에게서 가장 가까운 창문으로 달려갔다. 그런데 베니가 내 어깨를 두드리더니 다른 쪽을 가리켰다. 내가 고개를 돌린 순간 또 다른 고래가 수면을 부수며 물속으로 내려갔다.

이 광경 전부를 나는 나중에 아빠에게 되는 데까지 묘사해 보아야 한다. 얼마나 아름다운지 내가 전달해 낼 수 있길 바랄 뿐이다. 이 고래들은 아빠가 그토록 많이 들었다는 옛 음반 속 노래의 주인공들과 똑같은 종이다. 혹등고래, 교향곡 연주자들.

얼마쯤 지나자 난 분수공에서 솟아오르는 물을 포착하여 고래의 위치를 알아채는 데 좀 더 능숙해졌다. 수라는 우리 유람선 주변에 대략 쉰 마리 남짓한 고래들이 모여 있다고 추측했다. 블루55는 말이 통하지 않더라도 다른 고래들과 함께 헤엄친 적이 있을까? 앤디는 블루55가 다른 고래들에게 다가가기도 하지만 그러다가도 원래대로 혼자서 헤엄친다고 했다. 어쩌면 블루55는 그 다른 고래들 '가까이에서' 헤엄치는 것이지 정말로 '같이' 헤엄치는 것은 아닐지도 모른다. 학교에서의 나와 좀 비슷하게 말이다.

수라가 고래 구경 안내 방송의 마무리 인사를 하고 있다는 베니 말에 시계를 보니, 우리는 이미 선교에서 두 시간이 넘게 있었다. 아니, 방금 오지 않았나?

나가기 전에 나는 수라에게 질문을 하나 적어 건넸다.

― 어떻게 그렇게 멀리서도 혹등고래인 줄 아셨어요?

수라는 나를 탁자로 데려가 의자를 빼 주었다. 자신의 메신저 백에서 서류철을 꺼내더니 무언가를 찾는 듯 휙휙 넘겼다. 등에서 물이 분무되는 고래 사진이 가득한 페이지에서 수라의 손이 멈추었다. 상단에 적힌 제목은 '저기 내뿜었다!'.

나는 『모비 딕』에도 나와요라고 썼다. 에이햅 선장이 흰 고래 등에서 솟는 물을 보고는 그렇게 말한다. 할머니한테 받은 어린이용 『모비 딕』에서 본 내용이 조금 기억난다. 그 고래가 자신을 사냥하려는 사람들에게서 결국 벗어나는지 알고 싶었던 나는 끝까지 읽으려고 몇 번이나 시도했지만 언제나 끝에 가까워지기도 전에 잠들어 버렸다.

수라가 고개를 끄덕이고는 적었다.

― 고래 종에 따라 뿜어져 나오는 물의 모양이 서로 달라. 바람이 불어 흩어져 버리기 전에 발견하기만 하면 나는 그것만 보고도 무슨 고래인지 알 수 있어.

수라가 어느 혹등고래 사진을 가리켰다. 그 고래의 분수공에서 분무되는 물은 꼭 눈물방울을 뒤집어 놓은 것 같은 모양이다. 이것과 거의 같지만 좀 더 길고 좁은 모양으로 물이 솟는 고래들도 있었다. 귀신고래와 긴수염고래는 양쪽으로, 하트 모양으로 물이 솟는다.

수라가 서류철을 다음 장으로 넘기자 고래 꼬리의 사진들이 나왔다. 꼬리도 모양이 아주 다양하다. 꼬리 모양이 보이는 거리에만 있다면 수라는 그 꼬리의 주인이 무슨 고래인지 알 수 있다.

아까 질문을 써 내민 종이의 뒷장에다 나는 이렇게 적었다.

– 블루55는요?

수라는 종이 아래쪽에 빠르게 그림을 그렸다. 블루55의 등에 있는 지느러미는 참고래를 닮았고 꼬리는 대왕고래를 닮았다. 블루55가 어느 고래와도 같지 않은 또 하나의 면이다.

30

자신이 노래를 보냈던 고래들의 기억을 잊을 수 있다면 그는 조금 더 편했을지도 모른다. 하지만 고래의 기억이란 길고도 깊다. 바다에서 100년을 헤엄친 고래도 자신이 처음 알았던 고래들을 고스란히 기억한다. 결코 알지 못한, 그저 스쳐 지나간 고래들의 기억도 마찬가지로 선명하다.

그 고래는 어느 파도 아래로 깊이 내려갔다. 하지만 깊이 내려갈수록 물의 저항도 거세져 고래는 돌아가고 싶지 않은 방향으로 자꾸 되밀려 올라갔다. 수면 가까운 곳에선 자신이 함께할 수 없는 고래 가족들이 햇빛을 받아 반짝이고 있었다.

그 고래는 더 힘껏 물을 아래로 헤치며, 어둠에 집어삼켜질 때까지 내려갔다. 심해는 더 비어 있고, 더 어둡고, 더 조용하다. 하지만 덜 외롭다. 거기선 노래에 침묵으로 응답받을 일도 없기 때문이다.

함께하는 무리가 없다면 고래란 무엇일까? 고래의 노래가 없다면 고래는 무엇일까?

그는 더 이상 몸속을 흐르는 공기로 노래를 만들려 하지 않는다. 그저 가만히 숨을 쉰다.

공기와 공간이 음악을 만들어 내지 않는다.

공기는 그저 공기다.

공간은 그저 공간일 뿐, 다른 의미는 없다.

31

배에서 지낸 지 사흘째인데도 나는 이제 막 집을 떠나온 것 같다. 그러면서도 동시에 하루하루가 더 느리게 지나가는 것 같다. 점심을 먹으며 아침에 했던 대화를 떠올리면 마치 여러 날 전의 일처럼 느껴진다. 하지만 누가 시곗바늘을 접착제로 고정한 게 분명하다 싶은 학교에서의 어느 시간처럼 나쁜 의미로 느린 게 아니다. 매일 밤 아직은 하루를 끝낼 때가 아니라는 느낌이다. 그 하루가 시작된 지는 아주 한참 된 것 같은데도 말이다. 내가 이 배에 오른 이유가 블루55를 만나기 위해서라는 것을 거의 잊을 뻔했다. 그러나 잊지는 않았다. 배에서 지내는 모든 날들이 블루55에게 더 가까워지는 날들이다.

객실 안에서 하루를 다 보내고 싶지 않았지만 속이 진정될 때까지는 아무것도 하지 않기로 했다. 자리에서 일어나기만 해도 자꾸 속이 울렁거렸다. 조조가 방을 치우러 왔을 때 나는 그걸 이야기했다.

— 잠깐만 있어 봐.

침대 옆 탁자의 수첩에다 이렇게 적고 떠난 조조가 문을 활짝 밀어젖히며 돌아와 건넨 건 차가운 파인애플 주스 한 캔이었다. 그러고는 할머니 침대를 정돈하는 조조에게 나는 이렇게 적어 내밀었다.

― 감사합니다. 뱃멀미인 것 같아요.

― 이렇게 바다가 잔잔할 때는 보통 뱃멀미를 하지 않는데.

조조가 쓴 대로 배는 여태 전혀 흔들리지 않았다. 내다본 바다에서 파도가 보인 적도 거의 없었다. 하지만 내 속이 이런 다른 이유를 찾을 수 없었다.

조조가 수첩을 한 장 넘겨 이렇게 적어 건넸다.

― 나는 우리 가족을 못 본 지가 6개월이나 됐어. 가끔씩 가족이 너무 보고 싶어서 몸이 안 좋기도 해. 혹시 너도 향수병 아닐까?

향수병이란 집을 떠나 있는 사람이 집이 그립고 집에 가고 싶은 마음이라고만 생각해 왔다. 그 마음 때문에 실제로 '병'이 날 수도 있는지는 몰랐다. 어쩌면 난 정말 그래서 문제가 생긴 것인지도 모른다. 게다가 난 몸만 안 좋은 게 아니다. 엄마 아빠가 얼마나 화나 있을지도 걱정이고 내가 블루55를 만나지 못할까 봐서도 걱정이다. 혹시 이렇게 떠나와선 안 되었다고 내 몸이 말하고 있는 건 아닐까? 만약 계획대로 되지 않는다면 블루55는 지금까지와 다름없이 외롭게 바닷속을 헤엄칠 것이고, 나는 아무것도 변한 것 없이 집에 돌아가 대가만 치를 것이다.

고장 난 라디오를 고치지 않고 선반에 두어야 할 때보다 더 나쁜 기분이다. 이 텅 빈 기분은 도무지 희미해지지 않을 것 같다.

물론 조조에겐 이런 이야기를 하나도 할 수 없다. 나는 그냥 웃으며 주스 고맙다고 한 번 더 인사했다.

나중에 베니를 만났을 때 베니는 제 주머니에서 수첩을 꺼냈다. 나와 필담을 나누기 위해서 베니도 수첩을 가지고 다니기 시작했다. 베니는 내가 하는 것을 보고 수어도 조금씩 배우고 있어서 우리 사이의 수어 대화도 점점 늘어났다. 베니는 수어를 할 때 자신이 아는 것 이상으로 아는 척하지 않았고, 틀린 부분을 내가 고쳐 주어도 기분 나빠 하지 않았다. 오히려 자기 실수를 깨달으면 웃기도 했다. 예를 들면 자신이 '화요일' 대신에 '화장실'이라고 한 것을 깨달았을 때처럼. 어떤 수어들은 서로 꽤 비슷하면서도 손을 움직이는 방향만 바뀌어도 의미가 아주 달라진다.

"주노에 도착하면 너랑 할머니, 배에서 내릴 거야?"

"응. 그런데 내려서 뭘 할지는 모르겠어."

유람선이 출발한 이후 처음으로 항구에 배를 댄다. 주노에서 하루를 보내며 관광하는 사람도 있을 것이고, 작은 배를 타고 고래 구경을 하러 가는 사람도 있을 것이다. 우리는 배에서 아주 많은 고래를 보았지만, 대부분의 승객은 베니와 내가 선교에서 본 것과 같은 전망으로는 고래를 보지 못했다.

"아마도 인터넷 쓸 수 있는 장소를 찾아볼 것 같아. 엄마 아빠 연락 확인하게."

가족들에게 메일을 보내는 게 좋겠다는 생각을 하고 있었다. 다들 걱정하고 있을 게 분명했다. 할머니는 우리 안부를 엄마에게 꾸준히 알리고 있다고는 했는데, 엄마가 뭐라고 했느냐고 묻자 손을 내젓고는 "네 엄마 괜찮을 거야"라고 했다.

베니가 수첩에 썼다.

— 이 배에 있는 인터넷 카페에서 쓰면 돼. 내가 널 우리 손님으로 등록해 줄게.

— 진짜? 무료로?

배에서 요금까지 내며 인터넷 쓰는 것을 할머니가 좋아하지 않겠다는 생각은 했지만, 베니에게 도움을 요청할 생각은 전혀 못 했다.

— 응. 쓰는 법 가르쳐 줄게.

받아들일 수밖에 없는 제안이다.

— 알았어. 잘됐다! 너도 인터넷 접속해서 할 것 있어? 내가 메일 확인하고 그러는 동안 네가 지루하면 미안하잖아.

— 응, 난 상어 동영상 볼 거야.

인터넷 카페는 마치 커피숍 같고, 음료와 간식을 주문할 수 있는 계산대가 있다. 몇몇 사람들이 노트북 컴퓨터를 가지고 여기저기 앉아 있고 벽을 따라 놓인 조붓한 탁자 위에 데스크톱 컴퓨터들이 놓여 있다. 베니가 계산대 근처 유리 진열대의 젤라토를 가리키더니 내게 엄지를 들어 보였다. 둘이 한 그릇씩 그 아이스크림을(베니는 민트 초콜릿, 나는 레드벨벳) 받아 든 뒤, 나는 어느 창가의 가장 오른쪽 컴퓨터 앞에 앉았다. 오른쪽보단 우현이라고 해야겠다. 배의 각 부분을 부르는 말들을 베니가 좀 가르쳐 주었다. 배의 오른쪽은 우현, 왼쪽은 좌현이라고 한다. 앞쪽은 이물, 뒤쪽은 고물. 하지만 벽에 붙은 방향 안내 표지판들에는 또 '뱃머리', '배꼬리'라고 되어 있어서 그 차이가 뭔지는 알 수 없었다.

베니가 내 옆자리 의자를 빼어 앉아서는 이 유람선의 와이파이 쓰는 법을 가르쳐 주고, 컴퓨터의 메모장을 열었다.

— 이 유람선 회사에서 우리한테 손님용 계정을 몇 개 주거든. 우리 아빠나 친구 같은 손님이 같이 탔을 때 빌려줄 수 있게 말이야. 이 배에 있는 동안 그 계정 네가 계속 써도 돼.

— 와, 고마워!

먼저 난 블루55부터 확인했다. 해양 보호 구역의 웹사이트 지도엔 내가 바란 실선이 아니라 점선이 그려져 있었다. 블루55가 거기쯤 있으리라는 추측일 뿐이다. 블루55는 아직도 노래를 부르지 않은 것이다.

베니가 내 손을 꼭 잡았을 때 나는 베니도 그 지도를 같이 보고 있다는 것을 알았다. 베니가 자기 앞의 모니터를 내가 볼 수 있도록 돌린 다음 이렇게 입력했다.

— 나는 가끔 아무하고도 이야기 안 하고 싶을 때가 있거든. 블루55도 지금 그런 걸지도 몰라.

응답하는 고래가 없으니, 설사 블루55가 영원히 노래를 안 하기로 했대도 탓할 수 없다. 내가 이렇게 가까이 와 있다고, 너를 위한 노래를 가지고 왔다고 블루55에게 말하고 싶었다. 아직 포기해선 안 된다고.

베니가 내 어깨를 두드리고는 말했다.

"노래는?"

맞다. 베니에게 내가 블루55를 위해 만든 노래를 들려주기로 했지. 나는 메일함에서 노래 파일을 불러와 재생을 눌렀다.

마치 귀를 의심하는 것처럼 베니의 입이 떡 벌어졌다. 그리고 카페 저편에 있는 남자에게 미안하다고 하고는 자판을 눌러 음량을 줄였다.

"이걸 네가 만들었다고?" 하고 묻듯이 베니가 손가락으로 나를 가리켰다. 놀란 베니의 표정에 나는 웃음을 내뱉고 대답했다.

"맞아."

"어떻게?"

나는 수어로 "학교"라고 하고는 각각의 악기를 하나하나 연주하는 흉내를 냈다.

"그리고……"

나는 내 휴대전화에서 그 주파수 표시 어플리케이션을 열어 '튜바'에 맞추고는, 베니에게 음을 몇 개 눌러 보게 했다. 그러자 55헤르츠에 가까운 값이 구석에 있는 주파수 표시 창에 떴다.

"멋지다!"

베니가 수어로 말했다. 그리고 악기를 몇 번 바꿔 가며 연주해 보던 베니는 그 어플리케이션에서 내가 사용해 본 적 없는 메뉴 하나를 연 다음 전화기에 입을 가까이 댔다. 베니가 무슨 말인가를 하자 한 줄의 그래프가 오르락내리락했다. 여기도 주파수 표시 창이 있어서 베니가 방금 낸 목소리의 주파수가 표시되었다. 고래가 듣기에는 너무 높은 소리였다, 거의 200헤르츠에 가까운. 하지만 흥미로웠다. 베니가 나더러 말해 보라는 듯이 전화기를 내 앞에다 내밀었다.

"나?"

"해 봐."

나는 보고 있는 사람은 없는지 주변을 둘러본 다음 전화기로 몸을 숙였다. 조용한 소리를 내 보기로 했다. 내 콧노래에 그래프에 구불구불한 파란 선이 나타났고, 내 웃음에 그 선은 더 높이 올라갔다. 베니와 난 번갈아 가며 전화기에 대고 콧노래를 불러, 그래프와 주파수가 어떻게 반응하는지를 보았다. 내가 가슴에서 진동이 느껴질 정도로 낮게 콧노래를 불러 보았더니 주파수가 낮아졌다. 흥미진진했다. 그러나 목소리를 어떻게 해도 55헤르츠 가까이로 내리는 것은 어림도 없었다.

아마 이것이 블루55가 겪는 일일 것이다. 어떤 소리를 내야 하는지는 알지만 아무리 해도 낼 수 없는 것. 나는 어플리케이션을 닫고는 자판을 쳐서 베니에게 말했다.

— 나도 블루55와 비슷한 소리를 낼 수 있으면 좋을 텐데 말이야. 그러면 내 소리를 그 노래에 더할 텐데.

이 노래에서 내내 마음에 걸렸던 부분이 이것이었나 보다. 블루55의 노래와 주파수가 같은 그 소리들이 모두 악기 소리라는 점. 다른 바다 생물들의 소리를 더하기는 했어도, 이 노래에서 블루55 같은 소리를 내는 생명체는 블루55뿐이다.

"기다려 봐"라고 말한 베니가 주머니에서 휴대전화를 꺼낸 다음 어떤 어플리케이션을 열어서 보여 주었다. 화면 가운데에 마이크 그림이 있고, 양쪽 가장자리에는 아래위로 움직여 높낮이를 바꿀 수 있는 조절기가 있다.

베니가 마이크 그림을 누른 다음 입을 가까이 대고 말했다. 그리고 내 전화기를 가리키더니 방금 한 녹음을 확인해 보라는 듯 허공에 체크 표시를 했다. 베니가 녹음을 틀어 주자 나는 주파수 앱을 연 내 전화기를 베니 전화기 가까이에 댔다. 100헤르츠라고 떴다. 베니의 원래 목소리보다 훨씬 낮은 주파수다. 내가 웃음을 터뜨리자 내 전화기의 그래프가 춤을 췄다.

"더 낮게 할 수도 있어?"

베니가 제 전화기의 목소리 변조 앱 조절기를 아래로 내리자 내 전화기의 주파수 앱에는 바라던 마법의 숫자가 떴다. 55. 베니는 이번에도 내게 제 전화기를 내밀고 녹음 버튼을 눌렀다. 그렇게 녹음한 내 콧노래를 우리는 블루55가 알아들을지도 모르는 소리로 조정했다. 그리고 베니는 내가 '그 노래'에 더할 수 있도록 방금 만든 사운드 파일들을 전부 이메일로 보내 주겠다고 했다. 우리 집 컴퓨터의 소프트웨어 없이 어떻게 그 작업을 할지 잠시 고민했지만 전화기에서 검색해 보니 괜찮아 보이는 무료 오디오 편집 앱이 하나 나왔다. 여기에 블루55를 위한 노래를 내려받은 다음 베니에게서 받은 사운드 파일을 더하면 되는 것이다.

나는 자판을 다시 내 쪽으로 끌어와 쳤다.

― 블루55 추적 앱 좀 찾아 줄 수 있어? 수라가 깔아 두신 거 말이야.

베니는 손을 내밀었고, 내 휴대전화를 건네니 그 앱을 설치해 주었다. 이제 나는 컴퓨터 없이도 블루55의 위치 상황을 확인할 수 있게 되었다.

이제 내게 온 이메일을 확인할 시간. 나는 숨죽이고 로그인을 했다. 생각대로 받은 메일함에는 읽지 않은 새 메일들이 가득했다. 엄마 아빠와 오빠뿐 아니라 웬들도 메일을 보냈다. 나는 스크롤을 내려 웬들이 첫 번째로, 그러니까 내가 떠난 날에 보낸 메일을 클릭했다.

목적지에 도착하면 알려 줘.

그리고 이틀 후의 메일.

도착했어? 고래 찾으러 어디로 가는 거야? 나 걱정되기 시작해.

나한테는 바람처럼 날아간 시간이었지만, 집에 있는 모두에겐 느릿느릿 기어간 시간이었을 것이다. 왜 난 그 생각을 못 했을까? 나는 웬들에게 거의 부끄러운 기분으로 답을 썼다.

웬들,
더 일찍 연락 못 해서 미안해. 인터넷을 못 써서 그랬어. 난 잘 있어.
고래 만나고 나면 너한테 전부 이야기해 줄게.

우리 가족에게서 온 메일들은 모두 같았다. 내가 어디에 있는지, 잘 있는지 알려 달라는 내용. 엄마는 이렇게도 덧붙였다.

할머니가 너랑 몇 날은 더 있다가 돌아올 거라고 하더라. 정말이니?
학교 수업 빠진 건 어떻게 다 따라잡으려고 그래? 내가 학교 가서 네 책들 가져올 테지만, 가서 뭐라고 말할지를 모르겠어.
집에 와서 혼날 걱정은 하지 마. 네 할머니가 그러자고 한 게 분명하니까. 이런 일, 딱 너희 할머니다운 일이야.

그냥 엄마가 그렇게 판단하게, 할머니가 모든 원망을 받게 둘 수도 있었다. 그러면 아마 돌아가도 나는 평생 외출 금지 같은 것을 당하지 않을 것이었다.

엄마,

우린 아주 잘 있어. 못 들은 수업 과제는 가서 다 할게. 걱정하지 마. 난 할머니랑 정말 좋은 시간 보내고 있어. 몇 날 더 있어야 집에 가는 건 맞아. 이렇게 말 안 하고 와서 미안해.

이런 일, 나다운 일이기도 한가 봐. 왜냐하면, 할머니가 이러자고 한 거 아니거든. 할머니한테 화내지 말아 줘.

사랑하는 아이리스가

산과 눈뿐이던 풍경에 집과 건물들이 더해지기 시작하고, 우리는 차츰 주노 해안에 가까워지고 있었다. 할머니는 배에서 내릴 준비를 할 것이었다. 아침에 객실을 나서는 내게 거기서 다시 만나 같이 마을로 나가자고 했으니까.

그런데 객실에 돌아와도 할머니가 없다. 복도에 있는 조조에게 물었지만 할머니의 행방을 알지 못했다.

할머니가 나만 두고 혼자 배에서 내릴 리는 없다. 그렇지 않은가……? 나는 침대 가장자리에 걸터앉아 기다렸다.

이 유람선에 오른 뒤로 할머니는 정말 즐겁게 지냈다. 할머니가 지금의 집으로 이사했을 때 우린 그때부터 할머니의 삶이 꼭 이렇길 바랐다. 사람들과 함께 활동하고 친구를 사귀는 나날이기를. 하지만 이 여행의 목표는 그것이 아니었다. 우리는 블루55를 만나기 위해 이 배에 올랐다.

할머니의 새 집을 떠올리자 할머니가 거기 살기로 한 이유가 생각났다. 어쩌면 할머니를 돌볼 사람들이 필요하다는 엄마 말이 맞는지도 몰랐다. 유람선 생활이 재미있어도 난 몇 시간쯤 뭍에 다녀올 준비는 되어 있다. 할머니를 잊은 채 어딘가 가 버리지도 않는다.

객실에서 만나기를 포기하고 찾아 나서야겠다고 결심했을 때, 문이 열리며 들어온 사람은 할머니였다.

"갈 준비는 됐니?"

"네, 여태 어디 계셨어요?"

"종이접기 수업."

할머니가 빨간 종이 백조를 들어 보였다. 긴 목이 앞뒤로 움직이고, 할머니가 꼬리를 살며시 당기자 날개가 팔랑거린다.

"할머니가 만든 거예요?"

"응, 네모진 종이 단 한 장 가지고."

할머니는 그 네모를 접고 또 접어 백조로 탈바꿈시키는 과정을 내게 보여 주었다.

"너 줄 것도 만들었지."

할머니가 가방에서 종이로 접은 무언가를 또 하나 꺼내어 내 손바닥 위에 놓았다. 파란 고래다.

"마음에 들어?"

"저 주려고 만드셨다고요? 직접?"

나는 파란 고래의 조그마한 지느러미를 손끝으로 올렸다 내렸다 해 보았다.

"응, 도움을 좀 받아서. 수업 끝나고 남아서 선생님한테 고래 만드는 법을 알려 달라고 했지."

조금 전까지 할머니에게 짜증이 나 있었던 것이나 할머니가 배에 날 두고 혼자 나갔을까 봐 걱정했던 것을 티 낼 수가 없다.

혼자 수업을 듣고 다른 사람들을 만나면서도 할머니는 내 생각을, 그리고 그 고래 생각을 했던 것이다. 할머니는 우리가 여기 있는 이유를 잊지 않았던 것이다.

나는 그 고래를 침대 옆 탁자에 올려놓고는 할아버지의 시를 떠올렸다. 종이도 늘 평평하진 않았다. 때로 종이도 둘레와 위와 아래의 공간을 사용하는 어떤 모양으로 접혀 이야기를 전한다.

객실에 있는 안내 책자에는 주노의 볼거리와 체험거리가 소개되어 있다. 한쪽에는 걸어서 다녀오기 쉬운 여행길 사진들도 실려 있다.

"하이킹 어때요?"

"나는 다른 계획이 있어."

"다른 계획요?"

할머니가 안내 책자를 뒤적이는 모습은 못 봤는데.

할머니가 가방에서 표 두 장을 꺼내 한 장을 내밀었다. 표를 가로질러 인쇄된 까만 글자는 '빙하 셔틀버스 일일 자유이용권'.

"빙하를 가까이서 볼 수 있어요?"

"만져 보기도 할 거야."

할아버지가 하고 싶었던 것처럼.

우리는 유람선 터미널 근처의 셔틀버스 정류장으로 갔다. 그리고 구석에서 기다리던 몇몇 사람들과 함께 버스에 올라탔다. 기사는 버스가 손님으로 거의 꽉 찰 때까지 기다렸다가 출발했다.

20분 정도를 달리자, 버스는 포장도로를 벗어나 가로수가 늘어선 울퉁불퉁한 길로 들어섰다. 좁아지는 길목에서 버스가 멈추어 섰고, 우리는 나무 표지판들을 따라 빙하까지 이어지는 길을 걷기 시작했다. 나는 달리고 싶었지만 할머니와 보조를 맞추어 느리게 걸었다. 목에 둘러 코트 깃 속으로 여민 베니의 파란 스카프가 차가운 공기를 꽁꽁 막아 주었다. 스카프를 빌려주어서 고맙다는 인사를 한 번 더 하기로 다짐했다.

우리의 발길을 멈춘 표지판에는 푸른색과 흰색 얼음으로 덮인 U자 계곡 사진이 있다. 아래의 설명을 보니 빙하에 깎여 그런 모양이 되었다고 한다. 지금까지 수백만 년째 그 무거운 얼음이 마치 느린 불도저처럼 서서히 산을 기어 내려오면서 흙과 바위를 밀어내 왔고, 그렇게 산비탈의 모양이 바뀐다는 것이다.

우리 앞에 보이는 빙하가 산봉우리 사이를 구불구불 내려가며 산을 깎는 것을 상상해 보았다. 여태 '계곡'이라고 할 때 나는 항상 두 손을 아래로 내리며 V자 모양을 만들었지만 이제 보니 그것이 항상 옳지는 않겠다. 그러니 빙하가 산뿐 아니라 내 수어도 바꾸는 셈이다. 앞으로 이곳 계곡들의 모습을 다른 사람에게 묘사할 때면 나는 그 직선을 구부려 U자에 가깝게 할 것이다.

얼마 후 우리는 얼음으로 덮인 그 유리 같은 산들에 만질 수 있을 만큼 가까워졌다. 여기까지 오는 바닷길에서 빙하 옆을 지나기도 했지만 배에서는 보이지 않던 푸른빛이 이곳의 얼음에 반사되고 있다. 다른 색도 있다. 내가 이름을 모르는 색들. 어쩌면 이 빙하가 아니고는 어디에도 없는 색들이라서 이름이 없는지도 모른다. 추위를 무시하고, 나는 장갑 한 짝을 벗어서 맨손으로 그 얼음을 어루만져 보았다. 기껏 빙하를 만지러 와 놓고 장갑을 낀 채라면 만지는 것으로 칠 수 없다. 얼음으로 된 그 벽은 부드럽지만 내가 생각했던 것처럼 평평하지는 않다. 멀리서 볼 때는 평평한 판

같았는데 직접 만져 보니 얼어붙은 파도 같다. 어떤 부분에서는 얼음이 아주 두꺼워서 마치 산이 통째로 얼음으로 만들어진 것 같다. 하지만 고작 몇 미터만 옆으로 눈을 돌려도 뿌연 얼음 창문 너머로 갈색 바위가 들여다보인다.

이것은 내가 우리 집 냉동실에서 꺼내 물컵에 넣는 것과 같으면서도, 훨씬 그 이상이기도 하다. 이 얼어붙은 물은 산을 조각할 만큼이나 힘이 세다. 이곳의 풍경을 변화시킨다. 마치 저기에는 산봉우리가 하나 있는 게 좋겠고 저쪽에는 계곡이 하나, 그리고 또 다른 쪽에는 산을 흘러내리는 얼음 리본이 하나 있으면 좋겠다고 결정하듯. 물론 나는 학교에서 이미 빙하를 배웠지만, 가까이에서 보니 바다 위로 뛰어오르던 혹등고래가 그랬듯 훨씬 더 진짜가 된다.

옷차림이 온통 갈색인, 공원 경비원처럼 보이는 한 남자가 우리 버스에 탔던 사람들과 이야기를 했다. 모자 양쪽에 달린 북슬북슬한 귀덮개를 보니 어떻게 소리를 듣는 건지 알 수 없었다.

나는 얼음에 덮이지 않고 드러난 바위에서 흉터 같은 것들을 발견하고는 손으로 쓸어 보았다. 꼭 발톱에 내리 긁힌 자국 같았다. 나는 수첩을 꺼내 공원 경비원에게 할 질문을 적었다.

— 이건 무엇 때문에 생긴 자국이에요?

내가 그 홈들을 가리키자, 그가 질문을 읽고 답을 썼다.

— 빙하에 긁힌 자국이야.

그는 나에게 따라오라고 손짓했다. 그리고 땅에서 얼음 한 덩이를 집어 들더니 바위 옆면의 그 홈을 따라 긁어 내렸다. 나는 고개를 절레절레 저었다. 그가 거짓말을 한다고 생각해서가 아니라

199

도저히 상상이 되지 않았기 때문이다. 녹아서 흘러내릴 것 같은 얼음이 길을 패면서 산을 내려가다니. 믿기지 않는 나를 이해한다는 듯이 그는 고개를 끄덕이고는 이렇게 적었다.

― 이 얼음은 굉장히 무거워. 그래서 미끄러져 내려올 때 이렇게 깊게 긁힌 자국이 생기는 거지.

나는 그 바위에 손을 대어 보았다. 더는 얼음에 덮여 있지 않은데도 아직 손 시리게 차가웠다. 마치 빙하의 기억이 너무 강해서 햇볕이 스밀 수 없는 것처럼.

길을 더 나아가다 보니 산 쪽으로 옴폭하게 들어온 작은 해변, 바다와 만나는 폭포 앞에 사람들이 모여 있다. 사람들이 폭포에 손을 내밀었다가 웃으며 빼기도 한다. 그때 할머니가 나를 앞질러 갔다. 나는 아직 폭포에 가까이 가지도 않았는데, 얼음처럼 차가운 물방울들이 날아와 내 얼굴에 시리게 맺혔다. 할머니는 계속 걸어갔지만 나는 멈추어 뒤에 남았다. 폭포가 깊은 청록색 물속으로 세차게 떨어진다. 하나도 들리지 않아도 이 물이 시끄럽다는 것은 알겠다.

바다가 차지하기 전에 그 빙하수의 물방울을 잡아 보려고 할머니는 손을 내밀었다. 여기 있는 어떤 누구보다도 폭포에 가까이 다가가 있으면서도 전혀 춥다고 느끼지 않는 것 같았다. 자신을 지켜보고 있는 나를 본 할머니는 말했다.

"진짜 차가워!"

그럼 할머니는 차갑다고 느끼기는 하면서도 물러서지 않은 것이다. 나는 할머니에게로 한 걸음 디뎠다가 그냥 섰다. 쏟아지는 폭포 앞에서 고개를 들고 선, 방울방울 맺힌 빙하수가 얼굴 주름을 타고 흘러내리는 할머니의 이 순간에 내가 끼어들지 않기로 했다. 할머니는 지금 할아버지가 곁에 있다고 느낄까? 이 차가운 물을 함께 만지고 있다고 느낄까?

할머니가 웃음을 터뜨린다. 어깨가 들썩이고 눈 주변의 주름이 깊어지는 진짜 웃음이다. 할머니가 마지막으로 저렇게 웃은 것이 언제였더라? 확실한 것은 할아버지가 세상을 떠나기 전이라는 것이다. 만일 할아버지가 어떤 식으로든 아직 우리와 함께한다면, 할아버지가 보는 것이 바로 이 순간이었으면 좋겠다.

얼음처럼 차가운 물로도, 바다는 비 오는 11월을 녹여 버릴 수 있다.

32

우리 유람선의 다음 정박지인 스캐그웨이는 예쁜 마을이지만, 블루55가 아닌 그 무엇도 내 머릿속에 잘 들어오지 않는다. 날이 바뀌면 나는 여태 한 모든 노력들의 이유를 마주하게 된다. 수많은 일들을 거쳐 여기 온 목표가 믿기지 않게도 이루어지려 한다. 아니, 실은 이루어지길 바랄 뿐이다. 블루55가 아직도 노래하지 않으니 말이다. 어쩌면 내 노래가 제 역할을 해 주어서, 블루55를 다시 노래하게 할 것이다.

할머니와 나는 오래된 술집이었던 레스토랑에서 햄버거와 양파 튀김을 먹었다. 계산할 때 할머니가 웨이터에게 50달러 지폐와 함께 큰 팁을 건넸다.

"카지노에서 운이 좀 좋았거든."

"잘됐네요! 계속 따세요. 그럼 유람선에서 계속 사실 수 있을 거예요."

할머니는 웃었다.

"그러면야 좋지!"

우리는 점심을 먹고 나서 마을을 구경하러 다녔다. 공원에는 세워 놓은 통나무로 곰과 연어를 조각하는 벌목꾼들과 그 앞의 작은 구경꾼 무리가 있었다. 거기서부터 우리는 중심가로 들어가 돌아다녔다.

할머니가 선물 가게 문 앞에 멈춰 서더니 물었다.

"여기 좀 구경해 볼까?"

한 블록을 거의 다 차지할 정도로 큰 그 가게 안에는 자동차 범퍼용 스티커에서부터 티셔츠, 포장된 연어까지 없는 게 없어 보였다. 빙글빙글 돌아가는 진열대에는 알래스카 풍경이 담긴 엽서들이 가득 꽂혀 있었다. 그걸 본 순간 나는 가족이 얼마나 그리운지를 실감했다. 걱정하고 있을 가족들을 아예 떠올리지 않으려 노력해 왔다, 내가 견디기 힘들어서. 하지만 잘되지 않고 있었다.

나는 동물 엽서 몇 개를 훑어보다가, 수면 위로 뛰어오르는 혹등고래 사진이 있고 한쪽 모서리엔 필기체로 '알래스카'라고 쓰인 엽서를 골랐다.

계산대에서 나는 주머니에 있던 동전으로 값을 치르고는 옆으로 물러섰다. 펜을 하나 빌려 엽서 뒷면의 빈칸 세 줄에 우리 집 주소를 적어 넣었다. 그 옆에는 짧은 글을 적을 수 있는 공간이 있었다.

엄마, 아빠, 오빠,

내가 모두를 생각하고 있다는 걸 알리려고 엽서를 써. 우리 걱정은 부디 하지 마. 말 안 하고 와서 미안해.

그 고래를 찾으러 와야만 했어.

가방을 멘 손님이 계산대 앞을 떠난 후 나는 계산원에게 엽서를 보여 주면서 한구석의 '이곳에 우표를 붙이시오' 칸을 두드렸다. 그 사람은 길 건너를 가리키면서 "우체국"이라고 말했다.

가게의 티셔츠를 이것저것 살펴보던 할머니에게 나는 말했다.

"이것 좀 부치러 길 건너에 가요. 금방 올게요."

할머니는 '무스가 지나가면 브레이크를 밟아요'라고 쓰인 초록색 티셔츠를 몸에 대보고는 말했다.

"알았다. 여기서 구경하고 있을게."

나는 이전까지 그리 다양한 우체국을 가 보지 않았다. 사실 소포를 부치는 엄마나 아빠를 따라간 우리 집 근처 우체국 한 곳이다였다. 하지만 분명 이곳은 세상에서 가장 작은 우체국일 것이다. 안쪽 벽이 모두 나무 판으로 되어 있는 이곳은 우체국이라기보다는 작은 오두막집 같다. 창구 직원은 한 명뿐이고 손님 몇이 줄을 서 있다. 우표 한 장만 사려는 것이니까 내 용무부터 좀 처리해 주면 안 되느냐고 묻고 싶었지만 아마도 우체국 규칙에 어긋날 것이었다. 내 차례가 되었을 때, 나는 가지고 있다가 직접 부치기로 한 마음을 바꿔 직원에게 바로 부쳐 달라고 했다. 그 엽서가 집에 도착할 때쯤이면 우리의 여행은 거의 끝나 있을 것이다. 적어도 중요한 부분은 말이다. 블루55가 예상처럼 애플턴 해양 보호구역에 온다면, 나는 곧 블루55를 만나게 된다. 그다음은 아무래도 중요하지 않다. 우리 가족은 내 머릿속에 나만 있었던 게 아니라 자신들도 있었다는 것을 알게 될 것이다.

내가 블루55에게 얼마나 가까워졌는지를 생각하면, 내가 지금까지 어떤 일들을 했고 얼마나 멀리 왔는지를 생각하면 그날 밤엔 조금도 잘 수 없을 것 같았다. 애플턴 해양 보호 구역 앞바다로 들어갈 시간이 머지않았다. 어쩌면 우린 바로 그 순간 블루55의 옆을 지나가고 있는지도 몰랐다. 그렇다면 내가 알도록, 부디 블루55는 다시 노래해 주길. 나는 휴대전화에서 블루55의 노래 파일을 열어 손바닥으로 그 노래를 느꼈다. 그걸 바다 어딘가의 블루55가 듣고 함께 노래해 주길 바랐다.

나는 만약 새벽 6시까지도 잠들지 못한다면 뱃머리로 나가서 우리가 애플턴에 도착하는 순간을 보아야겠다고 생각했다.

그런데 어느 순간 잠이 들었다. 그리고 일어났을 때 할머니의 침대가 비어 있었다.

나는 일어나 앉아서 할머니가 갈 수 있는 곳들을 생각해 보았다. 그저 유람선을 산책하고 있는지도 모른다. 할머니가 할 법한 일이다. 그렇지만 이런 한밤중에? 나는 외투를 집어 들고 복도를 돌아다녀 보았다. 아무도 없었다.

어쩌면 할머니는 무슨 일인가 생겼는데 굳이 나를 깨워 귀찮게 하고 싶지 않았는지도 모른다. 혹시 아무에게도 말하지 않고 바다로 갔던 때와 비슷한 상황일까? 하지만 할머니는 멀리 갈 수 없다. 우리는 말 그대로 바다 위에 있으니까. 찾으러 가 볼 곳이 생각나지 않는다. 이렇게 늦은 시간에는 수업 같은 것도 열리지 않는다. 할머니는 보통 객실 안에 있지 않으면 갑판에서 책을 읽거나 바다를 보았다. 지금은 거의 아무것도 안 보일 만큼 어두운 밤이지만 할머니가 갈 만한 다른 곳은 떠오르지 않는다.

갑판에 나와 보니 한밤중인데도 낮처럼 분주해 보인다. 사람들이 수영장에서 헤엄을 치고 바에선 우산 꽂은 음료수를 들고 서로 어울리고 있다.

할머니처럼 생각하자. 내가 할머니라면 어디로 갔을까?

카지노. 나는 나이 때문에 들어가지 못하겠지만 커다란 입구에서 보면 안에 있는 할머니가 보일지도 모른다. 카지노로 가 보니 입구 한구석에 선 승무원이 나를 주시한다. 아마 내가 운을 시험하러 슬롯머신으로 달리기라도 할라치면 막기 위해서일 것이다. 한밤중에도 카지노 안은 사람으로 가득하다. 하지만 뿌연 담배 연기 사이로 보이는 군중 속에 할머니는 없다. 돌아서 반대편 입구로도 가 보았지만 거기에서 봐도 마찬가지였다. 내 쪽에선 시야가 막혀 안 보이는 기계도 있었으니, 다른 곳에서 할머니를 못 찾는다면 다시 와 보기로 했다.

한 사람이 유람선을 다 뒤지기란 불가능하지만 나는 생각나는 모든 곳을 가 보았다. 심지어 인터넷 카페와 도서관에도 가 보았다. 수영장에서도 갑판에서도, 그 어느 식당에서도 할머니를 찾지 못한 나는 할머니가 돌아왔을지 모를 객실로 돌아갔다. 그러나 객실은 그대로 텅 비어 있었다. 할머니는 쪽지라도 써 놓고 갔어야 했다. 책상엔 일정표와 조조의 명함 말고는 아무것도 없다. 명함을 뒤집자 '필요하신 게 있으면 승객 서비스 센터에 알리세요. 저한테 호출이 올 거예요'라고 쓴 조조의 글씨가 보인다.

몇 시고 상관없다는 의미였을까? 물론 조조는 자고 있겠지만 이것은 그만큼 중요한 일이다. 수건이 더 필요하다거나 방 청소를 해야 하는 상황이 아니다. 할머니에게 무슨 일이 일어나기라도 했다면 어떡하지?

나는 명함을 손에 꼭 쥐고 엘리베이터로 다시 달려갔다. 어쩌면 승객 서비스 센터에서는 조조를 호출하지 않고도 할머니를 찾아 줄지 모른다.

놀랍게도 이 야밤에 서비스 센터에 도움을 구하려는 사람은 나뿐이 아니었다. 내 앞에 세 명이나 줄을 서 있었다. 이들의 용무가 무엇이건 할머니가 없어진 것만큼 중요하진 않을 것이었다. 기다리며, 나는 할머니를 찾아볼 다른 장소들을 생각해 보았다.

마침내 내 차례가 왔다. 창구로 다가가느라 카펫에서 벗어나 콘크리트 바닥을 디뎠을 때, 발바닥을 간질이는 진동이 느껴졌다. 나는 신발을 벗어 버리고 양말만 신은 발로 섰다. 어딘가 가까운 곳에서 음악이 흐르고 있었다. 그것도 커다란 음악. 라디오 스피커가 실제로 흔들리도록 낮은 베이스 소리가 나는 음악.

창구 직원이 내 앞에다 손을 흔들기에 쳐다보니 "무슨 일로 왔어?"라고 말하는 것처럼 보였다. 나는 고개를 젓고는 다음 사람에게 자리를 내주었다. 어떤 기억의 타래가 잡힐 듯 말 듯했다. 이 배에 오른 첫날 밤에 할머니가 한 이야기가…….

음악의 진동이 어느 정도는 카펫에 흡수되었지만 내가 따라가기에는 충분했다. 나는 신발을 손에 쥐고 배꼬리를 향해 달렸고, 그 진동은 점점 강해졌다.

'취한 청새치 바'의 입구에서, 나는 멈추었다. 낮에는 항상 텅비어 있는 곳이지만 지금은 아니다. 음료수를 손에 들고서 춤추고 웃는 사람들로 발 디딜 틈이 없다. 그 군중 앞에서, 무대의 조명을 받으며 두 손을 휙휙 움직이고 있는 사람은 바로 우리 할머니다.

천장에서부터 드리운 현수막에는 '취한 청새치 바 노래방의 밤'이라고 적혀 있다.

내가 알기로 이 배에 우리 말고 다른 농인은 없는데, 지금 모두가 할머니를 쳐다보고 있다. 관객들이 할머니에게서 수어 몇 가지를 배운 걸 보니 이미 한참 이어져 온 모양이다. 노래방 기계 화면에 '춤춰'라는 가사가 뜨자 할머니가 수어로 통역했다. 관객들이 무슨 이상한 춤을 추더니, 다 같이 "잠깐, 해머 타임!"이라고 수어를 했다.*

마치 할머니가 이 세상 모두가 아는 언어로 말하고 있는 것 같다. 엄마는 도저히 믿지 못할 것이다. 할머니가 친구를 사귀는 것이 엄마 바람이었는데, 지금 이 바는 할머니의 친구들로 가득 찬 것 같다.

할머니를 보고 있으니 바다 위로 뛰어오르던 혹등고래가 생각난다. 그 교향곡 연주자들. 누군가 할머니의 수어를 악보에 기록할 수 있다면, 흩뿌려진 온갖 색의 음표가 악보의 아래 끝에서부터 위 끝까지 오르내리다 못해 악보 바깥으로도 튀어 나가 버릴 것이다.

나는 경이로워서 화도 나지 않는다. 양쪽 신발을 한 손에 들고 그 자리에 서서, 나는 우리 가족도 내가 한 일에 이런 기분을 느끼게 될까, 하는 생각이 들었다. 나 역시 말도 없이 빠져나와 멀리 와 버렸다. 할머니가 훌쩍 떠났던 그 어디보다 훨씬 멀리. 하지만 내

---

* 미국의 힙합 가수 MC 해머가 1990년에 발표한 유명한 노래 〈유 캔트 터치 디스〉(U Can't Touch This)의 가사. 흥겨운 분위기의 랩송이며 '잠깐, 해머 타임'(Stop, Hammer Time)은 유행어가 되기도 했다.

가 와야만 하는 곳에 와서 해야만 하는 일을 하고 있다는 걸 보면, 가족들도 조금은 이해할지 모른다. 지금 할머니 모습은 마침내 블루55를 만났을 때의 나와 같을 것이다.

할머니는 관객들에게 이미 농인 박수도 가르쳐 주었다. 노래가 끝나자 모두가 두 손을 마주치는 게 아니라 손을 들어 올려 빠르게 흔든다. 무대에서 내려올 때, 할머니는 기립 박수를 받았다.

나는 내가 술집에는 들어갈 수 없다는 사실도 신경 쓰지 않았다. 그냥 달려가서 할머니를 안았다.

"아니, 어떻게……?"

한 발 물러서서 할머니에게 물었지만 다음 말이 떠오르지 않았다.

"걱정시켜서 미안해. 이렇게 오래 있게 될 줄은 나도 몰랐어. 잠이 안 오기에 나와서 배 안을 좀 돌아다니다 노래방의 밤이 열리는 걸 본 거야."

"아니, 그런데……."

나는 무대를 가리키고 질문을 마저 했다.

"어떻게 하신 거예요?"

"사람들 노래를 구경하고 있는데, 누가 오더니 나한테도 나가서 노래해 보라더라. 내가 농인이라고 말했더니, 그러면 자기들이 노래할 때 같이 수어로 해 주면 어떻겠느냐는 거야. 그래서 했는데, 그러다 보니 어느새 나만의 무대를 하고 있더라고. 관객들도 같이 놀게 이끌고 말이야. 다들 재미있었던 것 같지?"

맞다. 정말 다들 재미있었던 것 같다. 하지만 더 중요하게는, 할머니가 재미있었던 것 같다.

원래 이 여행을 혼자 오려고 계획했었다. 처음으로 나는 그 계획이 실패한 것이, 그래서 여기에 할머니와 함께 있는 것이 고마워졌다.

33

돌고래 떼가 그를 스쳐 지나가면서 재잘대는 소리가 물속을 채웠다. 그 돌고래들은 종일 이렇게 그의 뒤로 처졌다가 쏜살같이 그를 앞질렀다가 그의 앞에서 뛰어올랐다가 하면서 놀았다.

그는 물고기 떼가 있는 곳으로 이끌었다. 고래가 고래수염으로 걸러 삼키기에는 너무 크지만 돌고래들에게는 진수성찬이 될 만한 먹이였다. 돌고래들이 먹는 동안, 그는 둘레를 빙빙 돌며 그 물고기 떼를 잡아 두었다.

식사를 끝낸 돌고래 떼는 배가 불러 천천히 헤엄쳤다. 그때 그가 어느 돌고래 곁으로 미끄러지듯 다가가 머리를 낮추었다. 자신의 등으로 올라와도 좋다는 신호였다. 그들은 이런 방식으로 소통했다, 소리 없이. 그 돌고래는 대번에 고래 위에 올라탔다. 고래는 자기 등 위의 돌고래가 수면 바로 아래에 있게 되도록 몸을 낮춘 다음 다른 돌고래들을 앞질러 물속을 치고 나아갔다.

가끔 이런 일이, 이런 돌고래들과의 만남이 일어났다. 돌고래들이 그를 찾아와서는 종일 옆에서 뛰어오르고 쌩쌩 경주하고 수

다를 떨고는 했다. 돌고래들이 왜 다가왔는지 그 이유를 알 수만 있다면 좀 더 자주 다가오게 하도록 애서 볼 텐데. 혹시 그가 낸 어떤 소리가 돌고래들의 소리와 비슷했나? 만약 그게 답이라면 그는 그 소리를 내고 또 낼 것이다. 그는 돌고래와 같지 않다. 그들은 서로 같은 노래를 부르지 않는다. 하지만 어떤 면에서 서로를 이해한다. 그의 옆에서 자맥질해 수면 아래로 내려가고 그의 등에 올라타 파도를 가로지르며 돌고래들이 즐거워한다는 것을 그는 안다.

그는 바닷속으로 깊이 내려갔다가 다시 수면 가까이로 올라와 물 밖으로 뛰어올랐다. 그가 몸을 옆으로 틀어 수면에 떨어져 내리자 그를 둘러싸고 높다랗게 물이 튀었다. 그는 돌고래 떼에 다시 합류했고 그의 노래에선 기쁨의 음률이 굽이쳤다.

매일 이렇게 함께 놀 수 있다면, 그저 잠시라도 이런 시간이 있다면, 그는 그리 외롭지 않을 것이다. 하지만 돌고래들은 오래 머무르는 법이 없다.

34

그날이 왔다. 내 모든 계획과 시도가 그 결과를 얻는 날이. 고작 몇 시간 후면 그 모든 과정이 의미를 찾게 된다.

베니가 우리와 함께 아침을 먹었다. 나는 뷔페의 음식들을 접시에 잔뜩 담아 왔지만, 설레어 먹지 못하고 창밖만 내다보았다.

더는 배가 움직이는 느낌이 들지 않았다. 우리는 이미 도착한 것이다.

"준비됐어?"

할머니 물음에 나는 고개를 끄덕였지만 배낭을 꼭 쥔 채 자리에서 일어나지 않았다. 이 여행의 모든 이유가 코앞에 있었다. 바로 그 애플턴 해양 보호 구역에 조금이라도 가까워지려면 당연히 배에서 내려야 하는데, 차마 일어설 수 없었다. 지금까지는 실패가 없는 여정이었다. 그런데 이제부터 그게 아닐 수 있다. 추적 장치 부착 시도를 내가 볼 수 있다 해도 계획대로 되지 않을 수 있다. 블루55가 전처럼 뭘 해 보기도 전에 멀어져 버릴 수도 있고, 처음부터 그들의 배를 피할 수도 있다. 이 일이 내게 어떤 의미가 있는지를 블루55가 알 리 없다. 그 바다에 잠깐 왔다가는 순식간에 가 버릴 수도 있고, 아예 나타나지 않을 수도 있다. 너무 다양한 실패의 가능성이 내 앞에 있었다. 그래도 포기할 순 없었다.

나는 우선 블루55가 애플턴 해양 보호 구역과 얼마나 가까이 있는지를 확인해 보기로 했다. 그동안은 추적 어플리케이션을 애써 피했다. 블루55가 어디에 있건 내가 할 수 있는 일이 아무것도 없기 때문이었다. 하지만 이젠 우리가 서둘러 그곳으로 가야 하는지 아니면 천천히 가도 되는지를 알아보는 것이 좋겠다. 알아보려면 우선 블루55가 다시 노래하고 있어야 하지만 말이다.

앱을 열자 마지막으로 확인했을 때 본 점선 대신, 까만 실선이 블루55의 길을 표시해 주고 있다. 블루55의 현재 위치를 보여 주는 파란 점이 깜박거리는 것을 본 순간, 나는 앱을 닫고 전화기를 탁자에 엎었다. 그토록 보길 원했던 실선이 마침내 나타났다. 하지만 너무나 멀리에 있다.

다시 확인하고 싶지가 않다. 그냥 덮어 두면 사실이 되지 않을 수도 있다. 아니, 어쩌면 그저 새로 고침이 필요한 것인지도 모른다. 하지만 끝내 다시 열어 확인해 보니 바로 지금의 날짜와 시간이 표시되어 있다. 블루55가 다시 노래를 부르기 시작했다. 다만 그 위치가 너무나 멀다. 아무도 모르는 이유로 가끔씩 택하곤 하는 우회로로 가고 있는 것이다. 내가 결국 블루55를 만나지 못할 것이라는 생각이 머리로 슬금슬금 기어 들어왔고, 나는 그걸 밀어 냈다.

할머니와 베니가 질문이 담긴 얼굴들로, 어떤 나쁜 소식인지 말해 주기를 기다렸다. 내가 할 수 있는 거라곤 두 사람 앞에 전화기를 들어 보이는 것뿐이었다.

"워싱턴?"

할머니가 물었다.

애플턴 해양 보호 구역 사람들도 이 소식을 알 것이다. 그들은 어떻게 할까? 홈페이지를 열어 보니 새로운 글이 떠 있다. '블루55 추적 팀이 남쪽으로 향합니다!'

여러분, 자연이란 참 예측이 불가능하네요! 블루55가 살아 있어서, 다시 노래를 불러서 우리는 정말 안도했습니다. 그런데 안타깝게도 블루55가 평소와 달리 애플턴 해양 보호 구역과는 아주 먼 곳에 있다는 것을 알게 되었습니다. 어떤 이유에서인지 길을 바꾼 블루55는 워싱턴 해안 근처에서 오리건주 쪽으로 헤엄치고 있습니다. 블루55에게 추적 장치를 부착할 계획은 그대로입니다만, 이곳에서 시도할 수는 없게 되었습니다. 며칠 후에 블루55가 도착하리라 예상되는 곳으로 우리 팀원 몇몇이 비행기를 타고 가기로 했고, 그곳은 바로 오리건주 라이트하우스만 해안에 있는 해양 포유동물 보호 구역입니다. 그곳 연구원들과 협력하여 블루55에게 추적 장치를 부착하기 위해 바다로 나설 것입니다.

내가 만든 노래 언급은 없다. 앤디에게 그 노래에 관해 물어보려고 내 메일 계정에 접속하자, 이미 앤디에게서 메일이 와 있다.

아이리스에게

좋은 소식이 있고 나쁜 소식도 있어요. 블루55의 소식을 계속 확인하고 있었다면 이미 알 거예요. 아직 못 보았을 수도 있으니 우리 웹사이트에 올린 글과 라이트하우스만 해양 보호 구역 홈페이지의 링크를 남겨요. 여기도 멋지고 블루55가 원한다면 머물다 가기에 좋은 곳인데, 블루55가 어떤 결정을 내릴지는 지켜봐야 해요. 이쪽은 물이 더 따뜻하기 때문에, 1년 내내 고래와 돌고래를 돌봐요. 블루55가 그곳의 다른 바다 동물들과 소통할지도 관심사예요. 좋든 싫든 블루55의 노래를 듣게 되는 동물들이 많다고 할 수도 있겠네요.

아이리스가 만든 노래를 그쪽 팀에게 전달했는데, 안타깝게도 그 노래를 틀지 않겠다고 하네요. 블루55의 소리를 들을 수중 청음기와 스피커는 보트에 실리지만 그 팀은 바다에 나가서 추적 장치만 붙이고 아무런 추가 작업 없이 돌아오기를 원해요. 그 노래까지 틀면 스피커로 블루55의 소리를 듣기가 더 어려워질까 봐 염려가 된다고 하네요. 모든 시도가 끝난 후에 트는 것도 권유해 봤지만, 목표는 추적 장치 부착이기 때문에 그 외에는 중요하지 않다고 생각하는 모양이에요. 물론 나는 그 생각에 동의하지 않고 블루55가 그 노래에 어떻게 반응할지 알아보는 것이 흥미로울 것이라 생각해요. 하지만 우리가 그쪽으로 합류하는 입장이라 결정은 그쪽에서 해야 해요.

더 좋은 소식을 전하지 못해서 미안해요. 그 작업을 인터넷으로 생중계하는 계획에는 변함이 없으니까 아이리스는 여전히 우리가 바다로 나가는 모습을, 과연 블루55를 만나게 되는지를 확인할 수 있을 거예요. 그리고 블루55가 언제고 우리 애플턴 해양 보호 구역으로 다시 오면, 우리가 아이리스의 노래를 틀어 줄게요.

앤디

나는 전화기를 벽에다 던져 앤디의 어이없는 메일이 산산조각으로 부서지는 것을 보고 싶었다. 하지만 대신 나는 탁자를 내려치고 의자를 뒤로 확 밀어내며 일어섰다. 이게 무슨 뜻인지를 받아들이기가 도무지 힘들었다. 나는 할머니와 베니도 상황을 알도록 전화기를 베니에게 건넸다.

나아가는 방향을 그렇게 바꾸기 전에 블루55는 마침내 한 친구에게 다가갔다. 나는 이 일이 '우리'의 일이라고 생각했다. 우리가 서로를 만날 수 있는 곳으로 함께 나아가고 있다고 말이다. 그런데 실은 내내 나 혼자 그랬던 것이다.

베니가 제 전화기에 입력한 말을 보여 주었다.

— 이제 어떡해?

나는 어깨를 으쓱했다. 할 수 있는 게 아무것도 없다. 말이 되지 않는다! 한 농인 여자애 빼고는 세상 무엇도, 그 누구도 이 고래에게 답가를 보낼 마음이 없다.

앤디가 말한 해양 보호 구역을 검색해서 적어도 블루55가 어떤 곳으로 가는지를 확인하기로 했다. 나는 결국 블루55를 찾으러 나간 실황을 인터넷으로 보게 될지 모른다. 그건 집에 있었어도 볼 수 있었다. 식구들이랑 웬들과 함께, 팝콘을 먹으면서.

할머니에게서 전화기를 돌려받은 나는 앤디가 메일로 전해 준 '라이트하우스만 해양 보호 구역'의 링크를 클릭했다. 화면 가득 파란 바닷가와 빨간 지붕이 덮인 높고 흰 등대의 사진이 떴다. '이곳에 사는 가족들'이라는 페이지를 열어 보니 거기 머무르는 동물들의 사진과 간단한 설명이 떴다. 건강하기만 하면 자유롭게 이곳을 드나들 수 있는 동물들도 있다. 그리고 이곳의 일부는 병원과 같아서 다치거나 아픈 동물들이 실내 수조나 바다 우리에 살다가 재활할 준비가 되면 자연의 바다로 돌아간다. 라이트하우스만은 거의 그랜드캐니언만큼이나 큰 해저 협곡으로 이루어져 있어서, 내게 익숙한 바닷가들처럼 얕은 물에서 서서히 깊어지는 게 아니라 부두와 해안 근처라도 수심이 몇 킬로미터나 된다.

시월드SeaWorld 같은 해양 테마파크에서 공연하다 은퇴한 동물들도 이 해양 보호 구역에 있다. 이들은 너무 나이가 들었거나 아파서 쇼에 계속 나갈 수 없는데 야생에서 먹이를 사냥하는 법을 모른다. 그들은 넓은 공간을 헤엄쳐 다닐 수 있는 큰 바다 우리에서 살지만 먹이를 직접 구하는 게 아니라 사람이 던져 주는 물고기를 먹고 산다. 거기 사는 돌고래 중 두 마리는 아무도 시키지 않는데 아직도 전에 하던 공연을 하루에 세 번, 시간 맞춰서 하고 있다. 또 다른 야외 우리에서는 프로펠러에 꼬리를 다친 흰 돌고래 한 마리도 살고 있다. 또 분홍색 돌고래나 바다표범처럼 색소결핍증인 동물들도 살고 있다. 너무 눈에 띄어서 사냥도 못 하고 포식자를 피해 숨기도 어려운 이 동물들은 가족들에게서 버려졌다.

이들을 보니 크리스마스 무렵마다 방영되는 티브이용 영화 〈빨간 코 순록, 루돌프〉가 생각난다. 여기는 바로 해양 포유동물들을 위한 '부적응 장난감들의 섬'the Island of Misfit Toys인 것이다.

블루55는 이곳에 있는 동물들처럼 다쳤거나 아프지 않지만, 자신의 노래와 닮은 듯한 노래가 들려온다면 제 집에 온 것 같은 기분을 느끼며 한동안 이 앞바다에 머무를지도 모른다. 추적 장치 부착 시도를 마치고 나서 그 노래를 틀어 주는 게 뭐 그리 어렵다는 건지 나는 이해할 수 없다.

이 웹사이트의 소식 게시판에 새 글이 하나 올라와 있다. '마라가 돌아오다.' 2년 전에 구조를 도왔던 어린 암컷 고래에 관한 내용이다. 근처 바다 기슭에 올라온 이 고래를 라이트하우스만 해양 보호 구역 직원들이 발견해 무사히 바다로 돌려보냈다. 하지만 살아남을지는 알 수 없었다고 한다. 근처에 어미는 없고, 그 고래는 이제 갓 어미 없이 살아남을 수도 있는 나이에 이르러 있었기 때문이다. 연구원들은 그 고래에게 '마라'라는 이름을 지어 주고, 어떻게 지내는지를 계속 확인할 수 있도록 추적 장치를 붙였다. 그리고 마라는 무사히 혼자 살아남아 모두를 놀라게 했다. 그 후 매해 여름, 마라가 라이트하우스만으로 돌아올 때마다 해양 보호 구역의 직원들은 자축을 한다. 마라를 구했던 사람들이 그 만에서 헤엄치는 마라의 모습을 볼 수 있는 것이다. 마라가 바로 지금 그 만에 머무르고 있다고 한다. 그리고 마라는 대왕고래다, 블루55의 어미와 같은.

만약 블루55와 마라가 서로 충분한 시간을 함께 보낸다면 조금은 소통할 수 있을까? 마라는 다른 고래들과 그다지 소통하지 않았다고 한다. 마라에게 얼마만큼의 언어가 있는지, 또는 있기는 한지 알 수 없다. 하지만 서로 다른 언어를 쓰더라도, 베니와 내가 그랬듯 블루55와 마라는 친구가 될 수 있을지 모른다.

그래, 라이트하우스만은 블루55가 머무르기에 더할 나위 없는 장소다. 그리고 나는 지금 거기에서 1,500킬로미터도 넘게 떨어져 있다. 도저히 믿을 수 없다. 이런 일이 일어나리란 걸 좀 일찍 알기만 했어도 우린 애초에 오리건주에 있는 이 해양 보호 구역과 가장 가까운 공항으로 날아갈 수 있었다. 하지만 나는 나를 블루

55에게서 더 멀리 떨어뜨려 놓는 배에 올라탔던 것이다.

내 계획이 마치 내가 집에서 고치던 라디오 속 오래된 전선 피복처럼 부스러져 내리고 있다. 모든 부품이 제자리에 있지만 그것들을 서로 연결할 수 없다. 나는 목에 건 나침반에 새겨진 고래를 손가락으로 어루만지면서 이제 어떻게 해야 할지를 생각했다. 배에서 내릴 이유가 전혀 없어졌다. 내가 여기로 온 모든 이유였던 고래가 여기 아닌 곳을 향해 헤엄쳐 가고 있다.

"우린 방법을 찾을 거야."

할머니가 말했다. 베니가 동의하듯 고개를 끄덕였다.

그렇게 믿고 싶다. 하지만 희망은 없다. 갑자기 생겨나서 얽히고설킨 문제들을 풀 수가 없다. 블루55가 계속 노래를 불렀더라면 어디에 있는지, 어디로 가는 중인지를 진작부터 알았을 텐데, 만날 줄 알았던 날 이렇게 얻어맞듯 알게 되었다. 어쩌면 블루55 역시 갑자기 길을 바꾸기로 했고 누군가에게 알리고 싶은 기분이 아니었는지도 모른다. 할머니가 훌쩍 바다로 가 버렸던 그날처럼 말이다.

베니가 나를 살짝 건드리고는 수어로 말했다.

"종이 좀. 내 거 깜빡했어."

내가 수첩을 건네자, 베니는 탁자 위 할머니와 나 사이에 그 수첩을 내려놓았다. 이번엔 할머니가 말했다.

"전화기도. 그 해양 보호 구역 좀 보여 줘."

할머니는 라이트하우스만 해양 보호 구역 웹사이트를 훑어본 다음 전화기에서 지도를 하나 열고 수첩에다가 날짜 같은 것을 몇 개 적었다. 그리고 말했다.

"만약 우리가 이대로 샌프란시스코의 항구까지 간 다음에 렌터카로 라이트하우스만 해양 보호 구역까지 간다면 블루55를 놓치게 될 거야."

할머니는 화면 속 지도를 좀 더 위로 올려 보았다.

"올리버곶에서는 얼마나 먼지 보자."

이 유람선이 종착지인 샌프란시스코에 다다르기 전 마지막으로 정박하는 곳이 오리건주의 올리버곶이다. 베니가 제 전화기에서 지도를 하나 열더니 올리버곶 항구에서 라이트하우스만 해양 보호 구역까지의 거리를 알아냈다.

할머니는 날짜 몇 개와 일정을 적고 말했다.

"올리버곶에서 내려서 차로 간다면 가능성이 있어. 심지어 우리가 블루55보다 좀 더 일찍 도착할 수도 있어. 만약 그러면 블루55가 올 때까지 기다리는 거야."

"그러다 우리가 제시간에 유람선으로 돌아오지 못하면요?"

설사 유람선이 항구에 종일 정박해 있다고 하더라도 라이트하우스만 해양 보호 구역까지 차로 가서 블루55를 만나고, 다시 차로 제시간에 유람선으로 돌아오긴 힘들 것이다. 그러다 배를 놓친다면 우리 짐은 어떻게 찾고, 샌프란시스코에서 집으로 날아갈 비행기는 어떻게 탄단 말인가? 게다가 할머니는 이 유람선 여행을 정말로 즐기고 있다. 나 때문에 할머니가 남은 여정을 다 누리지 못하는 것은 싫다.

할머니가 그저 어깨를 으쓱하고 말했다.

"방법이 있을 거야. 그 고래를 만나는 게 중요하지, 안 그래?"

어차피 그 고래를 만날 수 없을 것 같지만, 더 나은 계획이 있는 것도 아니다. 그런데 그때 나 혼자 라이트하우스만 해양 보호 구역에 다녀올 방법이 떠올랐다. 할머니가 이 유람선 여행을 조금이라도 놓칠 이유가 없다.

나는 지화로 "버스"라고 한 다음 지도에서 올리버곶을 가리켰다. 그리고 수첩에 썼다.

― 나 혼자 갈 수 있어요. 할머니는 배에 계속 있어도 돼요.

할머니가 몸을 숙여 읽고는 수어로 대답했다.

"너무 멀어. 너 혼자 그 먼 길 보내기 싫어."

나는 한 손을 쫙 편 다음 그 손 엄지로 내 가슴을 두드려 반박했다.

"괜찮아요."

할머니가 대답하기 전에 베니가 내 팔을 만지더니, 수어로 "아이"라고 말하고는 나를 가리켰다. 내가 이해가 안 되어 어깨를 으쓱하자 베니가 수첩에 썼다.

― 아이 혼자 뭍에 두고 떠날 수 없어. 유람선 규칙이 그래. 유람선은 네가 돌아올 때까지 기다릴 수밖에 없다는 거야. 넌 어차피 할머니만 남겨 두고 유람선 여행에서 빠질 수 없어.

그럼 그 방법은 안 되겠다. 나는 정말 할머니가 유람선 여행을 끝까지 할 수 있었으면 좋겠다. 할머니는 이 배에서 행복하다. 즐거운 할 일들을 찾았다. 그리고 할머니는 내가 블루55를 만날 수 있는 방법을 찾으려 무척이나 애쓰고 있다. 어쩌면 내가 블루55를 만나는 건 할머니에게도 행복일 것이다.

― 알았어. 할머니랑 차로 가야겠다. 그런데 유람선 출발 전에 돌아오지 못할 수도 있어.

베니가 그걸 읽더니 수첩을 다음 장으로 넘겼다. 웃음을 머금은 채 무언가를 적더니 우리 앞에 놓았다.

— 기차가 더 빨라.

35

블루55가 다시 노래를 부르기 시작했으니 이제 블루55가 가는 길은 알게 됐다. 하지만 내가 당장 할 수 있는 것은 배에 타고 있는 일뿐이다. 그리고 제시간에 해양 보호 구역에 도착한다 해도, 나는 블루55를 만날 수 없다. 내 노래를 틀 스피커조차 배에 싣지 않겠다고 한 그곳의 블루55 팀이 집 떠나온 아이를 태워 줄 리는 없다. 하지만 적어도 그 앞바다를 헤엄치는 블루55의 모습만은 볼 수 있을지도 모른다. 블루55가 그 해양 보호 구역 주변에 좀 머무르다 가기로 마음먹는다면 말이다. 그렇게 되면 나는 멀리서도 블루55의 분수공에서 솟아오르는 물을 알아볼 수 있을 것이다.

내가 만든 노래를 블루55에게 들려줄 수 없으니, 그 정도밖에는 바랄 수 없다. 블루55는 제 노래를 듣는 이가 있다는 사실을 계속 모를 것이다. 나는 집에 돌아가면 블루55가 다니는 길목에 자리한 더 많은 해양 보호 구역들에 그 노래를 보낼 것이다. 그중 한 곳쯤은 블루55가 가까이 지나갈 때 노래를 틀어 줄지도 모른다. 그때 내가 가까이에 있어 만날 수 있지 않더라도, 블루55는 혼자가 아니라는 것을 알 것이다.

베니가 알려 준 기차는 경치를 구경할 수 있는 관광 열차라서, 올리버곶에서 잠시 내린 많은 유람선 승객들이 그 열차에 오른다. 왕복으로 세 시간을 운행하고, 반환점을 돌기 전에 잠깐 쉬어 가는데 그때 사람들은 사진도 찍고 점심도 사 먹는다. 할머니와 나는 그때 내려서 기차로 돌아가지 않고 라이트하우스만으로 가는 셔틀버스를 탈 것이다. 우리가 블루55보다 먼저 해양 보호 구역에 도착한다면 블루55가 올 때까지 거기서 기다릴 것이다. 그러려면 남은 유람선 여행을 포기할 수밖에 없다고 해도 말이다.

일이 이와 다르게 펼쳐질 가능성은 생각하고 싶지 않다. 우리가 해양 보호 구역에 도착했을 때 이미 블루55가 떠나고 없을 가능성 같은 것은 말이다.

오후에 피오르 관광이 있어서 나는 베니, 수라와 선교에서 만났다. 유람선이 두 빙하 벽 사이의 좁은 뱃길을 지나가는 시간으로, 수라가 안내 방송을 통해 그 풍경과 주변 야생동물들을 설명해 줄 것이라고 했다.

베니 말에 따르면 피오르 관광 때는 이 지역의 파일럿(다른 말로는 도선사 또는 수로 안내사)이 배에 올라 선장을 돕는다. 비행기 조종사라는 뜻인 줄만 알았던 파일럿은 배를 운항하는 사람도 칭하는 말이었다. 아무튼, 이곳 지형을 선장보다 훨씬 잘 아는 사람이 얼음에 부딪히지 않고 무사히 나아갈 수 있도록 배를 이끄는 것이다.

좁은 피오르 사이로 배가 스르르 들어갔다. 바닷물에 둥둥 떠 있던 얼음들이 배가 일으키는 물결에 밀려난다. 산기슭과 물에 뜬 얼음덩어리 위에 바다표범들이 느긋이 늘어져 있다. 이곳 얼음에도 이름 모를, 아까와는 또 다른 수많은 파란색들이 반사되고 있다. 스노콘*의 파란색이 자연에도 있는 줄은 정말 몰랐다. 잠시 눈을 감고도 그 색을 떠올릴 수 있는지 시험해 보았다. 어쩌면 빙하를 볼 기회가 다신 없을지도 모르니 이 색을 잘 담아 두고 싶었다.

베니가 내 팔을 살살 치기에 눈을 떠 보니, 오른쪽을 가리키곤 수어로 "봐"라고 했다. 뭘 보라는 건지 처음에는 알 수 없었다. 그런데 이내 수많은 얼음덩어리가 우리 옆 바다 위로 떨어졌다. 그 얼음들이 부딪친 물에서 파도가 생겨나 바위를 때렸다.

어떻게 그 일이 일어날 줄 미리 알고 직전에 내게 보라고 했는지 궁금해서, 나는 그쪽을 손가락으로 가리키고 어깨를 으쓱해 보였다. 베니는 답으로 자기 귀를 가리켰다. 소리가 들렸다고? 그러니까 곧 빙하가 떨어져 나갈 거라고 경고하는 어떤 소리가 있었다는 뜻이다. 그때 또 다른 얼음덩어리들이 떨어져 내려 수면에 부딪쳤다. 얼음이 녹는 일은 내게 언제나 참 조용해 보였는데 시끄럽게 녹고 있다니. 우리 앞 조종대를 만져도 진동이 느껴지진 않는 걸 보면 뱃고동과는 다른 종류의 소리인 모양이다. 베니가 우리 옆에 있는 빙하를 가리켜 보이고는 수첩에다 **빙하 분리**라고 적었다. 이렇게 부서져서 떨어져 내리는 것의 소리란 어떨지 궁금해하며 나는 다시 빙하를 보았다. 그때 베니가 내게 한 수어가 첫 번째는 "깨져" 같았고, 다음 것은 "봐"였다.

어마어마하게 큰 얼음덩어리가 빙하에서 떨어져 나오더니 바

---

* 선명하고 화사한 색깔의 시럽을 뿌린 셔벗을 아이스크림처럼 콘에 얹거나 컵에 담은 것.

226

다에 둥둥 떠서 멀어져 갔다.

베니가 '빙하 분리'라고 적은 페이지에 내가 빙하가 새끼를 치듯이?라고 썼다.

— 맞아, 새끼 빙하!

— 소리가 어때?

베니는 두 귀를 막아 보이고 입으로 말했다.

"시끄러워"

나는 적었다.

— 어떤 식으로 시끄러워?

— 아주 시끄러워.

하지만 시끄러운 소리에도 온갖 종류가 있다. 나도 그 정도까진 알고 있다. 비명 소리 같을까? 세게 부딪히는 소리? 아니, 갈라지는 순간이니까 부딪히는 소리와는 반대일 것이다, 부딪히는 소리가 어떻건 간에.

베니가 생각에 잠긴 듯 펜으로 자기 입술을 살살 두드리고 있었다. 내가 더 묻진 않았지만 그 소리를 더 알고 싶은 내 맘을 눈치챈 것이다. 이윽고 베니가 이렇게 적었다.

— 천둥.

아무리 머리를 굴려도 나는 짐작도 못 했을 것이다, 그렇게나 다른 두 가지 현상에서 같은 소리가 나리라고는.

수라가 하고 있는 안내 방송을 베니가 필담과 수어를 섞어 가며 내게 전해 주었다.

— 수백 년째 이 얼음들 아래에 공기 방울들이 갇혀 있어. 압력을 받아 꽉 눌린 채로. 그래서 얼음이 녹거나 깨질 때, 그 공기 방울들이 커

227

다란 소리를 내면서 터지는 거야.

갇혀만 있던 긴 세월에서 벗어나 소리를 내지르는 것처럼.

나는 바다표범들을 손가락으로 가리킨 다음 이렇게 적었다.

― 쟤들은 그 큰 소리가 듣기 싫지도 않은가?

베니가 고개를 저었다.

― 쟤들은 일부러 저기에 있어. 빙하에서 나는 소리 때문에 자기들 소리가 범고래한테 잘 안 들리거든.

혹등고래들이 거품 그물을 만들어 먹이를 잡는다는 걸 알았을 때처럼, 바다표범들은 이 소리로 그런 이득을 볼 수 있다는 것을 도대체 어떻게 알았을지 궁금해진다. 그러니까 바다표범은 고래처럼 먹이를 잡기 위해서가 아니라 먹이가 되지 않기 위해서 소리를 이용하는 것이다.

배가 피오르 사이를 조금씩 나아간다. 멀리서 내다보았을 땐 산과 산 사이의 저 좁은 길을 이 유람선이 어떻게 비집고 나아간다는 것일까 했는데, 가까이 와서 보니 배 양쪽으로 공간이 많다. 그래도 물에 떠 있는 얼음들 때문에 도선사는 배를 천천히 몰아야 한다. 보기에는 배에 부딪히면 쉽게 밀려날 작은 얼음덩이처럼 보이지만, 베니가 알려 준 바로는 우리 눈에 보이는 부분은 꼭대기일 뿐이고 나머지 대부분이 수면 아래에 잠겨 있단다.

그런데 피오르를 어느 정도밖에 지나지 않았을 때 배가 완전히 멈추어 섰다. 도선사가 우리 앞의 바다를 가리키면서 선장에게 무어라고 이야기하더니 고개를 절레절레 저었다. 그리고 선장이 마이크를 들었다.

갑자기 엔진이 한 번 크게 흔들리더니 배가 조금씩 뒤로 물러 났다. 그리고 뱃머리가 조금씩 조금씩 왼쪽으로 돌아갔다.

나는 베니에게 어깨를 으쓱해 보이고는 커다랗게 운전대 돌리 는 시늉을 했다. 여기에 실제로 그렇게 생긴 운전대를 돌리며 배 를 모는 사람은 없는데 말이다.

"배를 돌리는 거야?"

베니는 수면에 떠 있는 얼음을 가리킨 다음 수어로 "위험해" 하고 말했다. 그러더니 수첩을 들어 방금 선장이 안내 방송으로 한 말을 적었다.

— 때로 우리는 포기해야 할 때라는 것을 알고 돌아서야 합니다.

"빙하 분리돼서 떨어지는 거 보셨어요?"

우리 방으로 돌아와서 나는 할머니에게 물었다.

"아니, 내가 있던 반대편에서 일어났나 보네. 내가 본 쪽에서는 산에서 얼음이 좀 굴러떨어지긴 했지만 크게 분리되는 건 못 봤 어. 보니까 어땠어?"

"아름답기도 하고 슬프기도 했어요."

그 표현으론 충분하지 않다. 빙하가 떨어져 나가는 걸 눈앞에 서 보는 경험이 어땠는지를 어떻게 묘사할 수 있단 말인가.

나는 할머니 맞은편에 앉아서 말했다.

"수어 이야기 놀이 할까요?"

이번엔 주저하거나 할아버지 것이라면서 거절하지 않는 할머 니였다.

"어떤 손 모양으로 할까?"

나는 우선 숫자 5를 말할 때와 같이 두 손을 쫙 펼쳤다. 할아버지의 나무 시를 지을 때도 쓴 그 손 모양에서, 이번에는 마치 동물 발톱처럼 손가락 끝을 구부렸다. 그러면 얼음 산과 얼어 있는 것들, 물에 뜬 얼음을 표현하기에 좋다. 손가락을 펴면 무언가 큰 것을, 굽히면 삐죽삐죽한 산꼭대기들을 표현할 수 있다. 또 얼어 있는 것, 그리고 거친 것을 말하는 수어에서도 쓰는 손 모양이라서 빙하가 떨어져 나가는 얼음 산을 표현하는 시에 더할 나위 없다.

우선 나는 "얼어 있는"이라고 한 다음에 오르락내리락하는 곡선으로 산꼭대기들을 표현했다. 그리고 내 손은 할머니에게 겹겹의 얼음을, 또 그 안에 눌리고 갇힌 공기 주머니들을 보여 주었다. 그런 다음 빙글빙글 도는 손으로 얼음덩어리가 굴러떨어지고 바다에 부딪히고, 거친 물결이 생겨나는 것을 표현했다. 그러고는 다시 두 손을 들어 더 큰 덩어리의 빙하가 떨어져 나오고, 흘러 흘러 멀어지는 모습을 보여 주었다.

"빙하가 비명을 지르네. 자신의 일부가 집을 떠나 멀리, 더 멀리 떠가는 걸 보면서."

그리고 이제 빙하가 분리되는 모습을 떠올릴 수 있게 된 할머니가 이야기를 이었다.

"새로 태어난 빙산은 바다의 거친 파도를 타고 나아가네."

할머니는 좀 더 작고 삐죽삐죽하게 갓 갈라진 빙산의 모습을 두 손으로 보여 주었다.

이제 난 산기슭에 붙어 있는, 남은 빙하를 표현했다. 얼음덩어리가 떨어져 나간 자리가 뾰족뾰족해서 표면이 처음보다 거칠다.

그러자 할머니는 동물의 발톱처럼 두 손을 구부려 빙하에 대고 긁는 시늉을 하고는, 손가락을 조금 펴서 잔물결을 표현했다. 얼음 위의 상처가 녹고 있음을 말한 것이다. 떨어져 나간 빙산은 이제 너무 멀리 가 버려서 바다 위 점 하나가 되었다.

"시간이 흐르고 거리가 멀어져, 잃어버린 것의 기억이 무뎌져 가네."

이제 나는 우리가 짓고 있는 것이 빙산 이야기인지 블루55와 나의 이야기인지, 우리 가족의 이야기인지 할머니와 할아버지의 이야기인지 알 수가 없었다. 어쩌면 그 모두였을 것이다.

36

일찌감치 깨어 다시 잠들 수 없었던 나는 인터넷 카페로 가서 블루55의 위치를 확인하기로 했다. 우리 객실에서는 내 휴대전화에 와이파이가 연결되지 않아서 말이다.

너무 이른 시간이라 인터넷 카페에는 아직 젤라토도 나와 있지 않았다. 없이 버텨야 했다. 라이트하우스만 홈페이지엔 새 소식이 올라와 있지 않아서 나는 블루55의 위치 어플리케이션을 켰다. 블루55가 이동했다, 너무 많이. 내 위쪽 티브이 화면에는 우리 배가 앞으로 들를 정박지들이 나와 있었다. 그 속도로 계속 간다면 블루55가 우리보다 훨씬 빨리 오리건주에 도착할 것이었다.

이전까지는 블루55를 한시라도 빨리 만나고 싶었다. 하지만 이제는 블루55가 날 좀 기다려 주길 바랄 뿐이다. 제발 천천히 좀 가. 나는 화면 속 깜빡이는 파란 점을 만졌다. 블루55를 그 자리에 잡아 둘 수 있기라도 한 것처럼. 블루55와의 거리를 좁히지 못한 채 끝없이 바다 위를 쫓기만 하는, 가도 가도 블루55의 그림자도 못 보는 내가 상상되었다.

모든 것을 제대로 하려고, 블루55를 위해 최선을 다하려고 나는 정말 노력했다. 블루55에게 그 노래는 중요할 것이다. 분명 그럴 것이다. 그런데 갈수록 그 노래를 틀어 주지 못하거나 아예 블루55를 못 만나고 집에 가야 할 것 같은 상황이 된다. 내가 다가가려 할수록 블루55는 더 멀어져 간다.

인터넷 카페를 나서기 전에 내 메일함을 확인했다. 열면서 눈을 질끈 감아야 했지만 말이다. 가족 중 할머니와 내 걱정으로 어쩔 줄 모르는 사람이 있다면 답장으로 안심시키고 싶었다.

첫 번째는 오빠의 편지였다.

아이리스,

너랑 할머니가 이런 일을 벌였다는 게 아직 잘 안 믿겨. 두 사람 잘 있다는 연락 왔다고 엄마한테 듣긴 했어. 그래도 나한테는 솔직하게 얘기해 줘. 진짜 아무 일 없는 거야? 무슨 일 있다 해도 여기서 내가 뭘 할 수 있는지는 모르겠지만, 어쨌거나 어디에 있는지 알려 줘. 도움이 필요하면 우리가 도울게.

그리고 아빠한테도 답장 써 줘. 엄마 말로는 너 가고 나서부터 아빠가 밤에 잠을 못 자고 있대.

너 진짜 이해할 수 없지만, 그래도 사랑한다.

트리스턴

아빠가 내 걱정을 하느라 잠을 제대로 못 자다니, 믿기지 않는다. 나는 아빠가 가장 최근에 보낸 메일을 열었다.

아이리스,

아빠가 보여 준 그 고래의 노래 레코드판 알지? 말했는지 모르겠는데,
그 노래가 우주에도 가 있다. 보이저호 우주 캡슐 안에. 진짜로. 지구의
많은 것들이 그 캡슐에 있는데, 그중에 그 고래들의 노래도 있는 거야.
저기 어디 외계인들이 살고 있다면 그 캡슐 속에 있는 것들 가지고 지구
의 삶을 짐작할 수 있겠지. 혹시 아냐, 언젠가는 누가 그 노래들의 뜻을
알아낼지?

나도 노래를 듣고 나서 그 고래들을 만나고 싶어졌다고 말했지? 하지
만 나는 설사 만났어도 말이야, 코앞에서 고래를 봤어도 무슨 말을 할
지 몰랐을 거야.

어떻게 지내는지 좀 알려 줘라. 어디 있는지 알려 주면 더 좋고. 너무
너무 걱정이 된다. 내가 얼마나 걱정하고 있는지 너는 상상도 못 할
거다.

사랑하는 아빠가

아침 뷔페를 먹으러 간 나는 창가에 있는 작은 식탁에 앉았다.
내가 학교 식당을 그리워할 날이 올 줄은 정말 몰랐는데, 다들 지
금쯤 뭘 하고 있을지, 내가 없는 점심시간에 무슨 이야기를 할지
궁금해졌다. 학교에서 대체로 투명인간이 된 기분을 느끼던 나지
만, 지금쯤 다들 내가 없는 줄은 알겠지? 니나는 나 말고 귀찮게
할 다른 상대를 찾았을지도. 그 생각에 작은 웃음이 터져 나오는
걸 느끼며 나는 치즈 오믈렛을 한 입 먹었다. 그런데 그때 찰스 선
생님이 생각났다! 여태 선생님 생각을 거의 하지 않았다는 사실
에 죄책감이 들었다. 전에 찰스 선생님은 내가 결석하면 더 많은

농학생들이 있는 다른 학교로 가서 수업을 돕거나 다른 통역사의 빈자리를 메운다고 했다.

그때, 내 주변 사람들이 식사하다 말고 무슨 소리를 들은 것처럼 고개를 들었다. 몇몇은 남은 음식을 허겁지겁 입에 넣더니 자리를 박차고 뛰어나갔다. 나는 내 망고 주스를 마저 마시고는 몰려가는 사람들을 따라 갑판으로 나갔다.

나는 수첩에다 **무슨 일이에요?**라고 적어서 옆에 있는 어떤 할머니에게 보여 주었다. 내 질문을 읽은 그는 두 손을 동그랗게 오므려 입에 대고는 내 얼굴에 "고래!"라고 외쳤다.

물론 오늘 유람선 일정엔 고래 구경이 없지만, 고래들이 늘 우리 일정대로 움직이는 건 아니다. 어쩌면 수라도 그들을 발견하고 예정에 없던 고래 안내 방송을 하러 선교로 갔을지도 모른다.

그런데 사람들이 무언가를 가리켜서 나도 그리 가 보면 꼭 그때 반대편에서 고래가 나타났다. 그쪽 사람들은 웃기도 하고 박수도 쳤다. 고래가 뛰어올라 근사한 광경을 선보였겠지. 나도 좀 보고 싶어서 거기까지 가면, 또 내가 방금 있었던 데서 사람들이 바다를 가리키고 웃고 박수를 치고 했다. 고래들이 우리 유람선 바로 곁에서 헤엄치고 있는데 나는 한 마리도 못 보고 있다니! 분통이 터져 갑판에 발을 세게 굴렀다. 내 아이디어를 거부한 해양 보호 구역 사람들을 향한 분노도 덩달아 다시 치밀어 올랐다. 바로 그곳으로 올 블루55에게 들려주려고 내가 그토록 열심히 만든 노래를 틀어 주지 않겠다니.

한 시간쯤 지났을까, 빽빽하게 모여 있던 사람들이 흩어지고 더는 물 위로 뛰어오르는 고래가 없었다. 승객들은 원래 있던 수영장으로, 바로, 식당으로 돌아들 갔다.

난간에 기대어 파도를 내다보니 부드러운 바닷바람에 얼굴이 시렸다. 목에 두른 스카프 끝자락을 코트 앞섶으로 집어넣다가 가슴에 닿은 손에 내 심장 박동이 느껴졌다. 그러자 블루55의 노래가 떠올랐다. 나는 잠시 손을 그대로 가슴에 대고 있었다.

일이 지독히도 실망스럽게 된 것은 맞다. 하지만 지금 내가 있는 곳은 바다를 나아가는 배 위다. 커다란 실패를 하기에 그리 나쁜 장소는 아니다. 나는 이만큼이나 왔고, 한 마리의 고래에게 도움이 되려고 정말로 최선을 다했다. 눈앞의 바다는 무척이나 차분해 보였다. 분명 나에게만이 아니라 모두에게 고요할 것이었다.

그때, 눈물방울 모양으로 뽀얗게 물이 솟아 올라왔다. 그러고는 좀 더 작은 모양으로 또 한 번.

고래 두 마리의 등이 아른아른 수면 아래를 스친다. 수라와 베니에게서 배운 것을 맞게 기억한다면 혹등고래다. 한 마리는 크고 한 마리는 작다. 어미와 새끼다. 나는 다른 승객들을 둘러보았다. 나 말고는 그 누구도 모르고 있다. 마치 일어나지 않은 일 같기도 하다. 어쩌면 다 내 상상이었는지도 모른다.

그러나 내가 다시 바다로 눈을 돌렸을 때, Y자 모양의 고래 꼬리 한 쌍이 수면 위로 올라왔다가 다시 물속에 잠겼다.

"고마워."

나는 그들에게 손으로 말했다. 그리고 웃음을 내뱉었다. 꼭 필요한 순간에 그 두 마리 고래가 내 앞에 나타나 주었다. 뛰어오르는 혹등고래 떼를 갑판 가득한 사람들 중 나만 못 본 것이 더는 화나지 않았다.

오직 나만이, 그 어미 고래와 새끼 고래를 보았다.

"젤라토 먹을래?"

나중에 만났을 때 베니가 물었다. 뭘 먹은 지 두 시간 정도 되었기 때문에 좋은 생각 같았다.

유람선은 다음 정박지인 아이시항으로 가고 있었다. 베니가 그곳엔 딱히 구경거리가 없다고 해서 우리는 내리지 않을 계획이었다.

"무슨 맛 먹을래?"

카페에 다다라 내가 묻자 베니가 수어로 대답했다.

"교회 맛."

나는 웃음이 나는 것을 참고 수첩에 이렇게 적었다.

— 나는 그거 안 먹을래. 벽돌 맛 나잖아.

베니는 이해가 안 된다는 듯 이맛살을 찡그리더니 유리 진열대 속 '초콜릿'이라고 적힌 아이스크림을 가리켰다. 나는 C자 모양으로 구부린 손으로 다른 쪽 손등을 연거푸 치면 '교회'이고 똑같이 구부린 손으로 다른 쪽 손등을 둥글게 문지르면 '초콜릿'이라고 알려 주었다. 자신의 실수를 깨달은 베니가 웃음을 터뜨렸다. 나는 찰스 선생님이 같이 보았으면 좋았으리란 생각이 들었다.

웃음이 멎자 우리는 초콜릿 맛과 피스타치오 맛 아이스크림을 하나씩 주문했다. 그러고는 몇 숟가락씩 서로의 그릇에 덜어 완벽한 조합의 초콜릿 피스타치오 아이스크림 두 그릇을 만들었다.

우리는 창가에 자리를 잡고 블루55의 진로를 확인했다. 파란색 점이 오리건주 쪽으로 쏜살같이 나아가고 있었다. 지난번 확인한 곳으로부터 엄청나게 옮겨 간 자리에서.

베니도 걱정스러운 얼굴로, 내가 그랬듯 티브이 화면 속 유람선의 항로를 확인했다.

"어쩌면 블루55가 속도를 늦출 수도 있어."

"그러길 바랄 뿐이야. 여기서 나는 할 수 있는 게 없어."

나는 한숨을 쉬고는 메일함을 열어서 집에서 온 새 소식이 있는지 확인했다.

엄마가 '우리 잘 있어'보다 더 긴 답을 해 달라는 요구를 한 다음 이렇게 썼다.

돌아오면 수업 따라잡을 수 있게 네가 놓친 과제들 챙기러 학교에 갔었어. 너 이렇게 수업 막 빠지는 거 나는 싫어. 그리고 네가 결석한 이유를 학교에 뭐라고 말해야 할지 모르겠는 거야. 너랑 할머니가 어딘지도 모르는 데로 여행 가 버려서 학교에 못 나온다고 하면 정말 어이없게 생각할 테니 말이야. 그래서 집에 급한 일이 있었는데, 다음 주부터는 등교할 거라고 해 뒀다. 너랑 네 할머니가 전해 준 소식으로는 나도 그 정도밖에 모르니까. 아, 그런데 교무실에 있을 때 니나라는 애 봤어. 전에 너 학교에서 누굴 밀쳐서 처벌받았을 때, 네가 밀친 애가 니나 아니었어? 진짜 좋은 애 같더라. 네가 잘 지내고 있었으면 좋겠다면서, 너한테 영감을 받아서 수어를 배웠다고 하더라.

사람들이 '웃다가 쓰러진다'는 표현을 많이 쓰긴 해도 그게 늘 실제로 쓰러진다는 의미는 아니다. 그냥 '격하게 웃었다'는 뜻으로 쓰는 말이다. 하지만 이때 나는 정말 쓰러졌다. 컴퓨터 탁자 옆에 있는 바닥에 주저앉아 눈물을 닦았다. 뭐가 그렇게나 웃긴지를 베니에게 설명하려 했지만, 그때마다 다시 웃음이 터졌다.

마침내 일어선 나는 모니터를 돌려 메일을 통째로 베니에게 보여 주었다. 그러곤 엄마의 메일 마지막 줄을 가리켰다.

"얘 진짜 엉터리야."

나는 수어로 이렇게 말하고는 컴퓨터의 메모장에다가 덧붙여 입력했다.

— 얘는 자꾸 나한테 수어를 하는데, 난 아무리 봐도 무슨 말인지 모르겠어. 할수록 수어가 느는 게 아니라 점점 더 형편없어져. 얘가 도서관에서 빌렸다는 수어 책은 어디 다른 나라 수어 책인가 봐. 확실히 내가 아는 말은 아니거든.

베니는 어깨를 으쓱하고는 메모장에 이렇게 입력했다.

— 그래도 배우려고 시도하는 건 좋은 태도잖아.

— 내가 아무리 못 알아듣겠다고 해도 내 말을 안 들으니까 그렇게 좋은 태도는 아냐. 그리고 그 정도로 못하면 배우려는 시도가 별 의미 없기도 하고.

내 말을 읽은 후, 베니는 적었다.

— 그래도 네 고래 말 실력보다 나쁘지는 않을 것 아냐, 안 그래?

37

배가 아이시항에 정박하는 날 베니는 수영을 하자고 제안했다. 많은 승객들이 몇 시간 배를 떠나 있을 테니 유람선의 수영장들은 평소처럼 붐비지 않을 거라면서 말이다. 할머니 말대로 수영복을 챙겨 오길 잘했다. 그때 생각으론 빙하 옆을 지나는 유람선에서 과연 수영을 하게 될까 했는데, 와 보니 유람선 수영장 물은 따뜻하다. 할머니는 수영 생각은 없지만 갑판에 나와 앉아 책을 읽기로 했다. 줌바 수업이 끝난 다음에 말이다.

베니 말이 맞았다. 수영장은 텅 비었다. 따뜻한 야외 욕조에 사람이 몇 있고 수영장에는 물에 뜨는 의자에 앉은 남자 한 명뿐이다. 둥둥 뜬 그의 의자에 달린 컵 홀더에는 맥주 캔이 꽂혀 있다.

물에 뛰어들어 한쪽 끝에서 다른 쪽 끝까지 헤엄친 다음, 나는 수면에 등을 댄 채 떠 있었다. 수영한 지가 정말 오래되었다. 바닷가에 살 때는 늘 바다에 가곤 했는데 말이다. 그때 오빠와 나는 맨몸으로 파도타기도 했고, 파도가 차분할 때는 튜브를 타고 놀았다. 해류를 따라 바닷가의 다른 쪽으로 한참을 떠가다 보면 우리 집은 멀리 노란 점이 되어 있었다. 오빠가 수영복에 달린 지퍼 주머니 속에 늘 동전을 챙겨 와서, 집으로 걸어올 때 우린 각자 아이스크림을 하나씩 사 먹을 수 있었다.

갑작스러운 물벼락에 내 정신이 유람선 수영장으로 돌아왔다. 베니가 마구 웃으며 뒤로 물러났다. 나는 화난 척하려 했지만 베니에게 복수의 물을 뿌리면서도 웃음이 새어 나왔다. 베니는 물살이 덮치기 전에 수면 아래로 쏙 들어가 버렸고, 그래서 나는 베니가 숨이 차 다시 올라올 때까지 기다렸다가 제대로 물을 뿌렸다. 베니가 다시 복수하기 전에 나는 숨을 크게 들이켜고 수영장의 다른 쪽으로 헤엄쳐 갔다. 그러다 물 밖으로 솟구쳐 올라온 나는 베니에게 한 손을 들어 멈추라고 한 다음 물었다.

"이거 느껴져?"

베니는 어깨를 으쓱했다.

"뭐가?"

내가 대답 대신 물을 끼얹을 것이라고 의심하듯 베니는 뒤로 조금 물러섰다.

나는 평평하게 편 내 손바닥을 수면에 대었다. 우리의 물장난이나 배의 엔진이 아닌 무언가가 물을 움직이고 있었다, 음악의 일정한 리듬으로. 수영장에는 여전히 우리와 물에 뜬 남자밖에 없다. 라디오처럼 이렇게 물을 진동시킬 수 있는 건 아무것도 보이지 않는다.

"음악."

나는 말했다. 블루55의 노래에 대해 나와 수도 없이 이야기를 나눈 베니는 이제 수어로 '음악'을 어떻게 말하는지 안다.

"아, 저기."

베니가 물에 떠 있는 의자를 가리켰다. 그 의자의 다른 쪽에 있는 무언가를 말이다. 나는 그 가까이로 헤엄쳐 다가가 베니가 가리킨 것을 확인했다. 그건 그 남자 옆에 둥둥 떠 있는, 파란색과 흰색으로 된 원통이었다.

베니가 뒤따라 헤엄쳐 오더니 그 물체를 다시 가리키고는 수어로 말했다.

"음악."

스피커다. 전선이 연결되어 있지 않은 걸 보면 블루투스 스피커. 우리 엄마 아빠도 자신들의 방 욕실 벽에다 하나 붙여 둔 것.

물에 뜬 의자의 컵 홀더에 그 남자의 휴대전화가 꽂혀 있다. 그 전화기에서 재생한 음악이 이 스피커로 흘러나오고 있는 것이다.

나는 유람선 기념품 가게에서 스피커를 파는지 알고 싶어서 베니에게 "사다"와 "여기"라는 두 가지 수어를 해 보였다. 베니가 고개를 저었다.

배는 여전히 움직이고 있고 보이는 뭍은 아직 먼 산뿐이다. 하지만 배가 곧 아이시항에 닿을 것이다. 베니가 자길 보라는 듯 손을 흔들었지만 내가 한 손을 들어 잠깐 기다리라고 했다. 지금 막 머릿속에 계획이 생겨나고 있었고, 그걸 증발시키고 싶지 않아서다. 스피커를 물속에 던져서 블루55에게 그 노래를 틀어 주는 것이 떠오른다. 가능할 것이다. 그 노래는 언제나 내게 있다. 스피커에 손을 대어 만진 기억으로만이 아니라 사운드 파일 형태로 내 전화기 안에 있다. 블루55가 헤엄치는 곳으로 그 소리를 전달할 방법이 있다면 내가 직접 그 노래를 들려줄 수 있다는 뜻이다.

스피커가 필요할 거라고 짐작이라도 했다면 집에서 하나 가져왔을 것이다. 무선으로 연결해 물속에 던져 넣을 블루투스 스피커를 가져왔어도 되었고, 아니면 내 벽장 속 애드머럴 세트의 라디오에서 스피커를 만들 만한 부품을 뜯어 올 수도 있었다. 그랬다면 나는 어떻게든 방수가 되도록 만들어야 했을 것인데…….

나는 수영장에서 나와 몸을 닦고 가방에서 전화기를 꺼냈다. 그리고 뒤따라온 베니에게 내가 입력한 글을 보여 주었다.

— 아이시항에서 내려야겠어. 몇 가지 구해야 할 게 있어.

베니가 다 읽자마자 나는 목록을 만들기 시작했다.

베니는 양손으로 0을 하나씩 만들어 흔들며 거기는 가게도, 좋은 음식점도, 아무것도 없는 마을이라는 것을 상기시켰다.

나는 우리에게 가까워지고 있는 마을을 내다보았다.

고물상만 있으면 돼.

38

수라는 배에 남기로 했지만 출입구까지 함께 갔다. 그리고 베니가 할머니와 나의 일행으로 아이시항에 내리는 것을 허락한다고 승무원에게 말해 주었다.

베니는 이 마을 고물상에 가 본 적이 없지만 위치가 항구 근처가 아니라는 것은 알았다. 고물상이 보기 좋은 장소는 아니니까. 고물상이라기보다는 쓰레기 폐기장에 가깝다고 하는데, 그렇다면 내가 돈을 내지 않아도 될 테니 더욱 좋다. 쓰레기를 버리는 곳이니 더러울 수도 있겠지만.

항구 주변에 주차된 셔틀버스 몇 대가 사람들을 볼거리(과연 그게 무엇인지는 모르겠지만)가 있는 곳으로 태워 갈 준비를 하고 있었다.

그중 하나에 올라타 베니와 나는 앞쪽 자리에 앉았고, 할머니는 운전기사에게 아주 평범한 관광지를 대듯 "쓰레기 폐기장으로 가 주세요"라고 말했다.

운전기사가 할머니에게 뭐라고 대답했는지는 내가 볼 수 없었지만, 할머니는 가방에서 돈을 좀 꺼내 그에게 건넸고 "중요한 일이에요"라고 말하는 것처럼 보였다. 그리고 베니와 나의 맞은편 의자로 왔다.

베니 말이 맞았다. 이 마을엔 있는 게 별로 없었다. 버스가 어느 바 앞에 서자 몇 사람이 내렸고, 가게 몇 곳과 낚시할 수 있는 부두가 있는 곳에서 사람들이 좀 더 내렸다. 한 10분쯤 지나 기사는 아이시항의 쓰레기 폐기장 앞에서 버스를 세웠다.

할머니가 기사에게 수어와 구어로 동시에 말했다.

"우리 오래 안 걸릴 거예요. 기다려 줄 수 있어요?"

그는 손목시계를 확인하고는 열 손가락을 펴 보였다. 그리고 일정한 길을 따라가야 한다고 말하듯이 한 손으로 원을 그렸다. 정해진 노선으로 복귀해야 하는 것이다.

내게 필요한 것이 여기에 있건 없건, 10분은 그걸 알아내기에 충분한 시간이다.

이 폐기장은 모가 운영하는 우리 동네 고물상과 비슷한 면도 있지만 더 많은 것들이 쌓여 있다. 아무도 원하지 않는 물건들일 것이다. 트레일러 대신 노란 스쿨버스가 사무실 역할을 하는데, 이제 노란색이라기보다는 녹슨 색이 되어 있다. 그 버스 옆에는 금방이라도 쓰러질 듯한 나무 창고가 있다. 입구에 빨간색 글자로 '페인트'라고 적혀 있고, 모의 고물상처럼 죽은 가전제품들을 모아 놓은 곳도 있다.

얼굴이 시뻘겋고 눈이 작은 남자가 그 버스 사무실에서 나왔다. 마치 바닷가재가 사람으로 변신한 것 같다. 또 어쩐지 모와 마찬가지로 기름진 패스트푸드를 좋아할 것 같다. 두 사람이 만나면

죽이 맞는 친구가 될 것 같다. 내가 그에게로 달려가자 그가 뭐라고 말하기 시작했고, 나는 내 귀를 가리킨 다음 적어 온 목록을 내밀었다. 그의 파란색 작업복 셔츠 주머니에 '지블릿'이라는 이름이 수놓여 있었다. 할머니와 베니가 뒤따라왔다. 지블릿은 내 목록 맨 위에 있는 '라디오'를 손가락으로 짚고는 '전자 기기'라는 안내판이 달린 합판 구조물을 가리켰다. 나는 할머니에게 스피커 부품들의 집이 될 플라스틱 통 같은 것을 좀 찾아봐 달라고 부탁했다. 어떻게든 뚜껑을 밀폐할 방법을 찾는다면 조그만 냉장 박스도 가능하다. 그보다 작아서 내 배낭에 넣어 다닐 수 있는 걸 찾으면 더 쉬워질 것이고. 양쪽 끝을 밀폐할 수 있는 마개만 있다면 PVC 파이프로도 만들 수 있다. 전선이 통과할 수 있도록 어떻게든 구멍을 하나 뚫어야겠지만 말이다. 베니가 나와 함께 전자 기기 창고로 뛰어 들어왔다. 들어오기 전 나는 창고가 무너져 내리지는 않을지 옆을 살짝 밀어 보았다.

사방에 아무렇게나 가득 놓여 있는 전자 기기들을 보니 또 내 방이 그리워진다. 나라면 내 수집품들을 결코 이 지경으로 아무렇게나 두지 않을 것이고 이젠 그것들 대부분이 내 방에 없기도 하지만 그런 건 중요하지 않다. 이 순간 나는 그 전부가 그립다. 집이 그립다. 엄마와 아빠와 오빠가 보고 싶다. 거너 아저씨의 골동품점에 가서 내 필코 라디오가 아직 있는지 보고 싶다. 거너 아저씨가 보고 싶다. 그 가게에 마지막으로 간 지 그리 오래되지 않았는데도 그사이 내겐 너무 많은 일들이 일어나, 내가 떠나온 곳들이 그때 그대로의 모습이라는 것이 잘 상상되지 않는다.

눈앞에서 베니가 흔드는 손을 보며 내 정신은 제한 시간이 있는 고물 쇼핑 현장으로 돌아왔다. 내가 주로 고치는 것들에 비하면 여기 라디오와 스테레오 장치들은 훨씬 최신 제품인데, 그건 좋은 일이다. 1980년대의 대형 휴대용 카세트 라디오를 분해하는 건 골동품 라디오에서 스피커를 떼어 내는 것만큼 마음이 불편하지 않으니까. 나는 대형 카세트 라디오를 뒤집어 놓고는 나사를 빼고 싶다는 의미로 베니에게 손가락을 돌려 보였다. 베니가 내게 엄지를 내밀어 보이고는 지블릿에게 달려갔다.

베니를 기다리면서 나는 좀 더 작은 것을 찾아 물건 더미를 둘러보았다. 이 커다란 카세트 라디오 스피커로도 내가 원하는 걸 만들 순 있지만 작으면 더 좋다. 어떤 스피커를 만들건 나는 그것을 라이트하우스만으로 들고 가야 하니 말이다. 그것도 시간 맞춰 도착할 때의 이야기지만. 그러다 그 창고 한구석에서 나는 완벽한 것을 발견했다. 손바닥만 한 카세트 플레이어. CD가 나오기 전에, 그리고 컴퓨터와 전화기에 음악을 저장할 수 있게 되기 훨씬 전에 사람들은 이것으로 음악을 들었다.

베니가 할머니와 함께 돌아와서 내게 드라이버를 건넸다. 할머니는 플라스틱 보온병을 내밀었다. 속에 담긴 음료를 머그잔에 따라 마시는 종류가 아니라 그 자체가 뚜껑 달린 길쭉한 컵처럼 생긴 종류다, 여닫이 주둥이로 음료를 마실 수 있는. 바깥에서 물이 스며들지 않는지는 나중에 확인해 보면 된다. 정확히 내가 찾던 것일지도 모른다. 나는 그 작은 카세트 플레이어에서 스피커를 떼어 낸 다음 보온병에 들어가는지 넣어 보았다. 쏙 들어갔다, 머리카락 한 올 차이로. 전선은 음료 마시는 구멍으로 통과시키면 된다. 나는 할머니와 베니에게 고맙다고 인사한 뒤 그 보온병을 배낭에 넣고 말했다.

"헤드폰."

우리 셋은 함께 창고 안을 둘러보았고, 베니가 마치 가느다란 뱀들이 얽혀 있는 것 같은 헤드폰 뭉치를 집어 들었다. 나는 통째로 넣어 달라는 뜻으로 내 배낭을 열었다. 필요한 건 헤드폰 하나뿐이지만 그걸 다 풀어 헤칠 시간이 없으니. 게다가 만약을 위해 여분을 챙기는 건 언제나 좋으니.

이제 나는 파이프와 뒤집힌 변기들이 쌓여 있는 곳으로 달려갔다. 녹슨 파이프 옆에 코킹제 튜브 몇 개가 있다. 뚜껑이 없는 것은 쓸모없다. 속이 말라 버렸을 테니까. 아직 뚜껑이 닫혀 있는 것 두 개를 집어 들었다. 둘 다 내게 필요한 것보다 더 많은 내용물이 남아 있는 것 같다. 하나는 사람들이 싱크대와 욕조 가장자리에 많이 쓰는 흰색 코킹제이고 다른 하나는 투명한 실리콘 종류다. 투명한 것의 뚜껑을 따고 조금 짜 보니 마르지 않았기에 뚜껑을 닫아 내 가방에 넣었다.

셔틀버스 쪽으로 몸을 돌렸던 베니가 경적이 울린다는 걸 몸짓으로 알려 주었다. 할머니가 운전수에게 손을 흔들고는 1분만 더 기다려 달라는 뜻으로 손가락을 내밀었다. 나도 이 쓰레기 폐기장을 찾아서 정말 좋긴 했지만, 그렇다고 이곳에 살고 싶진 않았다.

지블릿이 다가와서 우리를 살폈고, 나는 내 목록 맨 마지막 것을 그에게 가리켜 보였다. 이 창고 속 전자 기기에서 나온 전선으로는 안 될 것 같았다. 긴 전선들이 필요했다.

그가 따라오라고 손짓했다. 나는 할머니와 베니에게 먼저 셔틀버스로 가 있으면 금방 가겠다고 했다. 지블릿은 커다란 목재 감개들이 가득한 구역으로 나를 데려갔다. 그는 전선이 돌돌 감긴 감개 하나를 손으로 치고는 한 손을 마치 전화기처럼 귀에 갖다 댔다. 나는 무릎을 꿇고 그 전화선 끝을 들어 보았고, 까만 플라스틱으로 절연 코팅이 된 것을 확인했다. 완벽하다. 이 감개에 전선이 꽉 차게 감겨 있었다면 그 길이가 수십 미터는 되었을 것이다. 지금은 많이 남지 않았지만 내게 필요한 것보단 훨씬 많다. 나는 지블릿에게 입 모양과 수어로 동시에 "감사합니다"라고 하고는 전선을 풀었다. 한 손에 까만 전선 한 뭉치를 감은 채로 나는 쏜살같이 달려 유람선으로 돌아가는 셔틀버스에 올라탔다.

이제 방수 스피커는 다 된 거나 다름없다. 조립만 하면 된다.

39

베니가 우리 객실에서 내가 스피커 만드는 것을 도와주었다. 나는 유람선으로 돌아와서야 전선 끝을 벗길 공구와 드라이버 없이는 스피커를 만들 수 없다는 것을 깨달았다. 하지만 베니가 유람선의 전기 기술자에게서 빌렸다는 작은 드라이버 한 세트와 내가 부탁한 가위보다 더 좋은 절단기를 가져왔다. 나는 스피커를 꽤 빠르게 조립하고는 긴 전선을 연결했다. 그동안 베니는 뭉치고 얽힌 헤드폰들 중에서 하나를 풀어냈다. 헤드폰에서 쓸 부분은 내 휴대전화 단자에 스피커를 연결할 때 꽂을 연결 장치뿐이다. 나는 헤드폰 줄을 적당한 길이로 자르고 절연 피복을 조금 벗겨 낸 다음 그 끝을 전화선과 함께 꼬았다. 그런 다음 스피커를 내 휴대전화에다 꽂고 블루55의 노래 파일을 열었다. 베니가 웃음을 지었다. 악기 연주와 바다 동물들의 울음소리와 우리의 콧노래 조금이 담긴 그 55헤르츠의 노래가 스피커로 흘러나오고 있었다.

욕실 세면대는 작지만 보온병을 시험해 보기엔 공간이 충분했다. 나는 세면대에 물을 채우고 보온병을 물속으로 밀어 넣었다.

그런 다음 열어 보아도 뚜껑의 상태가 좋아 속으로 물이 들어간 흔적이 없었다. 내가 밀폐시켜야 하는 부분은 음료수를 마시는 구멍으로, 전선을 통과시킨 다음 그 주변 공간을 막아야 한다.

베니가 보온병을 들어 주었고, 나는 그 안에 조립한 스피커를 넣은 다음 긴 전선을 음료 구멍으로 통과시켰다. 그리고 뚜껑을 비틀어 연 투명 코킹제를 전선 둘레에 짰다. 이것 전체가 무겁지 않아 물에 가라앉지 않고 수면에서 끄덕거리는 정도일 테지만 만약의 경우, 이 코킹제가 스피커에 물이 들어가지 않도록 막아 줄 것이다.

코킹제가 완전히 마르려면 다음 날까지 기다려야 하기 때문에 나는 그때까지 거기에 물이 닿지 않게 조심했다. 그리고 더 깊은 물에서 시험해 볼 때가 왔다.

"다시 수영장으로 가자."

수영복으로 갈아입은 우리는 다시 수영장으로 갔고, 내가 휴대전화를 들고 수영장 가장자리에 앉아 있는 동안 베니가 먼저 물에 들어갔다. 나는 전화기로 노래를 틀었다. 그 노래의 소리가 스피커로 전달될지를 확인할 시간이었다. 내 손에 쥔 보온병 스피커가 블루55의 노래로 떨렸다. 나는 그 스피커를 수영장 물에 넣고는 베니에게 물었다.

"들려?"

베니가 고개를 끄덕였다. 우리 쪽으로 고개를 돌리는 걸 보면 수영하던 다른 사람들에게도 들리는 모양이었다.

나는 물속에서도 그 소리가 들리는지 확인하고 싶어서 베니에게 물을 가리켰다. 베니가 수면 아래로 몸을 잠갔다가 몇 초 후에 올라오더니 "어느 정도는"이라고 말하듯 손을 한 면에서 다른 면으로 뒤집었다. 어쩌면 이 정도여도 괜찮을 것이다. 고래들은 사람보다 소리를 더 잘 들으니까. 하지만 이 노래가 물속에서도 확실히 전달된다는 것을 확인하면 더 안심될 것이다. 베니가 전화기를 가리키고는 엄지를 위로 몇 번 올렸다. 그래서 내가 전화기 옆 버튼을 눌러 음량을 키우자 손에 닿는 그 노래의 진동은 점점 더 강해졌다. 더 많은 사람들이 우리를 보았다.

베니가 미소를 짓고는 물에 들어오라고 내게 손짓했다. 숨을 크게 들이쉬곤 다시 물에 잠기는 베니를 따라 나도 잠수했다. 블루55를 위한 노래가 물속에서도 진동하고 있었다. 내가 블루55의 노래와 닮기를 바라며 만든 패턴대로 강해졌다 약해졌다 하면서 말이다.

나는 그 노래를 틀어 둔 채 수면 아래를 헤엄치다가 다시 하늘을 보며 수면에 누웠다. 블루55가 안다고 느낄지도 모르는 노래가 여기에 준비되었다. 우리가 시간 맞춰 그 바닷가에 도착하기만 한다면, 블루55는 며칠 후 이 노래를 들을 것이다.

그날 저녁 배가 아이시 항구를 떠나기 전에, 나는 내 전화기에 와이파이를 연결했다. 블루55의 진로를 확인하기 위해서는 아니었다. 그게 궁금하기는 했지만 동시에 알고 싶지 않기도 했는데, 지금 어디 있건 내가 할 수 있는 것이 아무것도 없었기 때문이다. 할머니와 나는 어쨌든 라이트하우스만에 갈 것이고, 어떻게든 그 노래를 블루55에게 틀어 줄 것이었다.

그보다는 그 노래에 나를 좀 더 담고 싶다는 생각을 하고 있었다. 내가 쓰는 언어를 블루55와 나눌 수 있다면 좋겠지만 그럴 수는 없다. 대신 내가 만든 스피커로 틀 내가 만든 노래에 내 목소리를 조금 넣을 수 있다면 족할 것이다.

나는 사람들 앞에서 구어 하는 것을 늘 별로 좋아하지 않았다. 하지만 블루55에게 말한다고 생각하면 어째서인지 싫지 않다. 나는 베니의 전화기에 있는 것과 같은 목소리 변조 어플리케이션을 다운로드했고, 녹음 버튼을 누른 후 입을 가까이 대고 소리 내어 말했다.

"안녕? 난 아이리스야. 내가 여기 있어."

40

우리가 유람선에서 보내는 마지막 밤이 될지도 몰라서, 할머니와 나는 잠자리에 들기 전 갑판에 서서 시간을 보냈다. 어차피 침대에 누워도 라이트하우스만으로 갈 일을 생각하느라 한동안은 잠들지 못할 게 뻔했다.

이렇게도 깜깜한 밤을 나는 처음 본다. 웬들이 무척 좋아할 것이 분명하다. 집에서 올려다보던 하늘보다 별이 훨씬 많이 보인다. 마치 빙하 덩어리 하나가 깨어져 칠흑 같은 하늘에 얼음 조각으로 점점이 맺힌 것 같다. 나는 깜빡이지 않는 목성의 빛을 찾아 하늘을 둘러보았다. 별들이 빽빽한 하늘에서는 찾기 힘들뿐더러, 지금은 물론 웬들이 가르쳐 주었던 곳과는 다른 곳에 있을 것이다. 아니, 다른 곳에 있는 건 나라고 할 수도 있겠다. 그때 이후로 너무 많은 게 변했다. 이제 막 집을 떠나온 것처럼 느껴질 때도 있지만, 실은 하늘 위 행성들의 자리가 변할 만큼 나는 오래 떠나 있었다. 동시에 아무것도 안 변하기도 했다. 내가 찾으러 온 고래와 나는 여전히 이렇게 멀리 떨어져 있다.

여기로 떠나오지 않았더라면, 지금쯤 나는 웬들네 집 발코니에 나가 함께 목성을 바라보고 있었을지도 몰랐다.

그때 목성이 보였다. 마치 웬들이 곁에 앉아 나에게 가리키기라도 한 것처럼 먼 왼쪽 하늘에서 뚜렷하게 보였다. 보통 이때쯤이면 침대에서 잠들어 있을 테지만, 어쩌면 이 순간 웬들도 목성을 보고 있을지 모른다고 생각하니 좋았다.

다시 인터넷에 접속할 계획은 없었는데 메일을 딱 한 통만 더 보내기로 했다.

웬들에게

네 생각이 나던 참이야. 내가 이 계획을 성공시킬 확률이 워낙 '천문학적'이라서 말이야. 하하, 내 농담 이해했어?

네가 찾고 싶어 하는 그 행성 말이야. 수백만 년 전에 태양계에서 쫓겨났다고 했지? 그런데 너는 어떻게 그 행성을 아는 거야? 꼭 너만이 아니라, 그토록 한참 전에 그렇게 되었는데 어떻게 그 행성을 아는 사람이 있는 거야?

아무튼, 내가 그 행성하고 좀 비슷하다는 생각을 했어. 원래 가던 길이 있었는데, 갑자기 무언가가 나를 밀쳐 새로운 길에 올려놓은 거야. 난 아직도 그 길을 가고 있어.

아이리스

배가 올리버곶의 부두에 도착했고, 베니가 우리를 출구까지 배웅했다. 할머니와 나는 각자 작은 가방에 짐을 챙겼다. 오후의 유람선 출발 시간까지 돌아오지 못할 경우를 대비해 옷가지와 칫

솔을 넣었다. 일단은 배에 두고 가지만 나머지 짐도 큰 여행 가방에 다 싸 두었다. 만약 우리가 이 유람선의 종착지인 샌프란시스코에서 다시 배에 타 짐을 찾아야 한다면 들고 나오기만 하면 되도록 말이다. 객실을 떠나기 전, 나의 종이 고래를 청바지 앞주머니에 넣었다. 행운을 위해.

나는 시간 내에 이 항구로 돌아와 다시 유람선에 탈 수 있기를 바란다. 아직은 베니와 헤어질 준비가 되지 않았기 때문이다. 하지만 어쨌든 가야 한다. 고래 한 마리가 나를 그 유람선 밖으로, 태평양 해안으로 끌어당기고 있다. 나는 베니에게 "고마워"라고 말했다. 포옹하면서 베니가 빌려준 스카프를 아직 두르고 있다는 것을 깨달은 나는 "네 거야"라고 하고는 스카프를 풀려고 했다. 그러자 베니가 고개를 젓더니 스카프를 푸는 내 손을 잡아 멈춘 다음 "네 거야"라고 했다. 그러고는 수첩에다 이렇게 휘갈겨 써서 내게 주었다.

― 행운을 빌어. 앞으로 남은 일이 어떻게 되건, 너는 이미 멋진 노래를 만들었어.

나는 베니 손을 꽉 쥐었다. 할머니와 나는 출구로 나와, 배에서 부두로 이어지는 다리를 걸었다.

유람선에서 기차까지 가는 법을 베니가 이미 알려 주었고, 우리는 이내 그 길을 알리는 표지판뿐 아니라 뒤따라가면 되는 군중도 찾았다. 같은 유람선에 탔던 많은 승객이 그 기차를 타러 가고 있었기 때문이다.

몇 블록쯤 걸었을 때 아주 커다란 까만 기차가 엔진에서 증기를 뿜으면서 철로에 서 있는 게 보였다. 내가 평소에 보는 기차와는 아주 다른, 흑백영화에 나올 법한 옛날식 탈것이다. 파란 양복에 승무원 모자를 쓴 남자가 기차 밖에 서서, 기차에 오르는 모두에게 손을 흔들고 있다.

할머니가 그에게 기차표를 보여 주었고, 우리는 기차 머리 쪽에서 우리 자리를 찾았다. 목적지에 얼마나 가까워졌는지를 거의 믿기 힘들 지경이다. 정말이지 거의 다 왔다.

탑승이 끝나기를 기다리는 시간이 얼마나 길게 느껴지는지, 블루55가 그 바다를 떠나기 전에 한시라도 빨리 출발하고 싶었다. 어쩌면 벌써 왔다 간 것은 아닐까? 그걸 확인하기가 두렵지만 아직도 우리가 거기 갈 이유가 있는지를 알아야 할 것 같았다.

고래들이 아주 멀리서도 소리를 듣는다는 사실을 되새겼다. 설사 블루55가 이미 그 해양 보호 구역 앞바다를 떠났다 해도 그렇게까지 멀리 가진 않았을 것이고, 떠났어도 나는 그 노래를 틀 것이다. 블루55는 적어도 그 노래가 들리는 거리에 있을 것이고, 세상 누군가가 자기 노래에 응답했다는 것을 알 것이다. 어떻게 되건 난 내가 만든 노래를 틀 것이고 블루55는 그걸 들을 것이다. 그걸 아는데도 왜 마음이 편해지지 않을까?

블루55는 내 라디오가 아니라던 오빠 말이 생각난다. 혹시 이 모든 게 블루55를 위한 일이라는 내 생각은 착각일까? 오빠는 내가 내 마음 편해지고 싶어 이러는 거라고, 그 고래를 고치려 드는 것이라고 생각한다.

아니, 그건 아니다. 누구도 못 알아듣는 노래를 부르지만 블루55는 고쳐야 하는 존재가 아니다. 내가 고쳐질 필요가 없는 것과 마찬가지다. 나는 의심을 밀어내 버렸다. 당연히 나는 블루55를 위해서 이 일을 하는 것이라고.

휴대전화를 꺼냈는데 배터리가 별로 없다. 어젯밤 스피커를 한 번 더 시험한 다음 충전기에 옮겨 꽂지 않고 그대로 자 버린 것이다. 여기까지 와 놓고 죽은 전화기 때문에 일을 망친다면, 나는 그 사실을 극복하지 못할 것이다.

얼마나 남았는지 모를 전화기의 수명을 아끼려, 할머니의 전화기를 빌려 블루55의 위치를 확인했다. 파란색 점이 바로 라이트하우스만 근처에서 깜박거리고 있다. 블루55의 노래가 마지막으로 녹음된 시점은 겨우 한 시간 전이다. 이대로만 계속 헤엄친다면 블루55는 곧 그곳에 도착한다. 하지만 거기 머물까? 나는 블루55를 만날 가능성을 말 그대로 분 단위로 점치고 있다.

새로 올라온 소식이 있을까 싶어서 라이트하우스만 해양 보호 구역 웹사이트에 접속하는데 한쪽 다리가 달달 떨렸다. 특별히 변경된 것은 없고, 다만 '드디어 오늘!'이라는 글이 올라와 있었다. 곧 배를 타고 블루55에게 추적 장치를 붙이러 갈 것이라는 내용이었다.

나는 할머니에게 전화기를 돌려주기 전에 마지막으로 메일함을 확인했고 새 메일이 와 있었다. 내가 보낸 메일에 웬들이 답장한 것이다.

아이리스,

그 거대한 행성이 원래 거기에 있었다는 걸 과학자들이 어떻게 알게 되었느냐 하면, 그 행성이 주변 모든 것에 영향을 미쳤거든. 그러니까, 그렇게 커다란 무언가가 끌어당기는 힘이 없었더라면 다른 행성들과 그 위성들의 궤도가 지금과 달랐을 거란 얘기야. 우리의 태양계 전체가 달랐을 거야. 그날 네가 우리 집에 왔을 때 우리가 목성을 보지도 못했을 거고. 목성은 하늘의 다른 부분에 있었을 테니까. 이미 오래전에 떠나서 이젠 아주 멀리 있는데도 그 행성은 여전히 한때 우주 공간을 같이 썼던 행성들에게 영향을 미치고 있는 거야.

얼른 돌아와, 아이리스. 네가 없으니까 여기는 전과 같지 않아.

웬들

기차가 잠시 떨리다가 앞으로 휘청하며 출발했고, 오리건주 해안을 따라 놓인 철도 위에서 천천히 속도를 높였다. 나는 두 손을 얹어 놓고 손가락 끝으로 허벅지를 두드렸다. 이제 다 왔다. 이 여정이 거의 막바지에 이른 것이다. 얼마 후 기차가 반환점에 멈추면, 우리는 거기서 셔틀버스로 단 10분 만에 해양 보호 구역에 도착할 것이다.

나는 블루55가 그 앞바다에 올 수도 있고 안 올 수도 있다는 걸 기억하려 애썼다. 어찌 되건 그냥 가 보는 수밖에 없는 것이다.

그래도 긴장이 풀리지 않았다. 나는 기차가 향하는 쪽의 풍경에서 계속 눈을 떼지 않고서 기차역처럼 보이는 것이 어서 나타나기만 바랐다. 할머니가 떨고 있는 내 한쪽 다리 위에 손을 얹었다. 나는 바깥을 더 잘 보려고, 그리고 가만있지 못하는 두 다리에 할 일을 만들어 주려고 일어서서 엔진과 가장 가까운 객차로 갔다.

언덕을 올라간 기차가 꼭대기를 돌 때 나무로 된 건물이 내 눈에 들어왔다. 카키색 셔츠와 바지를 입은 남자가 그 앞에서 팔을 흔들었고, 기차는 점점 느려지다 멈추었다.

기차에서 내린 후, 할머니가 그 남자에게 셔틀버스 타는 곳을 물어보았다. 우리는 그가 가리킨 쪽으로 길을 따라갔다.

마침내 우린 여기까지 왔다. 할머니가 내 손을 잡고는 조금 뛰기까지 했다, 웃음을 터뜨리면서. 나를 이 여행에 데려와 준 할머니에게 고마움을 전할 방법을 생각해 내야 한다. 할머니 없이는 그 어떤 일도 일어날 수 없었다.

가게와 식당이 늘어선 길에 다다랐을 때, 어떤 기둥에 달린 파란 표지판이 셔틀버스 정류장 방향을 가리켰다. 잠깐 달린 탓에 할머니가 숨이 차, 우린 그때부터 다시 걷기 시작했다.

우리가 길모퉁이를 돌아 정류장을 발견했을 때, 셔틀버스가 다른 모퉁이를 돌아 떠나 버렸다. 나는 정류장 벤치로 달려가서 그 옆에 있는 안내판을 읽었다. '셔틀버스 정류장. 20분마다 정차.'

20분이나 더 기다려야 하다니. 그 후로도 버스로 10분을 가야 한다. 그때쯤이면 블루55는 이미 추적 장치를 달고 이 바다에서 멀어지고 있을지도 모른다. 떠난 기차가 될지도 모른다.

나는 어디서 셔틀버스 지도가 나타나기라도 할 것처럼 황급히 주변을 둘러보았다. 어디 가게에라도 물어보면 버스가 다니는 경로를 알 수 있을지도 모른다. 그래서 내가 다음 정류장으로 달려갈 수 있을지도 모른다.

할머니가 우리 앞쪽을 가리켰다가 다시 오른쪽을 가리키고 말했다.

"시간 맞게 갈 수 있어."

"어떻게요? 어디로요?"

"나하고는 해양 보호 구역에서 이따가 만나자. 너는 달려서 가, 그 고래한테."

41

가게와 음식점과 관광객들 사이를 이리저리 지나며 나는 올리버 곶의 번화가를 달음박질했다. 벽돌로 된 어느 작은 도서관 벽에 기대어 숨을 고르며 나는 블루55의 위치를 한 번 더 확인했다.

전화기 화면에 배터리 수명이 가느다란 빨간 줄 하나로 떠 있다. 담임이 그은 빨간 줄처럼 이건 모든 것을 망칠 수 있다. 블루 55가 떠나 버리기 전에 어떻게든 거기 도착하더라도 노래를 틀어 주지 못할 수도 있는 것이다. 고작 전화기 충전하는 걸 까먹는 바람에 내가 지금까지 한 일과 좁혀 놓은 거리가 물거품이 될 수도 있다니. 그렇게 된다면 나는 나를 용서하지 못할 것이다.

지금은 방법이 없다. 그냥 가서 어떻게 되는지 보는 수밖에. 그 때까진 얼마든 남은 배터리를 아껴야 한다. 두꺼운 티 주머니에 전화기를 집어넣고, 나는 가야 할 방향을 찾으려 제자리에서 빙 돌았다. 할머니가 셔틀버스 정류장에서 가리킨 방향으로 뛰어왔는데, 정면에 건물들이 있어 더는 직진할 수 없다. 큰길은 사선으로 나 있어 내가 맞는 방향으로 가게 되는지 아니면 왔던 방향으로 돌아가게 되는지 알 수가 없다.

나는 베니가 보여 준 지도를 머릿속에 떠올리며 이쪽이다 싶은 방향으로 다시 뛰기 시작했다. 해안을 따라 남쪽으로 가야 해양 보호 구역이 나온다는 것 정도는 안다. 그런데 마침내 바닷가에 이르고 보니, 기준이 되는 철로가 더는 보이지 않는다. 짐작대로 뛰었다가 틀린 방향이면 어떡하지? 틀린 방향이란 걸 깨달을 무렵이면 블루55에게서 더 멀어져 있을 텐데. 나는 블루55가 길을 보여 주기라도 바라는 심정으로 목걸이 나침반에 새겨진 고래를 만졌다.

그러다 퍼뜩 이마를 쳤다. 필요한 것이 바로 내 목에 걸려 있잖아. 스스로도 어이가 없어 웃으면서 목걸이를 풀고 나침반을 열었다. 지금도 작동된다는 거너 아저씨의 말이 맞았다. 나는 이제 수백 년 동안 사람들이 해 온 방식으로 길을 찾으면 된다. 나침반 바늘로 북쪽을 파악했다. 그리고 북쪽을 등지도록 선 다음, 나는 내달렸다.

마침내 내가 라이트하우스만 해양 보호 구역에 가까워졌다는 걸, 나는 지도나 나침반 없이도 알 수 있었다. 나침반을 웃옷 주머니에 전화기와 같이 넣어 두고, 나는 등대의 빨간 지붕을 향해서 달렸다.

블루55를 찾아 나서는 배가 출발하기 전에 내가 도착한다면 나는 그 노래를 트는 쪽으로 그 사람들을 설득해 볼 것이다. 그 노래도 직접 들려주고 스피커를 물에 던지기만 하면 되니 얼마나 쉬운 일인지도 보여 줄 것이다. 블루55의 소리를 듣는 데 방해되지 않도록 다른 작업이 다 끝난 후에 틀어도 좋다고 하고, 내가 그 보트에 타지 못해도 괜찮다고 할 것이다. 나는 건물 안에서 영상으로 현장을 보면서 기다리면 된다고. 아니면 앞바다를 헤엄치는 블루55를 멀리서나마 볼 수 있게 밖에 서 있을 것이라고. 중요한 것은 블루55를 위해 만든 노래를 블루55가 듣는 것이라고.

바다에 주황색 보트가 떠 있다. 작년에 앤디가 블루55에게 추적 장치를 붙이려 하던 영상에서 본 것과 비슷하다. 그리고 내 앞엔 갤버스턴 항구에서 본 것처럼 양쪽에 커다란 바위들이 있는 방파제가 있다. 그 방파제 둑길이 바다를 가로지르며 뻗어 있다.

나는 몇 걸음 나아가다가 걸음을 늦추었다. 바닷물과 해조로 미끌거리는 둑길로 바위에 부서진 파도가 튀어 올랐다. 두 번이나 넘어져 가며 나는 방파제 끝을 향해 나아갔다. 내 왼쪽 앞에 보이는 주황색 보트가 해양 보호 구역의 건물을 향해 오고 있다. 블루55가 근처에 있는 걸까? 아니면 저들은 추적 장치 붙이기에 또 실패하고 돌아오는 것일까? 아니면 이미 성공한 것인지도 모른다. 충분히 가까워지면 나는 팔을 흔들어 멈추라고 신호할 것이다. 나는 껴입은 웃옷을 벗어 배낭과 함께 둑길 바닥에 두었다. 뜀박질한 몸을 식혀야 했다.

보트가 더 가까워졌을 때 나는 손을 흔들기 시작했다. 그러나 이내 손을 내렸다. 앤디와 보트를 운전하는 남자, 둘 다 싱글벙글하고 있다. 앤디가 든 긴 막대 끝엔 추적 장치가 이미 없다. 남자는 타륜에서 한 손을 들어 앤디와 손뼉을 마주 친다.

두 사람은 자축하고 있는 것이다. 추적 장치를 붙이는 데 성공한 것이다. 그 고래에게, 내가 여기 서 있는 이유인 블루55에게. 그러니까 내가 집을 떠나 하늘을 날고 바다를 건너고 기차를 타고 뜀박질을 하여 만나러 온 블루55가 이미 떠나 버린 것이다.

앤디와 팀원들의 성공을 같이 기뻐하려고도 해 보았다. 그들은 해냈으니까. 하지만 도무지 기쁜 마음이 들지 않았다, 아직까지는. 이 여정에 나선 후 처음으로, 나는 울었다. 한 가지 이유로 우는 울음이 아니라 그때까지의 슬프거나 불공평한 모든 일들이 다시 떠오르는 종류의 울음이었다.

한 번도 만나 본 적 없는 존재라도 그리워할 수 있다. 내가 이 먼 길을 온 것은 내가 혼자라고 느꼈기 때문이고 블루55도 그러리라고, 많은 존재들 속에서도 혼자일 것이라고 생각했기 때문이다. 그런데 이제 블루55는 내게서 멀어져 가고 있다. 나는 완전히 혼자가 되어, 차갑게 젖어 버린 옷을 입고 이 방파제에 서 있는데. 피오르 관광 때 선장이 한 말이 생각난다. '때로 우리는 포기해야 할 때라는 것을 알고 돌아서야 합니다.'

나는 고개를 젓고 얼굴을 닦았다. 아니다, 이것이 끝일 리 없다. 나는 아직 포기할 준비가 되지 않았다. 수십 년간 아무 응답도 받지 못한 블루55도 노래하기를 포기하지 않았다. 포기했더라면 나는 블루55의 존재도 몰랐을 것이다. 유람선에 오르지도 않았을 것이다.

분명 뭔가 더 할 수 있는 일이 있을 것이다. 내가 붙들 수 있는 희망이 있을 것이다.

블루55는 아직 그리 멀리 있지 않다. 내가 가까이서 볼 수는 없게 됐지만, 이건 블루55를 위한 일 아니었나? 어쩌면 오빠 말이 처음부터 옳았는지도, 나는 정말 나를 위해 이 일을 했는지도 모른다. 외로운 것은 나이고, 나는 그 고래가 내게 귀 기울여 주기를 바랐는지도 모른다. 하지만 이 순간에 나는 오직 블루55에게 알려주고 싶을 뿐이다, 내가 네 노래를 듣고 있다는 걸, 네 노래가 누군가에게 닿았다는 걸. 똑같지는 않겠지만 블루55의 노래와 닮게 하려고 최선을 다해 만든 노래가 있다. 이 노래 속 단 몇 개의 음이라도 블루55의 가슴에 닿는다면 내가 한 모든 일은 의미 있을 것이다. 제 노래와 닮은 노래가 들려오는 곳이 바닷속에 적어도 한 곳은 있다는 것을 내가 블루55에게 알려줄 것이다.

어디에 있건 블루55는 아직 이 노래가 들리는 거리에 있을 것이다. 나는 보온병 방수 스피커를 배낭에서 꺼내어 내 전화기에 꽂았다. 전화기의 빨간 배터리 선이 머리카락보다 가늘어 보였다. 얼마 동안일지는 몰라도 전화기가 살아 있는 동안 바닷속에 그 노래가 퍼지도록 나는 그 스피커를 바닷속으로 던졌다.

멀리서 아주 잠깐이라도 블루55를 볼 수 있다면, 내 마음에 남을 것이다. 훨씬 많은 걸 바라고 왔지만, 적어도 그것 하나는 얻어 갈 것이다. 잠깐이라도 내가 블루55의 등을, 꼬리를, 아니면 숨결이라도 볼 수 있다면 그건 내 손바닥에 닿는 라디오 잡음과 같을 것이다. 블루55의 노래가 흐르진 않아도, 나는 내가 아주 가까이 왔다는 것을 알 것이다.

나는 바다의 사방을 정신없이 둘러보았다. 평평하고 움직임이 없는, 고요할 것이 분명한 바다였다. 내게 널 좀 보여 줘. 이 모든 게 의미 없는 일이 아니었다는 걸 알려 줘.

아니, 의미 없진 않았다. 청바지 주머니 속에 손을 넣으니 나의 종이 고래가 만져진다. 적어도 난 우리 할머니를 바다로 데려왔고, 바다가 할머니 영혼의 비 오는 11월을 씻어 냈다. 할머니는 자신의 슬픔 속을 여행하다 나오는 길을 찾았다. 결코 한곳에 머무르는 데 만족하지 못하고, 내게 고래의 이름을 붙여 줘야 한다는 것을 단번에 알았던, 이상하고 웃긴 나의 할머니. 할머니는 결코 평범한 할머니가 되지 못할 것이다. 우리의 손을 잡아다 모험으로 끌고 가는 사람, 빙하 속의 공기 방울들처럼 자유롭게 터져 나와야만 하는 사람이다. 할아버지가 떠난 후의 삶은 결코 전과 같지 않겠지만 우리는 괜찮을 것이다. 할머니도 이제 그것을 안다.

그리고 나는 좋은 친구도 사귀었다. 유람선이 항구를 떠나기 전에 세이렌 호로 돌아갈 수 있었으면, 그래서 베니와 좀 더 많은 시간을 보낼 수 있었으면 좋겠다.

나는 결국 이 고래를 놓쳤다. 그 이름을 처음 알고부터 만난 적 없어도 안다고 느꼈던 이 고래를 나는 끝내 만나지 못했다. 누가 자신에 대해 그렇게 느낀다는 사실을 이 고래는 결코 모를 것이다. 아마 그 고래는 어차피 이해하지 못했을 테지만, 그래도 내가 말해 줄 수 있었다면 좋았을 텐데.

미안해. 내가 할 수 있는 일은 다 했어. 나 여기 왔어.

그런데 그때, 눈앞의 바다에서 회청색 고래 한 마리가 내게로 헤엄쳐 오고 있었다. 어쩌면 다른 고래일 수도 있었다. 내가 선 둑 길에서는 전혀 알 수가 없었다.

하지만 그때 그 고래의 분수공에서 물이 뿜어져 나왔고, 그 고래의 등이 둥글게 수면 위로 솟았다. 초승달 모양의 등지느러미도, 뒤따라 넓적한 꼬리도 솟았다.

저기 내뿜었다.

그리고, 나는 뛰어올랐다.

42

바닷속으로 다이빙하자 차가운 물에 얼굴이 베인 듯 시렸다. 나는 블루55의 분수공에서 물이 솟은 지점까지 가는 것을 목표로, 할 수 있는 한 오래 잠수한 채 물을 헤치고 나아갔다.

내 폐가 공기를 좀 달라고 비명을 지를 때에야 나는 아주 잠깐 물 위로 고개를 내밀었고, 다시는 숨 쉴 기회가 또 없을 사람처럼 한껏 공기를 들이쉰 다음 다시 물 밑으로 고개를 넣었다. 그리고 눈을 부릅뜬 채 블루55를 찾아 주변 바닷속을 훑어보았다.

앞쪽의 점점 커지는 그늘을 향해 나는 멈추지 않고 물을 찼고 마침내 내 앞에 그 고래가 있었다.

내가 계획한 방식대로는 아니지만, 나는 정말로 블루55 앞에 다다랐다. 내가 본 어떤 사진도 이렇게 가까이서 보는 모습에 비할 수 없었다. 화면 속 영상이나 내 벽 위의 사진에서는 블루55가 이렇게 진짜 같지 않았다. 바닷속에 뜬 채로, 나는 이 거대한 동물에게 달린 것이라고는 믿기 힘들 만큼 작은 그 까만 한쪽 눈을 바라보았다. 내 손바닥보다도 크지 않다. 하지만 그 깊은 눈 속을 가

만히 들여다보고 있으려니, 마치 블루55가 지금까지 자신이 느끼고 본 모든 것을 내게 전해 주는 것만 같다.

블루55도 나를 마주 응시한다. 알아보는 걸까? 통한다는 느낌이 있을까? 내가 자신을 만나러 그렇게 먼 길을 왔다는 것을 조금이라도 알까?

더는 그게 중요하지 않다. 우리가 여기에 있다, 함께. 내가 블루55를 찾았다. 자신이 내게 어떤 의미인지를 블루55는 결코 모를 테지만, 괜찮다. 나는 블루55의 언어를 모르고, 블루55는 고쳐질 필요가 없다. 그는 자신의 노래를 부르는 고래다.

우리는 서로를 관찰하면서 빙글빙글 돌았다. 나는 숨이 차올라 물 위로 고개를 내밀었다. 해양 보호 구역 사람들의 주황색 보트가 우리 쪽으로 오고 있다. 나는 곧 그 보트에 올라야 한다. 하지만 내가 이렇게 오랫동안 쫓아온 고래를 떠날 준비가 아직 되지 않았다.

블루55는 아마 앞으로 20분 정도는 숨을 쉴 필요가 없을 것이다. 내가 수면 위로 올라갈 때마다 블루55는 내 주위를 맴돌면서 기다린다. 우리는 거의 닿을 수 있을 만큼 가깝지만, 어쩌면 블루55는 어느 정도의 거리를 유지하고 싶어 하는지도 모른다. 내게서 멀어지진 않는다. 그저 계속 나와 눈을 마주치면서 내 주위를 미끄러지듯 움직인다. 나는 한 손을 뻗었다. 바닷속은 이 고래의 집이고 내가 손님이다. 6,400킬로미터가 넘는 거리를 내가 왔으니 우리 사이에 남은 몇 미터의 거리는 블루55의 몫이다.

블루55가 조금씩 조금씩 거리를 좁히며 떠왔고, 마침내 뻗은 내 손끝에 블루55의 얼굴이 스쳤다. 나는 손을 펼쳐 블루55의 몸을, 짙은 회청색 가죽을 살며시 쓸었다. 부모는 블루55에게 자신들의 색깔을 물려주었지만, 둘 중 어느 쪽도 언어를 물려주진 않았다. 그래서 블루55는 자신의 언어를 만들었다.

그리고 나는 나의 언어를 블루55와 잠시 나누기로 한다. 나는 한 손을 블루55의 옆에 얹고 그의 이름을 살며시 두드렸다.

55, 55, 55.

너는 한 편의 시야. 알고 있었니?

그때 새로운 시 한 편이 내게로 왔다. 마치 할아버지가 내 곁에서 함께 그 수어 시를 쓰는 것처럼 쉽게. 5라고 하느라 쫙 펼쳐서 벌렸던 두 손의 손가락 사이를 붙였다. 바다의 파도와 음악을 표현하기에 좋은 손 모양이 되도록.

너의 음악이 바다를 항해하고
땅을 나아가
나를 여기로 데려왔어.
너의 노래를 부르렴.

나는 이 시를 절대 글로 적지 않을 것이다. 이 시는 이 고래의 것이다. 내가 이 바다에 남겨 두고 가는 이 시는 이 고래의 위와 아래와 둘레의 공간에서 살 것이다.

©김주환

43

애써 잊으려 했던 시절이 그에게 떠올랐다. 외로움을 알기 전의 나날들이 말이다.

그토록 듣고 싶었던 노래가, 바다 곳곳에서 그토록 찾아 헤맸던 노래가 바로 여기에 있었다. 자신의 소리를 닮은 소리들이 그를 둘러싼 바닷물 속에 퍼졌다. 여기는 그가 잘 모르는 곳이다. 하지만 이곳의 느낌, 꼭 옛날의 기억 속과 같은 그 느낌 때문에, 그는 마치 집에 온 것 같은 기분이 든다.

바다 깊이 내려갔다가 다시 올라온 그는 지금까지 만들었다가 파도에 내버렸던 모든 노래를 다시 모았다. 그리고 그 모든 노래들을 이 순간 불렀다. 우렁찬 그 소리가 넓은 바닷속을 헤치고 퍼져 나갔다.

외치며 찾았던 긴 세월 끝에, 외로웠던 긴 나날들 끝에, 누구도 듣지 않고 누구도 응답하지 않던 수많은 노래들 끝에 어쩌면, 마침내, 누군가가 자신의 노래를 듣고 있는지도 모른다고 그 고래는 생각했다.

44

충분히 크기만 하다면 소리는 무엇이든 움직일 수 있다.

블루55가 커다랗게 부르는 노래가 나를 어찌나 강하게 통과하는지 내 몸이 마치 커다란 라디오 스피커처럼 떨린다. 세상에 있는 소리 중에 가장 아름다운 소리가 분명하다. 아무런 소리도 들어 본 적 없는 내가 그걸 알 수 있다. 나는 블루55에게 노래를 만들어 주었고, 블루55는 곧바로 자신의 노래로 답하고 있다. 내가 여기 영원히 머무를 수 있었으면 좋겠다. 이 음악의 파동을 언제나 느낄 수 있는 곳에.

내가 그곳을 떠날 이유는 추위, 그리고 공기 부족뿐이었다. 블루55의 노래가 여전히 바닷속을 진동시키는 동안 나는 숨을 쉬러 수면으로 올라갔다. 블루55는 내게로 다가와 괜찮은지를 확인하듯 내 옆구리를 살며시 스쳤다.

우리는 함께 수면으로 올라온 다음 보트를 향해 헤엄쳤다. 나는 한 손을 들어 흔들었다.

앤디가 보트 앞쪽에 서 있었다. 보트 운전사에게 무어라고 말하면서 손가락으로 나를 가리켰다. 그리고 나를 바라보는 앤디의 입이 이런 모양으로 움직였다.

"아이리스?"

나는 고개를 끄덕이고 오들오들 떨면서도 미소를 지었다. 보트 위 남자가 내게 구명구를 던져 주었다. 그들이 나를 끌어당기도록 그것을 잡기 전에 나는 한쪽 손바닥을 블루55의 얼굴에 갖다 대고 작별 인사를 했다.

계속 노래해, 블루55.

보트가 해양 보호 구역 건물 쪽으로 다가갈 때 나는 차가운 물 때문에 내 뇌가 얼어 버린 모양이라고 생각했다. 부두에서 기다리고 있는 사람들이 우리 엄마 아빠처럼 보였기 때문이다.

몸이 꽁꽁 얼어 있기는 해도, 내가 환영을 보는 것은 아니었다. 엄마 아빠가 정말로 서로에게 팔을 두르고는 해양 보호 구역 앞의 부두에 서 있었다. 할머니도 함께였다. 내가 받을 '심각한 벌'이 무엇인지를 아주 길게 듣게 되리라 마음의 준비를 했지만 엄마 아빠는 그런 말을 하지 않았다. 조만간 할 것은 확실했지만, 일단은 아껴 두는 모양이었다. 나를 먼저 포옹한 것은 아빠였다.

아빠가 포옹을 풀자, 나는 아빠가 나를 볼 수 있도록 한 걸음 물러났다. 내가 떨리는 손으로 말했다.

"떠난 배 아니었어."

"떠난 기차가 아니었겠지."

아빠가 답했다. 아빠는 자신의 외투를 내게 걸쳐 주고는 건물 안으로 이끌었다. 나는 말했다.

"미안해, 전부. 나 평생 외출 금지야?"

아빠가 고개를 끄덕이고 말했다.

"더 오랫동안일 수도 있어."

그래도 전혀 후회가 없다.

'첨벙 소리를 내다'Make a splash는 이번에 내가 좀 더 잘 이해하게 된 또 하나의 영어 비유다. 보통 '강한 인상을 주고 크게 주목받다'라는 뜻이다. 다행히도 내가 물속으로 뛰어들면서 첨벙 소리를 낸 모양이고, 덕분에 근처 부두에 있던 남자가 날 봤다고 한다. 그가 보트 위의 앤디에게 손을 저어 신호를 보내고는 내가 빠진 쪽을 가리켰다. 그런 기억은 없는데 그때 내가 물로 뛰어들며 소리도 질렀다고 한다.

내가 엄마에게 보낸 답장에서 이 여행이 할머니 탓이 아니라고 쓴 것을 보고 엄마 아빠는 내가 그 고래를 찾아 떠난 걸 짐작했다고 한다. 알래스카에서 내가 보낸 엽서는 더 큰 실마리였고 말이다. 그 후 두 사람이 내가 있는 곳을 찾아내는 데 필요했던 건 인터넷에서 블루55의 소식을 검색하는 게 다였다. 두 사람은 오리건주까지 비행기를 타고 왔고 거기서부터 차로 라이트하우스만에 와서 앤디를 만났다.

내가 무슨 벌을 받을지는 집에 가서 알게 될 것이다. 지금 엄마 아빠는 그저 나를 보고 싶고 내가 무사하다는 것을 확인하고 싶을 뿐이니까. 그리고 난 무사하다. 할머니와 나는 유람선으로 돌아가서 여행을 끝까지 마친 다음 둘이서 비행기를 타고 집으로 돌아가기로 했다. 다른 길로 새지 않겠다고 우린 맹세했다.

엄마는 그다지 많은 말을 하지 않았다. 대체로 그저 나를 안고 있었다. 가끔씩 물러나서는 내 젖은 머리카락을 넘겨 주고 마치 내가 진짜로 곁에 있는지 확인하듯이 보다가, 다시는 놓아 주지 않을 것처럼 또 안았다. 나는 그게 그리 싫지 않다는 뜻으로 엄마를 마주 안았다.

앤디가 내게 따뜻한 초콜릿 차를 한 잔 더 가져다주었다. 그것과 더불어 아빠의 외투와 이곳 직원들이 준 담요 덕분에 내 몸이 녹았다. 젖은 옷이 마를 때까지 나는 해양 보호 구역 티셔츠와 방파제에서 찾아온 배낭 속 잠옷 바지로 갈아입고 있었다.

앤디는 라이트하우스만 해양 보호 구역이 자신의 직장이 아닌데도 이메일에서 약속했듯 그곳을 구경시켜 주었다. 직원들의 허락 아래 나를 데리고 돌아다니며 곳곳을 보여 주고 내가 홈페이지에서 본 모든 동물들을 소개시켜 주었다. 함께 어느 사무실에 들어가니 여러 대의 컴퓨터 모니터에 위아래로 움직이는 물결선 그래프들이 떠 있었다. 내가 고래의 노래에 관한 자료를 찾을 때 보았던 그래프와 비슷했다. 앤디가 각각의 이름표를 가리키며, 그 고래들의 노래를 어느 곳의 수중 청음기가 포착했는지 알려 주었다. 그중 마지막 그래프는 '55헤르츠'라고 적힌 직선 주변을 오르락내리락하고 있었다. 블루55의 그래프였다, 지금 노래하고 있는.

앤디가 우리 사이에 메모지를 놓고는 적었다.

― 커서 무슨 일 할지 생각해 봤어?

나는 어깨를 으쓱했다. 전자 기기와 관련된 일을 할 것이라고 늘 짐작했지만 정확히 무엇이 되고 싶은지, 직업으로서 매일 어떤 일을 하고 싶은지는 아직 알 수 없었다.

― 여기 이것들 말이야,

앤디가 컴퓨터 화면들을 손가락으로 가리킨 다음 이어 썼다.

— 그리고 네가 블루55의 노래와 관련해 한 일들은 음향 생물학이라는 분야의 일이야. 동물이 의사소통할 때 내는 소리를 연구하는 분야지.

소리에 관한 일, 동시에 고래에 관한 일이다. 할 수 있을 것이다. 내가 자료를 찾을 때 보았던, 고래의 노래를 연구해 고래 이동 지도를 만들었다는 과학자들처럼 말이다. 나는 이 고래의 노래를 배웠고, 다른 고래들의 노래도 배울 것이다.

— 넌 잘할 거야.

앤디는 이렇게 썼다가 줄을 그어 지우고 그 밑에 다시 썼다.

— 넌 이미 잘해.

라이트하우스만 해양 보호 구역을 떠나기 전에 아빠는 내 손을 잡고 창가에 서서 그 만을 헤엄쳐 다니는 블루55의 모습을 함께 바라보았다. 블루55는 이곳에 좀 더 머물 수도 있고, 곧 떠날 수도 있다. 겨울 동안에는 물이 더 따뜻한 곳에서 헤엄치다가 계절이 바뀌면 다시 이곳으로 돌아올지도 모른다. 자신의 노래가 들려온 곳으로 말이다. 그러면 블루55는 그 노래를 처음 들었을 때 자신과 함께 헤엄쳤던 여자아이를 떠올릴 것이다.

블루55와 그 어린 대왕고래 마라는 서로 소통하는 법을 터득할지도 모른다, 아주 조금은. 마라는 자랄수록 블루55의 어미와 점점 더 모습과 소리가 닮아 갈 것이다. 둘은 같은 언어를 쓰지는 않지만 가끔 어쩌다 둘 중 하나가 딱 적당한 무언가를 말할지도 모른다. 둘 사이에 그 정도는 가능할 것이다. 그리고 그것은 다시금 돌아올 이유로 충분할 것이다.

45

학교로 돌아와 내가 제일 먼저 한 일은 알라미야 선생님의 교실로 서둘러 가는 일이었다. 담임의 1교시 수업에 늦지 않으려면 빨리 다녀와야 하는데 복도에서 만난 아이들이 다들 내게 손을 흔들고 말을 걸고 해서 늦어졌다.

나를 보자마자 알라미야 선생님은 칠판에 무언가 쓰던 것을 멈추고 나를 꽉 안았다. 선생님에게 말하려고 했던 모든 것들이 내 머리에서 사라졌다. 선생님이 내게 해 준 일이 무엇인지를 어떻게 설명할 수 있을까? 선생님이 다큐멘터리를 보여 주지 않았더라면 나는 블루55를 몰랐을 것이다. 우리는 서로를 만나지 못했을 것이다. 블루55는 여전히 자신의 목소리를 듣는 이가 있다는 것을 모른 채 혼자 헤엄쳤을 것이다. 그리고 나도 내 목소리를 듣는 이가 있다는 것을 몰랐을 것이다.

― 수업 너무 많이 빠져서 죄송해요.

나는 칠판에 적었다.

― 진도 따라잡을게요. 그리고 저한테 블루55를 알려 주셔서 정말 감

사해요.

그러자 선생님이 적었다.

— 무사히 돌아와서 정말 기뻐. 네가 찾던 것을 찾았기를 바라.

나는 '네, 그 고래를 만나서 제가 만든 노래를 틀어 주었어요'라고 적으려다가 말았다. 그건 선생님이 이미 안다. 내가 어디에 다녀왔는지 이미 모두에게 소식이 퍼졌다. 그러니까 선생님이 말하는 '내가 찾던 것'이란 그 고래만이 아닌 것이다.

네, 찾았어요.

나는 선생님을 다시 한번 얼른 껴안은 다음 우리 반 교실로 달렸다.

교실로 미끄러져 들어오는 나에게 니나가 수어를 했다.

"돌아온 걸 환영해."

이번엔 그렇게 엉터리 수어가 아니다. 나는 간발의 차이로 수업 시작 전에 들어와 내 자리에 엉덩이를 붙였고, 찰스 선생님과 내가 동시에 머리카락을 집었다.

"머리카락 한 올 차이였네."

내가 없는 사이에 정말 많은 일들이 일어났지만, 역시 담임과 그 피클 씹은 표정만은 여전한 모습으로 나를 맞아 주었다.

담임은 각자 기말 과제를 하라고 했다. 그동안 밀린 것이 많은 내겐 그 시간이 필요했다. 몇 주 전에 비해 고래에 관해 훨씬 많은 것을 알게 되었으니, 보고서를 쓰는 것은 쉬우리라 생각했다. 그런데 하고 싶은 이야기가 너무 많다 보니 어디서부터 시작할지 정하기가 어려웠다. 나는 조사 내용을 쓰던 종이를 꺼내, 수라에게서 배운 고래의 거품 그물 사냥법에 관해 적어 넣었다.

먹이를 잡기 위한 고래들끼리의 의사소통에 관해 적으면서 나는 자꾸 할아버지가 떠올랐고, 그날 그 바닷가에서 할아버지가 내게 한 보리고래 이야기가 떠올랐다.

"고래는 소리 없이는 길을 찾아 나아갈 수 없어. ……하지만 우리는 다르지."

찰스 선생님이 내 책상을 살짝 두들겼다. 내가 고개를 들자 선생님이 말했다.

"고래를 생각하는 거야, 아니면 다른 걸 생각하는 거야?"

"둘 다요. 고래랑 우리 할아버지요."

찰스 선생님이 빙그레 웃었다.

"할아버지라면 무슨 말씀을 하셨을까? 네가 할머니와 다녀온 그 여행에 관해서 말이야."

집으로 돌아오는 비행기에서 할머니는 내게 브리지우드 진학에 관해 엄마와 상의하는 게 어떻겠느냐고 물었다. 나는 할머니가 왜 그때 그런 생각을 하는지 의아했다. 우리 여행과 무슨 상관이 있다고. 아무리 같은 언어를 쓰는 사람들이 있다 해도 새로운 학교, 새로운 사람들을 생각하면 나는 속이 울렁거린다.

할아버지는 내가 시간이 좀 걸리더라도 내 길을 찾을 것이라고 했다. 자신의 길을 찾는다는 게 지금까지 있던 곳에서 떠나야 한다는 뜻일 때도 있는 것 같다.

"그 고래를 위해 한 걸 너 자신을 위해서도 하라고요."

46

"책임감 있고말고. 아이리스가 한 그 많은 일들을 생각해 봐. 스스로 알아낸 그 많은 것들을!"

거실에서 할머니가 엄마와 이야기하고 있다. 내가 할머니에게 전화를 걸어, 비행기에서 나눈 이야기를 생각해 보았다고 했다. 나는 브리지우드에 다니고 싶다고 말이다. 내가 있는 위층 난간 사이로 엄마와 할머니의 대화가 내려다보인다.

"그래, 그런 식으로 떠나서는 안 되었던 건 맞아. 그런데 그 고래의 노래에 마음이 너무 움직였기 때문에 아이리스도 어쩔 수 없었던 거야."

할머니는 내 마음이 '움직였다'고 말할 때 한 장소에서 다른 장소로 옮겼다는 뜻의 수어를 쓰지 않았다.(그 노래가 나를 '옮겨' 놓기도 했지만 말이다.) 대신 손가락으로 자신의 심장 부근을 건드리는 수어를 썼다.

엄마가 할머니에게서 건네받은 티슈로 눈가를 훔치고는 이렇게 말했다.

"늘 나만 혼자인 기분이었어. 엄마 아빠가 서로 대화하는 방식을 볼 때. 아니면 농인 친구들과 서로 통하는 걸 볼 때. 지금 엄마와 아이리스가 서로 통하는 것처럼 말이야."

"미안하다. 우린 널 따돌리려고 했던 게 아니야. 마찬가지로 일부러 아이리스를 따돌리려는 사람도 없는걸. 그런데도 소외가 일어나고 있잖아."

"아이리스가 농인들과 항상 같이 있게 되면 난 아이리스를 잃게 될 거야. 그게 싫어. 아이리스한테 내가 필요 없을 거라고."

"아이리스에게는 앞으로도 계속 엄마가 필요해. 그 애는 매일 자기와 다른 말을 쓰는 사람들과 지내면서 힘들어하고 있어. 아이리스라고 그 고래가 매일 보고 싶지 않겠니? 그래도 그 고래를 끌고 와서 같이 살고 싶어 하는 게 아니라 저 사는 곳을 더 제 집처럼 느끼도록 도우려 했잖아."

엄마는 여기에 반박하지 않았다. 대화가 끝나 가는 것 같아 나는 난간에서 물러나 내 방으로 왔고, 몇 분 후 엄마가 왔다.

"할머니는 네가 브리지우드 다니고 싶어 한다고 생각하는데."

엄마는 조금 웃으려 노력하는 것 같다. 마치 '말도 안 되지 않아?'라고 덧붙이고 싶은 것처럼. 속이 메스꺼운 것처럼 보이기도 한다.

지금이 내가 뒷걸음질할 기회다. 그건 할머니 혼자 하는 말도 안 되는 생각이라고 해 버릴 기회. 이미 나는 엄마를 너무 아프게 했다.

하지만 그렇게 한다면 모든 것이 전으로 돌아갈 것이다. 찰스 선생님 말고는 누구와도 대화하지 못하고 학교생활을 하는 종일,

매일로 말이다. 아는 사람이 거의 없는 학교로 전학을 간다고 생각하면 두렵지만, 다가올 학교생활 몇 년도 지금까지와 같으리란 두려움보다 낫다. 블루55가 전엔 몰랐던 동물들이 가득한 라이트하우스만 해양 보호 구역에서 행복을 찾을 수 있다면, 나 역시 새로운 학교에서 행복할 수 있다.

나는 정리하는 척하던 부품들을 그대로 놓고 내 침대에 앉은 엄마 옆에 앉았다. 침대 머리맡 작은 탁자에는 그 바다에서 헤엄친 뒤 원래 모습을 많이 잃어버린 종이 고래가 앉아 있다. 내가 말리려고 펼쳐 놓았더니 할머니가 비행기에서 다시 접어 주었다. 할머니는 물이 빠지고 얼룩이 생기지 않은 종이로 새로 만들어 주겠다고도 했지만, 나는 할머니가 우리의 유람선에서 만들어 준 그것, 내가 블루55를 만날 때 함께 있었던 그것 그대로를 간직하고 싶었다.

숨을 한 번 깊이 쉰 후, 나는 엄마에게 말했다.

"맞아. 나 브리지우드 학교 다니고 싶어. 웬들처럼 다른 농인들과 어울려 지내고 싶어. 나와 같은 언어를 쓰는 사람들과 함께."

"내가 너랑 같은 언어를 쓰잖아."

"알아. 엄마가 수어를 해서 정말 좋아. 그리고 아빠가 수어를…… 뭐, 나름대로 하는 것도. 그렇지만 엄마 아빠는 자기 결정에 따라서 수어를 안 해도 돼. 농인들한테는 그렇지 않다는 걸 엄마도 알잖아. 지금처럼 완전히 혼자인 학교생활, 더는 못 하겠어."

"어려울 거야, 처음 만나는 사람들이 가득한 곳에서 새로 시작한다는 건."

"지금은 매일이 어려워."

엄마가 몸을 숙이고 두 손으로 자신의 머리를 받쳤고, 나는 몸을 기울여 한 팔을 엄마에게 둘렀다. 내가 엄마 다리를 두드리자 엄마가 다시 나를 쳐다보았다. 아래층 대화를 엿봤다는 걸 들킬지도 몰랐지만, 나는 말했다.

"엄마가 나를 잃는 일은 없어. 난 항상 내 엄마가 필요할 거야."

47

채팅창을 열어 보니 웬들이 접속해 있다고 뜬다. 나는 메시지를 입력했다.

— 얘기해 줄 게 있어. 맞혀 봐.

— 너 아프리카 여행에서 차 얻어 타고 치타랑 친구 먹었다는 얘기?

— 거의 비슷한데. 나 내년에 브리지우드 다녀.

— 야, 정말? 진짜 잘됐네! 엄마한테 드디어 이야기했구나.

— 응. 엄만 여전히 별로 안 좋아해. 그래도 그 학교 가는 거 동의해 줬어. 그런데 나 긴장돼. 그 학교에 아는 사람이 거의 없잖아.

— 그러게. 지금 다니는 학교에선 막 인기 짱이고 반장도 하고 그러는데 말이야.

나는 등받이에 몸을 기대며 웃었다. 지금 이 방에 있었다면 나는 웬들의 머리에다 베개를 던졌을 것이다.

— 그래서 외출 금지는 얼마 동안이야?

— 평생.

— 그래도 우리 집에 한번 들러도 되나 여쭤 봐. 우리 엄마가 너 돌아

온 걸 환영하는 의미로 같이 저녁 먹어도 좋겠다고 했거든. 아마 우리 엄마도 너 없는 동안 걱정해서 네가 보고 싶은가 봐.

— 알았어. 시도는 해 볼게. 가면 구경할 만한 멋진 행성이나 일식, 월식 같은 게 있으려나?

— 이번 주엔 없어. 그래도 멋진 내가 있잖아. 그러니까 어쨌든 오는 게 좋지.

— 충분히 솔깃해. 우리 엄마 아빠가 감시를 좀 풀어 주면 들를게.

오빠가 내 방에 들어왔을 때 나는 어느 라디오 속에 팔을 팔꿈치까지 집어넣은 상태였다.

"갈 준비는 됐어?"

"거의."

나는 가죽 장갑을 낀 두 손으로 말했다. 사실 이 라디오를 고치는 데는 시간이 좀 더 걸릴 것이고 필요한 부품 중에 아직 못 구한 것도 있다. 다 고치고 나면 나는 이 라디오를 거너 아저씨에게 돌려줄 것이다. 아마도.

오빠가 내 작업대를 함께 정돈하고 물건들을 치워 주었다. 제자리가 어딘지 다 모르는 오빠지만 나는 그냥 두었다. 오빠는 내가 가리킨 높은 선반의 빈 자리에 고치던 라디오도 올려 주었다. 라디오 수리는 내일 계속해도 된다. 지금은 할머니와 함께 바닷가에 나갈 시간이다.

할머니와 나는 모래언덕을 걸으며 보리고래 아이리스의 무덤에 선물할 들꽃을 꺾었다. 나는 할머니에게 블루55가 어떻게 지

내는지를 전해 주었다. 위치 어플리케이션에 따르면 블루55는 여전히 라이트하우스만 해양 보호 구역 주변에 머무르고 있다. 가끔씩 멀리 나갔다가 얼마 후에 돌아올 때도 있지만 말이다. 앤디는 내가 만든 노래를 라이트하우스만의 연구원들에게 전달했고, 그 노래에 대한 블루55의 반응을 보는 것이 흥미로울 것이라는 의견도 음향 생물학자들에게 전했다고 한다. 그리고 라이트하우스만 해양 보호 구역에서는 바닷속 스피커를 통해 이따금씩 블루55의 노래를 튼다. 블루55가 지나다니는 길에 있는 다른 해양 보호 구역들에서도 블루55가 가까이 오면 그 노래를 틀 것이라고 한다.

라이트하우스만 해양 보호 구역 웹사이트에 따르면 블루55는 그곳 바다 우리를 하나하나 다 방문했다고 한다. 그리고 때론 마라와 함께 헤엄친다. 블루55는 얼마나 오래 거기 머무를까? 해마다 그 해양 보호 구역으로 돌아올까? 알 수 없지만 앞으로 일어날 일들을 지켜보는 것은 흥미로울 것이다.

할머니가 내 한 손을 꽉 쥐었다가 놓았다.

"네가 좋은 일을 했어. 나랑 같이 그 모험에 나서 줘서 정말 고맙다. 나한테 딱 필요한 일이었어. 네 할아버지가 같이 가 즐기지는 못했어도, 이제 다시 할아버지가 함께인 것 같아. 내가 슬펐을 때는 마음에 네 할아버지 자리가 없었어. 그런데 이제는 있어."

그리고 할머니는 앞으로 자신이 살 곳을 알려 주었다.

"네? 유람선에서요? 계속요? 어떻게요?"

그렇게도 할 수 있다는 건 몰랐는데, 할머니는 이미 알아보았다. 1년 내내 유람선에서 살 수 있다고 한다. 그러는 사람이 많지는 않지만 가능한 일이었다.

"내가 얼마나 행복해하는지 너도 봤잖아. 유람선에 살면 나는 늘 바다에 있을 수 있어. 오크 매너에 사는 것에 비해 비용이 그렇게 많이 드는 것도 아니고. 딱 1년만이야. 그다음에 뭘 할지는 그때 가서 정할 거야."

1년. 할머니 없이 보내기엔 정말 많은 날들이다.

"내가 『모비 딕』에서 가장 좋아하는 구절이 뭔지 알아? '내 영혼의 비 오는 11월'도 좋아하긴 하지만 다른 부분이야. 바로 '그곳은 어떤 지도에도 없다, 진실한 장소들은 원래 그렇다'라는 구절. 너랑 나랑 여행한 곳은 어느 지도에도 없어. 그리고 내 마음에 늘 지니고 다닐 수 있지."

바람이 불자 우리가 그 고래의 무덤에 놓은 들꽃들이 모래밭을 굴렀다. 나는 그 꽃들을 다시 가지런히 놓고 줄기 끝을 모래에 묻으면서 할 말을 생각했다. 할머니는 떠날 수 없다. 물론 할머니는 그 유람선 여행에서 정말로 행복했다. 하지만 1년씩이나 우리에게서 떨어져 지낸다고?

할머니가 내 어깨를 두드려 나는 다시 할머니를 보았다.

"게다가 내가 훌쩍 떠나 돌아다닐까 봐 네 엄마가 걱정할 일도 없잖아. 배에 있는데 내가 어딜 가겠어."

"혹시 스캐그웨이에서 제가 카지노에서 큰돈 따면 유람선에서 사시라고 한 것 때문이에요? 농담이었던 거 아시죠?"

할머니는 고개를 끄덕였다.

"알지. 그런데 내가 그런 짓을 하고 나서 어떻게 오크 매너에 계속 살겠어? 거기 생활이 나한테 어떨지 생각해 봐."

할머니가 한 손의 손가락 두 개로 자신의 얼굴을 가리켰다.

나는 반박하려고 두 손을 올렸다가 다시 모래 위에 내려놓았다. 할머니 말이 옳다. 오크 매너에서 살면 할머니는 앞으로 늘 감시의 눈길을 받을 것이다.

며칠 후에 베니가 보낸 봉투 하나가 우리 집에 도착했다. 이미 메일로 안부를 물은 베니가 보낼 것이 있다면서 집 주소를 알려달라고 했다. 봉투 안에 든 것은 유람선에서 찍은 사진 몇 장이었다. 하나는 베니와 내가 갑판에 함께 앉아 있는 사진인데, 나는 찍히는 줄도 몰랐었다. 그 속의 내가 행복해 보인다. 다른 사진은 그 아래층 갑판에서 찍힌 것인데, 내가 혼자서 바다를 내다보고 있다. 아마도 이때 나는 블루55가 어디에 있는지, 그리고 과연 만날 수 있을지를 생각하고 있었을 것이다.

할머니와 나 둘이 유람선에 오르던 첫날에 찍은 사진은 할머니에게 주었다. 앞으로 1년 동안 바다 위 어디에 있건 할머니는 이 사진을 지니고 다닐 수 있다.

마지막 사진에는 유람선 바에서 열린 노래방의 밤에 할머니가 공연하는 모습이 담겨 있다. 나는 그 사진을 내 방 벽에다 압정으로 붙였다. 할머니가 멀리 있다는 사실에 슬퍼질 때마다 이 사진을 볼 것이다. 그러면 할머니가 가야만 하는 곳에, 어느 지도에도 없는 곳에 가 있다는 게 기억날 테니까.

48

웬들 어머니가 나와 웬들을 학교까지 차로 태워 줄 수 있다고 했다. 평소라면 그 제안을 받아들였겠지만, 엄마는 브리지우드 중학교에 가는 첫날에 직접 나를 데려다주고 싶어 했다.

학교 근처 모퉁이에 차를 댄 엄마는 내가 차에서 내리지 않고 학교로 걸어가는 학생들을 바라만 보는 걸 기다려 주었다. 이게 정말 내가 원하는 게 맞을까? 저 중에 내가 아는 아이는 아무도 없다.

하지만 생길 수 있다. 이전 학교에서도 아는 아이가 없긴 마찬가지였다. 정말로 안다고 할 수 있는 아이는 말이다. 여기에선 가능성이 있다.

엄마가 내 팔을 만졌고, 내가 돌아보자 말했다.

"언제든 마음 바꿀 수 있는 것 알지?"

"알아."

바꾸지 않을 것이지만 나는 그렇게 대답했다.

엄마가 미소를 지으며 학교 정문을 가리켰고 고개를 돌려 보니 웬들이 '마이 스페이스'라는 문구와 토성 그림이 있는 셔츠를 입고 계단 꼭대기에서 나에게 손을 흔들고 있었다.

나는 웃음을 터뜨리고는 몸을 기울여 엄마를 안았다. 엄마는 꼭 보내기 싫지만 보낸다는 듯 나를 안았다. 엄마를 놓고 허리를 펴자마자 나는 얼른 선수를 쳐 "사랑해"라고 했다.

차 문을 여는 내게 엄마는 말했다.

"넌 아주 잘할 거야."

이 학교 길 건너편에는 초등학교가 있는데, 찰스 선생님은 그곳에서 일할 것이다. 이렇게 가까이에 있다는 것을 알고 있으니 그리운 마음이 조금 달래진다.

계단을 오르기 전에 엄마에게 인사하려고 뒤를 돌았는데 엄마는 나를 보고 있지 않았다. 엄마는 어느 나무 아래에 서 있는 농학생 한 무리를 보고 있었다. 서로 포옹하고 수어로 대화하는 그들을 보면서 엄마는 무슨 생각을 할까? 어쩌면 엄마는 이제 내가 무엇을 가질 수 있고, 어떤 것들을 함께하게 되었는지를 깨닫고 있는지도 모른다. 엄마가 내 쪽을 보지 않는데도 손을 흔들어 작별 인사한 후, 나는 새 학교의 계단을 올라갔다.

충분히 크기만 하다면 소리는 무엇이든 움직일 수 있다. 벽을 흔들거나 유리를 깰 수도 있다. 한 마리의 고래를 새로운 길로 밀쳐놓을 수도 있다. 누군가를 들어 올려서는 집에서 멀고 아는 사람 하나 없는 곳으로 데려다 놓을 수도 있다. 그 고래가 부르는 노래의 진동은 언제나 나와 함께할 것이다.

블루55는 새로운 집을 찾았다. 어쩌면 새 친구들도.

나도 그럴 것이다.

고래의 의사소통과 52헤르츠 고래

이 소설에 나오는 고래는 허구의 존재이지만 '세상에서 가장 외로운 고래' 그리고 '52블루'라는 이름으로도 알려진 실제 고래를 바탕으로 만들어 냈다. 이 글을 쓰는 지금까지 그 고래를 만난 사람은 없으며, 그 고래는 추적 장치를 달고 있지도 않다. 그 고래가 알려진 것은 오직 독특한 노래 때문이다. 몇몇 해양 생물학자들은 그 고래가 일종의 기형이거나 서로 다른 두 종의 고래에게서 태어났을 것이라는 가설을 내세운다. 52헤르츠 고래에 관해 알게 되었을 때, 나는 어떤 고래와도 다른 노래를 부르는 그 고래의 삶이 어떠할지 궁금해졌고, 어떻게 지내는지를 알고 싶어졌다.

어쩌면 언젠가는 누군가가 그 52헤르츠 고래를 추적하여, 우리가 그 고래에 관해 더 많은 것을 배우고 왜 그런 방식으로 노래를 부르는지 알게 될지도 모른다. 나는 52블루에 관해 확실히 알려진 사실들과 나의 상상, 그리고 고래라는 종을 전반적으로 조사하며 알게 된 점들을 가지고 이 이야기의 주인공 고래를 만들어 냈다. 하지만 동시에 이 고래에게 다른 정체성을 입혔다. 내겐 이 소설 속 고래의 이야기를, 몸의 특징을, 노래의 면면을 지어낼 수 있는 작가로서의 자유가 있었다. 이 고래의 노랫소리를 55헤르츠로 정한 이유는 실존하는 고래의 노랫소리와 가까우면서도 블루55라는 이름에 들어 있는 두 개의 '5'가 소설 속 수어 이야기 시와 잘 어우러지기 때문이다. 블루55는 고래 중에서 가장 큰 두 종인 대왕고래와 참고래 사이에서 태어났다. 서로 종이 다른 두 고래가 만나 새끼를 낳는 일이 드물기는 하지만 이 두 수염고래는 그것이 가능할 정도로 동류이며, 몇몇 알려진 경우들이 있기도 하다.

우리가 52블루를 포함한 고래들의 노래를 들을 수 있는 것은 수중 마이크 또는 수중 청음기 덕분이다. 수중 청음기는 원래 미군이 적군의 잠수함을 탐지하기 위해 사용한 것으로, 1980년대 후반부터 해양 생물학자들이 이용할 수 있게 되었다. 이 장치로 고래의 노래를 들음으로써 과학자들은 고래의 종을 파악하고 고래들의 이동을 추적할 수 있었다. 1989년에 우즈홀 해양학 연구소의 과학자 윌리엄 왓킨스는 북태평양에서 나는 고래의 노랫소리 하나가 다른 노래들과는 전혀 다르다는 것을 발견했다. 짧은 소리가 빠른 리듬으로 반복된다는 점에선 대왕고래나 참고래의 노래와 비슷했다. 하지만 그 고래들의 노래보다 훨씬 주파수가 높았다. 보통 고래의 노랫소리가 15~25헤르츠인데, 이 고래의 노랫소리는 52헤르츠였던 것이다. 52헤르츠는 인간의 귀에는 낮은 소리로 들린다. 튜바가 연주할 수 있는 가장 낮은 음처럼 말이다. 하지만 대왕고래나 참고래의 노래를 기준으로 보면 높은 소리다. 그런 노래가 때로는 몇 시간씩 지속되다가 시작할 때처럼 갑작스럽게 중단되곤 했다. 그 후로 12년 동안 윌리엄 왓킨스와 그의 연구팀에서는 수중 청음기로 탐지 가능한 구역에서 이 고래가 헤엄치는 가을부터 늦겨울까지 그 특별한 노래를 녹음했다.

이 고래는 노래도 특별하지만 이동 경로도 남다르다. 대부분의 고래가 해마다 같은 경로로 이동하는데, 이 52헤르츠 노래의 주인공은 매해 다른 길로 나아간다. 어떤 때는 다른 고래들에 비해 훨씬 더 북쪽이나 서쪽으로 가고, 어떤 때는 태평양 연안을 오가는 구불구불한 경로로 나아가기도 한다. 하루에 약 64킬로미터를 헤엄칠 수 있으며, 곁에 다른 고래들이 있느냐 없느냐가 이 고래의 이동 경로에 영향을 미치는 것 같지 않다.

물론 52블루가 실제로 '외로운 고래'인지는 우리가 알 수 없다. 이 고래의 노랫소리를 녹음한 또 다른 과학자, 코넬 대학교의 고래 의사소통 전문가인 크리스토퍼 클라크는 2015년 BBC 인터뷰에서 이렇게 말했다. "이 고래의 노래는 전형적인 대왕고래의 노래와 비슷한 점이 많습니다. 대왕고래와 참고래, 혹등고래 모두가 이 고래의 노랫소리를 들을 수 있습니다. 안 들리는 게 아닙니다. 그저 이 고래의 노래가 좀 독특할 뿐입니다." 크리스토퍼 클라크는 52블루의 노래 외에도 흔하지 않은 고래의 노래들이 녹음되어 왔으며, 일종의 방언을 쓰는 고래 무리도 있다고 지적했다.

우즈홀 해양학 연구소는 52헤르츠의 노래가 오직 하나의 개체한테서 나오는 소리라는 것을 발견했지만, 과학자들은 좀 더 최근에 녹음된 노래들을 근거로 그와 같은 주파수로 노래하는 고래가 더 있을 수도 있다고 추측한다. 스크립스 해양학 협회의 존 힐더브랜드가 제시하는 자료에 따르면, 캘리포니아 연안에서 비슷한 노랫소리들이 들렸는데 같은 개체가 낸 소리라고 하기에는 각각의 소리가 서로 너무 멀리 떨어진 곳에서 났다. 52헤르츠라는 높은 주파수로 노래를 부르는 고래들이 적으나마 있을지도 모르는 일이다.

52블루의 노래는 점점 더 주파수가 낮아지는 쪽으로 변해 왔다. 바다의 소음 때문이건 나이가 들었기 때문이건, 또는 다른 어떤 이유 때문이건 이 고래가 부르는 노래의 주파수는 현재 47헤르츠 정도가 되었다.

노래가 변하는 것이 이 고래만의 일은 아니다. 혹등고래나 북극고래처럼 어떤 종의 고래들은 계절마다 자신의 노래에 새로운 구절을 더하고, 다른 고래 떼의 노래에서 들은 어떤 부분을 자신들의 노래에 더하기도 한다. 어쩌면 노래가 복잡해지는 건 잠재적인 짝을 유혹하는 데 도움이 되기 때문일지도 모르고, 아니면 그저 그 고래들이 새로운 노래 부르기를 즐기기 때문인지도 모른다. 어쩔 수 없이 바뀌는 경우도 있다. 바다의 소음 공해 때문에 점차 노래를 바꾼 고래들처럼 말이다. 끊임없이 다니는 배들과 석유 채굴 작업으로 인해 바다에서는 과거에 비해 훨씬 더 많은 소리가 난다. 사람도 시끄러운 공간에서 대화하다 보면 목소리를 키울 수밖에 없는 것처럼 고래들도 바다의 소음을 뚫고 서로에게 뜻을 전하려면 소리를 조정해야 한다.

우리는 고래들의 노래에 어떤 의미가 담겨 있는지 영영 알 수 없을지도 모른다. 하지만 계속 귀를 기울일 수는 있다.

농인과 수어

인간이 52블루의 존재를 처음 알게 되었을 무렵, 나는 수어를 처음 알아 가고 있었다. 심리학을 전공한 나는 수어 통역의 세계로 들어설 계획은 없었으나 선택 과목으로 수어를 들었다. 그 뒤엔 다른 수어 강의를 하나 더 들었다. 당시 그 대학에서 들을 수 있는 수어 수업은 그 둘뿐이었지만, 나는 더 배우고 싶었다. 대학 수업이 아닌, 농인들이 가르치는 수어 강좌를 다니기 시작했다. 6주짜리 교육 과정을 마친 나는 다음 단계를 신청했다. 학생이 많지 않았던 우리 반은 이전 단계의 진도를 그대로 이어서 다음 단계의 수업을 받았다. 그렇게 약 1년 반 동안 수어 교육을 받은 나는 대학 마지막 학기 때 다른 대학의 농학생들을 위한 수어 통역을 시작했다. 졸업 후에 나는 다른 주로 이사했지만 수어와의 인연은 끝이 아니었다. 처음엔 그저 재미있는 선택 과목이었던 수어는 내게 직업이자 끝나지 않는 배움의 대상이 되었다. 대학 졸업 후 수어 통역사로서의 첫 일터는 공립학교였고, 나는 수어 워크숍과 내가 만난 농인들을 통해 계속해서 수어를 배워 나갔다.

나는 내가 만난 대다수 농인의 가족들이 수어를 전혀 배우지 않았거나 능숙하게 할 수 있을 만큼 배우지 않았다는 데 놀랐다. 소설 속 아이리스와 달리, 농인의 가족 친지 중에 또 다른 농인이 있는 경우는 드물다. 청각장애는 대부분 유전이 아니기 때문에 90퍼센트 정도의 농인이 수어를 모르는 청인 부모에게서 태어난다. 특히 농인 인구가 많지 않은 지역에서 학교를 다닐 경우, 수어 통역사는 그 아이가 만나는 사람 중 수어를 쓰는 유일한 사람이자 대화를 할 수 있는 유일한 성인인 경우가 많다.

나는 매일 자신의 목소리가 세상에 닿지 않는다고 느끼며 살아가는 아이들 중 한 명으로, 그래서 그 '외로운 고래'를 꼭 찾아나설 수밖에 없는 인물로 아이리스를 떠올렸다. 그러면서도 동시에, 스스로를 '고칠 필요가 있는' 존재로 느끼지 않고 농인이라는 정체성을 편안하게 느끼는 인물로, 또한 고래를 찾아 떠났다 돌아온 후에는 자신에게 필요한 교육과 공동체에 관해 스스로 변호할 줄 아는 인물로 그려 내는 것을 중요하게 생각했다.

어느 집단이나 그러하듯 농사회도 다양한 사람들로 구성되어 있다. 이 이야기 속 인물들은 미국 수어를 사용하지만 모든 농인이 그렇지는 않다. 구어로 말하고 상대방의 구어를 입술 모양으로 파악해 소통하는 농인도 있는데, 이 경우 언어 치료를 받기도 하고, 청력이 있을 경우 그 청력을 강화하기 위해 보청기를 쓰거나 인공와우(인공 달팽이관)를 이식하기도 한다. 반면에 아이리스처럼 구화 소통을 선호하지 않는 농인도 있는데, 청력이 없거나 아주 약한 경우가 많다. 또, 아이리스의 할머니처럼 수어를 못 하는 사람들과 대화할 땐 구어와 독순을 사용하고, 농인들끼리 대화할 땐 수어를 쓰는 농인도 많다.

아이리스의 농인 할머니 할아버지를 이야기에 등장시킴으로써 농인끼리 공유하는 언어와 문화를, 그리고 유대감을 담아 낼 수 있었다. 이 이야기에 그렇게 즐거운 순간들이 그려져 있지 않았다면, 농인이 친숙하지 않은 독자는 아마 아이리스가 소리를 들을 수 있기를 바란다고 짐작했을지도 모른다. 농사회는 강한 집단이며, 사회 속 언어의 장벽 때문에 고립과 답답함을 겪으면서도 대부분의 농인은 자신이 농인이라는 점을 바꾸고 싶어 하지 않는다. 그것은 청인들이 자신의 친구와 언어와 문화를 떠나고 싶어 하지 않는 것과 다를 바 없다. 모두가 그렇듯 아이리스는 자신이 하는 말이 세상에 닿길 바라고, 진정 자신이 속한 곳이라고 여겨

지는 곳에 있기를 원한다.

  아이리스가 웬들 어머니의 교실에서 처음 보는 책의 제목은 내가 소설을 위해 지어낸 것이지만, 그 책에서 아이리스가 수어에 관해 알게 되는 내용은 사실이다. 농인 교육법을 배우러 프랑스로 간 토머스 홉킨스 갤러뎃은 프랑스 학교를 나와 그곳에서 교사로 일하던 로랑 클레르와 함께 미국으로 돌아왔다. 1817년에 그들은 코네티컷주 하트퍼드에 '미국 농학교'를 세웠고, 미 전역의 농학생들이 이 학교로 모였다. 그들은 원래 각기 가정과 공동체에서 서로 다른 수어를 썼는데, 그 수어들이 로랑 클레르와 토머스 홉킨스 갤러뎃이 사용하던 프랑스 수어와 만나 미국 수어가 생겨났다. 그 학교에는 매사추세츠주 마서스비니어드에서 온 학생이 가장 많았는데, 그 지역은 유전적인 농인 비율이 매우 높아서 청인 주민들도 평소에 수어를 사용하는 지역이었다.

  이후에 더 많은 주에서 농학생을 위한 기숙학교를 세웠다. 이 학교들에 다닌 여러 세대의 학생들을 통해 수어와 농문화가 계승되었다. 많은 농학생들이 여전히 기숙학교에 다니기는 하지만, 최근에는 대부분 자신의 집에서 가까운 학교를 청인들과 함께 다닌다. 그 학교에 소통할 수 있는 다른 농인 학생과 교사 들이 있다면 이상적이겠지만 그런 환경이 항상 주어지는 것은 아니다. 특히 작은 공동체에서는 말이다.

  미국 수어는 고유한 규칙과 문법을 가지고 자연적으로 생겨난 언어이다. 다시 말해서, 영어를 시각적으로 표현하기 위해서 만든 언어가 아니다. 구어가 그렇듯이, 수어도 그 언어를 사용하는 사람들에 의해 생겨났고, 시간이 흐르면서 자라고 변한다. 수어는 구어를 본보기로 하여 만들어진 언어가 아니라 독립적으로, 특정 사람들 사이의 소통에서 발생한 언어다. 그 점 때문에 수어는 나라마다 다르고, 같은 나라의 언어여도 수어와 구어의 문법이 서로 매우 다를 수 있다. 영국 수어와 미국 수어는 전혀 비슷하지 않지만 영국과 미국의 구어는 모두 영어다. 다만 미국 수어와 프랑스 수어는 서로 비슷한 면이 있기는 하다. 또한, 구어에도 방언이 있는 것처럼 한 나라의 수어도 지역에 따라서 부분적으로 다를 수 있다. 또한 새로운 기술의 등장 등 필요에 따라 새로운 단어들이 생겨나는 것도 세상 모든 언어와 마찬가지다.

수어는 손으로만 말하는 언어가 아니다. 얼굴 표정은 수어의 문법에서 중요한 부분이며, 이는 구어의 '어조'와 비교할 수 있다. 예를 들어서 어떤 수어 문장을 말하면서 두 눈썹을 치켜올리면 그 문장이 어떤 진술이 아니라 '예/아니오'로 대답할 수 있는 질문이라는 뜻이다. 또한 수어를 하는 사람 앞의 공간도 중요하고, 그 공간으로 인해서 수어는 입체적이다. 수어로 이동 방향이나 건물 위치를 표현할 수도, 자동차 두 대가 어떻게 충돌했는지도 보여 줄 수 있다. 수어에서는 손의 움직임이나 위치가 달라지면 뜻도 완전히 달라질 수 있다.

수어를 배우는 데 관심이 있는 독자들에게 알리자면, 수어 수업을 찾기가 과거 그 어느 때보다 쉬워졌다. 현재 많은 미국 고등학교와 대학교에 수어 교육 과정이 있고, 인터넷에서 무료 강의를 들을 수도 있다. 수어를 배우는 가장 좋은 방법은 수어를 사용하는 농인에게서 배우는 것이니, 농인이 수어를 알려 주는 동영상을 찾아보는 게 가장 정확한 본보기를 얻는 방법일 수 있다.

이 독특한 언어를 배울 기회를 찾아보라. 재미있다. 배워 두면 좋은 기술이기도 하다. 또한 배우는 과정에서 새로운 친구들을 만나게 될지도 모른다.

나는 다양한 환경에서 20년 넘게 수어 통역을 해 왔지만, 아직도 내가 처음으로 통역을 해 주었던 학생들을 기억한다. 아이리스와 웬들은 내가 지금까지 만나고 존경한 수많은 재미있고 똑똑한 농학생들을, 자신이 어디에 속하는지를 찾느라 힘들어 하던 그들의 모습을 바탕으로 그려 냈다. 그 아이들을, 그리고 그 외로운 고래를 내가 충분히 잘 표현했기를 바랄 뿐이다.

감사의 말

다음에 언급할 모두에게 커다란 감사와 찬사의 노래를 보냅니다.

이 소설의 원고를 받아 보고 더 발전시키는 데 필요한 비전을 제시해 준 델라코트 프레스의 편집자 케이트 설리번에게 고마움을 표합니다. 며칠을 돌아다니고 하늘을 보며 중얼거린 후에야 나는 내 원고에 딸려 온 수정 메모들이 모두 적절했음을 알았습니다. 또한 보조 편집자 알렉산드라 하이타워, 미술 감독 마리아 미들턴, 부회장이자 편집인인 베벌리 호로비츠, 교열 담당자 콜린 펠링엄, 마케팅 매니저 해나 블랙, 학교와 도서관 마케팅 담당 에이드리엔 웨인트라우브와 크리스틴 슐츠를 비롯한 랜덤하우스 어린이 청소년 팀 모두에게 감사드립니다. 또한 이 책을 지금의 형태로 만들고 독자들에게 전달하는 과정을 함께 한 모든 이들에게 고맙습니다.

나로선 상상하려 해도 할 수 없었을 좋은 표지를 만들어 준 일러스트레이터 리오 니컬스에게 감사드립니다.

나를 고객으로 받아 주고 필요한 지원과 가이드를 해 주며, 이 소설에 맞는 집을 찾아 준, 루트 리터러리의 문학 담당 에이전트 몰리 오닐에게 감사를 표합니다. 10년 전 내가 처음 컨퍼런스 크리틱에 참가했을 때만 해도 내 미래의 에이전트가 맞은편에 앉아 있다는 사실을 우리 둘 다 몰랐지요. 우리가 지금 맺고 있는 관계에 감사합니다.

바러 인터내셔널을 통해 세계 곳곳의 독자들에게 이 책을 소개하는 해외 저작권 에이전트 헤더 바러샤피로에게 고맙습니다.

원고를 읽어 보고 언어적 측면과 농문화적 측면에서의 정확성을 점검해 준 캘리포니아 주립대학 이스트베이의 에이미 준 롤리 박사와 제나 비컴에게 고맙습니다. 내가 아무리 수어 통역사로서 오랫동안 일했더라도 농인으로 자란 수어 원어민의 관점을 가질 수는 없었기에, 그 관점에서 두 사람이 내게 해 준 피드백이 무척이나 고맙습니다.

전자 기기에 관한 질문, 그리고 농인이 라디오 수리에 푹 빠진다는 것이 어떤 일일지에 관한 나의 많은 질문들에 답해 준 조너선 스탠리에게 고맙습니다.

자신이 무척이나 사랑하는 고래들에 관한 지식을 나와 공유해 준 조앤 자르조브스키에게 감사합니다. 고래들과 당신의 제자들은 당신이 있어 행운일 것입니다.

혹등고래에 관한 질문과 유람선의 생물학자가 되는 일에 관한 질문에 답해 준 마이클 모제레프스키에게 고맙습니다.

대왕고래와 참고래 사이에서 태어난 고래의 묘사를 수정하게 도와주고, 아이리스가 블루55를 알아보는 방식에 관해 설명해 준 캐스캐디아 연구 공동체의 존 칼람보키디스에게 고맙습니다.

도선사부터 선장이 입는 바지까지, 선박에 관한 지식을 나누어 준 숀 켈리에게 고맙습니다.

이 소설에 오류가 있다 해도, 그것은 내가 놓친 탓이고 이 전문가들에게 적절한 질문을 하지 못한 탓입니다.

완성되기까지 이 소설을 몇 번이나 다시 썼는지 모르겠지만, 어쨌든 그 여정을 함께해 준 사람들에게 감사를 전합니다. 비평 모임 '더 윌 라이트 포 케이크'의 로라 에지, 도리스 피셔, 미리엄 킹, 크리스티나 만델스키, 모니카 바브라, 태미 월드롭에게 고맙습니다. 그리고 나의 '죽음의 오두막' 글쓰기 친구들, 우리의 글쓰기 여행들이 없었다면 나는 어떻게 했을까요? 내 원고를 처음부터 끝까지 읽어 주고는 어딘가로 보낼 수 있을 정도로 다듬는 과정을 도와준 서맨사 클라크, 셸리 코넬리슨, 니키 로프틴, 케일라 올슨, 코리 라이트에게 특별한 감사를 전합니다.

글쓰기 유람선 여행이라는 멋진 제안을 해 준 크리스털 앨런에게 감사합니다. 바다에서의 브레인스토밍, 그리고 함께 배에 오른 크리스털 앨런, 메리 베스 밀러, 딕시 키스, 베티나 레스트레포의 피드백은 이야기의 여러 요소들을 한데 엮어 내는 데 큰 도움이 되었습니다.(문제를 해결하기 위해 아이리스가 무언가를 만들어야 한다는 생각은 참으로 좋았습니다!) 더불어 학교 밴드와 오케스트라에 관한 질문에 답해 준 베티나에게 고맙습니다.

캐서린 애플게이트와 밀리센트 시먼즈가 아이리스와 아이리스의 이야기에 관해 들려준 아름다운 말들에 감사합니다.

계속해서 나를 지지하고 응원해 주는 나의 가족과 친구들에게 고맙습니다.

이 노래를 짓는 데 도움을 준 모든 이들에게 감사의 마음을 보냅니다.